再び朝《あした》

風見梢太郎

新日本出版社

再びの朝《あした》＊目　次

「しんぶん赤旗」二〇一四年五月二四日付〜一五年一月二六日付連載

第一章　線量計

　夕闇が迫っていた。窓から見渡せる海は色を失っていた。遥か沖に、海と同じ色の大きな船のようなものが見えた。

　片倉の書斎から見える景色は見慣れていたので、沖のどのくらいの位置にどのくらいの大きさで船が見えるか、おおよその見当がついた。その経験からすると、今見えるものは桁外れに大きかった。

　目を凝らして見つめたが、灰色の影は次第に薄くなり、夕闇の中に消えてしまった。

「さあ、出来た、出来た。しかし一人で暮らしていると、料理の腕も落ちてなあ。今日のカレーは自信がないな」

　そう言いながら書斎に入ってきた片倉は、盆からカレーの皿やサラダの小鉢をテーブルに移した。

「すみません、いつもご馳走になって」

「いや、どうせ私も食べなきゃならないんだ」

「今度は僕がつくります」

「ああ、頼むよ。今、ビール持ってくるから」

　せかせかとした足取りで片倉は部屋を出て行った。

　片倉は、以前私と同じ研究所にいた先輩で、八十に手がとどいた。私とは四十年来の親しい付き合いである。職場の変革を目指して共に闘ってきた仲間でもあった。私が研究所に入って電子システム部に配属された時、片倉がその研究部に居た。私は片倉から研究のやり方、周りの人々との接し方、思想弾圧との闘い方など様々なことを教わった。

　六十で定年をむかえた後片倉は、地元の共産党の組織に所属するようになり、それ以来党員として一緒に活動することはなくなったが、個人的な付き合いは続いていた。特に三年前に夫人を亡くしてから、私は片倉の家を頻繁に訪れるようになっていた。独り暮らしの片倉が心配だったのだ。

　片倉は私が来る事をひどく喜んでくれた。片倉の家は半島の先端近くの崖の上にあり、交通が不便だった。駅に向かうバスが八時台で終わってしまうので片倉が車で送ってくれることもあったが、酒が入ると車を運転するわけにいかず、片倉の家に泊めてもらうこともしばしばであった。

「まずは、ビールだな」

戻ってきた片倉は、盆から瓶ビールを取り上げ栓を抜いた。片倉は缶ビールが嫌いで、いつも瓶ビールを冷蔵庫に用意していた。

カンパーイと声を上げて、私と片倉はコップを打ち当てた。よく冷えたビールが心地よい香りを放ちながら喉を通過していった。

「さあ、食べて、食べて」

片倉は私を促した。私はスプーンに巻かれたナプキンをはずしてカレーを口に運んだ。

片倉の作るカレーは、いつもタマネギがたくさん入っていて独特の甘みがあった。

「あっ、おいしいですよ、このカレー」

「そうか、どうも一人で暮らしていると食事作るのが面倒でな。誰か来ると張り切って作るんだが」

そう言って、片倉は自分の皿のカレーと飯を慌しく混ぜながら、額の汗を首にかけた手ぬぐいで拭いた。

片倉は定年を迎えたころには太っていたが、それから少しずつ体重が減り、今では老人らしい体格になっていた。喉のあたりには、年寄りに特有の筋が浮き出ていたが、声は若々しかった。

「片倉さん、今、沖に何かとても大きなものが見えたんですが、何でしょう」

「どれどれ」

片倉は、口に運びかけたスプーンを止めて、目を窓にむけた。

「もう見えなくなってしまいましたが」

「船か」

「ええ、多分。でも変でした。台形を逆さまにしたような形です。船だとすると甲板の上にほとんど何もない変な船ですね。端っこに小さく塔のようなものが見えましたが」

「そりゃ、空母だ。ジョージ・ワシントンだな」

「そうですか、あの原子力空母のジョージ・ワシントンですか」

「横須賀が母港になっているからな」

「動く原発ですね」

「ああ、正にそうだ。東京湾に原発がウロウロしているんだ。今は、日本のほとんどの原発が停止しているのに、首都圏のこんなに近くにある原発が、全く放置されてる」

「危ないですね」

「津波が来て空母が岸に打ち上げられたりすれば、海水を取り込めなくなって冷却機能がマヒし、福島第一原発事故と同じようなことが起きるはずだ」

片倉は苦々しい顔つきになって首を振った。

「原子力空母や原子力潜水艦と原発って、原子力ってことでは共通だけど、それだけじゃなくってどっちも安保の産物なんだよ」

片倉はビールを飲み干し、安保（日米安全保障条約）と原発の関係を話し始めた。片倉の持論だった。

六〇年の安保改定の時、経済条項というのが入って、アメリカは、軍事的に守ってやるから経済では協力しろ、と強引に日本に迫った。それ以来、アメリカから輸入品が洪水のようになだれ込んできた。

エネルギーもアメリカから石油が入ってきて日本の炭鉱は閉山に追い込まれるし、原子力も、アメリカから濃縮ウランを買わされて無理やり原発を造らされたのだ。

もちろん、原発を日本に造ったのは、原爆の被害者である日本の国民に、原子力の「平和利用」の明るい展望を植えつけ、原爆の惨禍を忘れさせようとするアメリカの戦略もあったんだが、と片倉は語った。

「日本の原発を廃止しようとする動きに対しては、アメリカは全力でそれを阻止してくるだろうな」

片倉はそう言って私のコップにビールを注ぎ、空になった自分のカレーの皿とサラダのボウルを重ねた。

「そう言えば、福島の事故の時も、アメリカの動きは素早かったですね」

「そうだったな」

福島第一原発の事故が起こった直後、米国政府関係者や専門家が大挙して日本にやってきた。これは、日本の援助要請によるものでなく、アメリカの方から支援の申し入れがあり、それに基づいて日米協議の枠組みが作られたのだった。

国会での議員の質問に対する答弁書に、アメリカから派遣された人々の中で、一番大量に派遣されていたのは海兵隊の専門部隊、と記されていたことが強く印象に残った。化学、生物、放射能、除染、医療支援など百五十人を超える大部隊だった。

「そうだ、そうだ、思い出した。この前預かったポケット線量計、一応動くようにしといた」

片倉はそう言って立ち上がった。

「ありがとうございます。でも後でいいですよ」

「いや、思いついた時に返しとかんといかん」

そう言い残して片倉は部屋を出て行った。

その線量計は、私が、郷里のT市に住む元原発労働者からもらったものだった。

動かないポケット線量計を、片倉は「直してやる」と言った。片倉は計器の修理が上手だったのだ。

片倉は研究者としては特異な経歴を持っていた。もともと海底ケーブルの敷設船に乗って働いていたのだが、「学園」と呼ばれる企業内の教育機関に入った時に、研究所出身の教官に認められ、卒業後元の職場にもどらずに研究所に来た。異例のことであった。よほど優秀だったのだろう。まだ片倉が社会変革の道を志す前のことだった。

片倉は研究所に勤務しながら夜間の大学に通ったが、そこは実践を重んじるところだった。それで片倉は機器の扱いに強くなった。

片倉は、都心の研究所に十数年いたのだが、グループ全体が異動して今の研究所に移ってきた。私が入所したのはその直後だった。

「見てくれ、針が見えるようになった」

戻ってきた片倉は、そう言って、万年筆を太くしたような形のポケット線量計を私に手渡した。

私は線量計を受け取り、万華鏡を見るように片方の端を目に当て、もう一方の端を電灯に向けた。小さな窓から鮮やかに目盛りと針が見えた。

この線量計は、米軍仕様で全く電源を必要としない特別な作りであったが、私がその原発労働者から譲り受けた時には、電荷のチャージが切れていて、針が視界から消えていたのだ。

「すごい、片倉さん。直ってますよ。さすがですね。ありがとうございます」

私がそう言うと、片倉は、はにかみながら、少し得意げに頷《うなず》いた。

私は線量計を胸のポケットに収めた。

「計るなら、またうちのラディ持ってってくれよ」

「ええ、ありがとうございます。とても助かっています」

　片倉の持っているホリバのラディという線量計は、小型で扱いが簡単な上、数値が正確なことで知られていた。私は、本格的な線量計を持っていたのだが、持ち運びが不便な上、扱いを慎重にしないと壊れるやっかいなものだった。それで、最近は片倉から借りた簡易線量計を使うことが多くなっていた。

「前に見せてもらった汚染の地図はよくできていた」

　片倉はいかにも感心したという表情で言った。

　私は山登りが好きだったので、群馬や栃木の山を登った時に、ホリバのラディで細かく線量を計り、それをパソコンの地図上に記録した。この地域の線量はやはり高く、平地であれば除染の対象となるような数値であった。

「反原発の運動をするにしても、研究所の出身の人は、ただデモに行ったり集会に参加したりするだけではすまないと思うな。やっぱり知識が頼りにされる。もちろん私なんかは原発については専門家じゃない。でも一般の人からすれば、自分たちよりずっと詳しいはずだ、と思うに違いない」

「そうですね。私も経験があります。研究所に居るということで頼りにされますね」

「原発推進の御用学者たちの似非理論を論破できるぐらいの知識は身につけんとな。私たちの義務だな、これは。線量を計るにしても、一般の人がやりたくても出来ないような場所の線量が計れるといいな。福島第一原発の敷地内なんかは東電が発表する数字しかわからない。どんなにでたらめな数字が並んでいても一般の人はそれを信じるしかないんだからな」

　片倉は、手を差し出して私にカレーのおかわりを勧めた。私は手を振って、十分であることを告げた。

「ええ、確かに。原発のこと、もっと深く知るために、考えていることがあるんです」

「ほう」

「私、大学での専門が電気工学でした。それで同級生が電力会社や原発産業に居ます。役員になった人もそろそろリタイアでしょうから、そういう人たちに協力してもらおうと思うんです。彼らなら、一般の人が知り得ない情報も持っているでしょうし、東電が隠している事も教えてくれるかもしれません」

「そうか、それはいい考えだな、しかし、そんなにうまくいくもんかね」

「私たちは青春時代に七〇年安保を闘った世代で、学生には社会変革を目指す人が大勢いました。どの学部も一割以上、学科によっては二割、三割の人が、自分の生涯を日本社会の変革の事業に捧げようと決心し、そのほとんどが民間企業に入っていきました」

「頼もしい限りだな」

「でも大企業に入った人は、すごい監視体制の中ですから、ほとんどの場合活動出来なくて、自分の思想を最後まで貫けた人は少ないんです」

私は言葉を続けた。

「それでも会社から離れたら協力したいと考えている人は、けっこういるんですよ」

「そうか、面白いな。活動家ＯＢにもう一度自分の生き方を考えてもらうきっかけになるかもしれん」

片倉は湯飲みに茶を注ぎ、私の前に置いた。

「去年、原発産業の重役やってた男に会ったんですが、ずいぶん協力的でした」

「裕造君、やるじゃないか」

「なかなかいい男で、就職してからも随分頑張ってたんですが、管理職になるあたりから、どうしてもやっていけなくなったようでした」

「そりゃ、大学出て会社の幹部になろうという人が思想を維持するのは並大抵じゃない。そういう人をバックアップする体制がよほどしっかりしてないとできないことだよ」

「私なんかも、学生時代は活動では人の後についていく方でしたが、片倉さんなんかのいる研究所に来たから、こうして活動を続けてこられたんです」

「まあ、裕造君もよく頑張ったな、いろんなことがあったのになあ」

片倉はそう言って、壁に掛けてある時計を見た。八時を少し回っていた。

「どうだ、泊まっていくか。バスがそろそろ危ないぞ。明日ここから出勤すればいいじゃないか」

「ありがとうございます。でも今日は、家に帰って、組合選挙のビラの折り込みをしなくてはなりません。明日から選挙で、それを持って出勤しなければならないので」

「ああ、そうか、選挙だな、この季節は」

「ええ、そうなんです。全国大会の代議員選挙なので、都心の研究所からもビラを配りに来ます」

「じゃあ、今日は帰らなくっちゃな、急げばまだバスは間に合う」

「そうですね」

私は立ち上がった。

「すみません、後片付けくらいやろうと思ったんですが」

「いいんだ、いいんだ。私がやるから」

片倉は目の前で手を振った。

私は急ぎ足で書斎を出て、緩やかな階段を上り玄関に向かった。片倉が足を摺《す》る音をさせてついてきた。

「片倉さん、いいですよ」

「ああ、一応お見送りだ」

玄関で私は慌しく靴を履き、片倉の方に向き直って頭を下げた。

「ありがとうございました」

「選挙終わったら、またゆっくり来てくれ」

そう言って片倉は頷いた。

片倉の家を出て、私は小走りになってバスの停留所に向かった。道は暗く、崖の下から波の音が聞こえていた。

私が停留所に着くと同時に、坂の向こうからバスの唸り声が聞こえてきた。すぐにライトが道を照らしながら近づいてきた。

ワンマンバスの前の入り口から乗車すると、疲れた表情の運転手が無言で頭を下げた。

私の他に客は居なかった。バスはすぐに発車して、崖に沿った道を走り始めた。

起伏のある道なのでバスが揺れ、胸のポケットに入れた線量計が飛び出しそうになった。私は胸を押さえながら、この線量計を手に入れた時のことを思い出していた。

私がT市に帰ったのは、中学の恩師である岡野の葬儀があったからである。山間の村で行われた岡野の葬儀に参列した後、私はバスで市街地にもどった。その日は浜の近くの宿に泊まる予定であった。

駅前から宿の近くまでバスが出ていたが、私は徒歩で宿に向かった。三十分くらいかかるのは覚悟の上だった。久しぶりに訪れたこの町を歩いてみたかったのだ。

北陸の初冬に特有のどんよりとした空から、幾筋もの細い光が差し込んでいた。

駅前の大通りを少し歩いて右に折れると、私が小学校と中学校に通った通学路である。小学校と中学校は隣り合っていたので、私は九年間同じ道を通った。

私は、恩師の岡野のことを思い出しながら、懐かしい道を歩き続けた。

岡野は、私が二年生の時「技術・家庭」を習った陽気で穏やかな教師だった。当時は四十過ぎだった。授業は実習が多く、自転車の分解、組み立てをやったり機械の製図をやったりした。岡野は少しでもよいところを見つけて生徒を褒めた。

学校を過ぎると、左手の道の奥に歓楽街のけばけばしい看板が見えた。かつては静かな住宅街だったところだ。

道はやがて大きな神社の裏手に出た。神社を取り囲む堀に沿って歩きながら、私はここで岡野が奉納相撲をとった時のことを思い出していた。

岡野はこの町で生まれ育った男だった。大きな農家の長男だったが、軍隊に行くのがいやで師範学校に行き、そのまま教師になった。岡野は体格がよく、若いころは相撲が強かったそうだ。岡野は、結局軍隊に取られ、架橋などの土木作業を行う工兵部隊というところに配属された。激しく体力を消耗する仕事を担当するだけに、ここには腕っぷしの強い荒くれ者が集まっており、岡野も苦労したそうだ。相撲が強かったのでそれが自分を助けてくれた、とのことだった。

岡野は人数が足りないということで、地区対抗の奉納相撲に引っ張り出された。

「久しぶりやさけ、どのぐらい取れるかのう」

学級委員の私が、クラスの宿題のプリントを集めて技術科準備室に届けたとき、岡野は四股《しこ》を踏みながらそう言った。

「いつですか」

「四日の昼からやでよ」

「見に行っていいですか」

私が訊《き》くと、岡野は「だんねえ」と言った。この土地のことばで「かまわない」とか「差し支えない」という意味だ。

祭りの露店を回ったあと、境内の東隅にある土俵を覗くと、ちょうど優勝のかかった大将戦で岡野が仕切りに入っていた。

私は岡野の体格の良さにあらためて驚いた。肩幅はそれほどでもなかったが、岡野の体は下にいくほど逞しくなり、腰まわりはまるで臼《うす》のようだった。もし岡野が二分刈りでなく髷《まげ》を結っていたら、だれもが本物の相撲取りだと思っただろう。相手も岡野に劣らず立派な体格をしていたが、こちらは黒々と光る髪をオールバックにしていた。

二人は立ち上がるとすぐに右四つになった。相四つなのだろう。

岡野はまわしを引き付け、じわじわと相手を土俵際に追い詰めていった。オールバックの男は、右から投げを見せたが、岡野はかまわず寄った。

オールバック男はしぶとく粘り、二人がもつれて土俵下に落ちた。相手の体が落ちる前に岡野の手が地面についたように見えた。

行事役の男は白い手袋をはめた右手を、迷わず岡野方にあげた。体が密着して倒れた場合、怪我を防ぐために、上になった者が相手の体が地面につく前に手をつく場合がある。「かばい手」と言って先に手をついても負けにならない。行事はそう見たのだろう。オールバックの男と、その陣営から猛烈な抗議があった。

行事役の男の指示で二人は土俵下にもどって腰をおろした。行司役の男は、テントのところに行って、机の前に陣取った長老らしき人たちと相談し、神妙な顔つきでもどってきた。

土俵を回り込んで岡野のところにやってきた男は、懇願するような顔つきになって頭を下げた。岡野は振り返り、後ろに並んだマワシをつけた男たちと相談した。何かを強く主張する男たちを岡野が説得しているようだった。向き直った岡野は行司役の男に向かって頷いた。男はほっとしたような顔になって、こんどはオールバック男のところに行った。オールバック男は渋々同意した。取り直しのようだ。

取り直しの一番も前と同じようにすぐにがっぷり右四つになった。岡野は右に左に揺さぶりを見せた。オールバック男はその度につんのめり、足を踏み出して懸命にこらえた。

岡野は男を土俵際に追い詰めたが、さっきのように縺《もつ》れては面倒と思ったのか、両手でマワシを引き付け直し、相手を持ち上げるようにして右から投げを打った。その時、岡野は野獣のような叫びを上げた。

大きくバランスを崩し、次の瞬間肩から土俵に落ちた男はそのまま仰向けに倒れた。どっと歓声があがった。

翌日学校の廊下で岡野に会った私は、おそるおそる声をかけた。土俵で見た岡野があまりに立派で猛々《たけだけ》しかったからである。

「先生、相撲見ました」

「そうか、きてくれたのか、気がつかなんだ」

「取り直しの一番、見ました」

「ああ、そうか。ええとこ見てくれたのう」

岡野は、いつもの穏和な教師にもどっていた。

「みんなで相談したんですか、取り直しのこと」

「そや、団体戦やったから、一人では決められんからのう」

「あれ、かばい手なんでしょう」

「よう知っとるな」

「テレビで解説を聞いたことがあります」

「あれは、ワシの勝ちやったけどおー、奉納相撲やさけえ、まあ気持ちようやろう思てな」

「でも、取り直しの一番、勝ってよかったですね、負けたらみんなに恨まれるところでしたね」

「いや、負けることはない思た。一回やったら相手の力わかった。まず負けんと思たさけ、みんなにもそう言うた」

「先生、よっぽど強いんですね」

「いやあ、そんなことないけどおー」

岡野の顔が赤くなった。

「まあ、怪我せんでよかった」

岡野はそう言って太い首に手を回したのだった。

奉納相撲のことを思い浮かべながら、私は神社の大鳥居の脇を通り抜け、信号を渡って港の近くの商店街を歩き続けた。運河を渡ると道が狭くなった。

軒の低いかつての漁師町に入り込むと、車が渋滞していた。家々の間から冬の海が切れ切れに細く見えた。

このあたりは原発で働く人のための「民宿」が多いところだ。原発に勤められなくなって行き場を失った老人が住み着いている地域にも隣接していた。

車の多い通りを避け、私が裏通りに入り込んだ時、アパートから痩せた小柄な老人が走り出てきた。老人は私に向かって突進し、私にすがり付いて自分の喉を指差した。物を喉に詰めたのだな、と私は感づいた。

私は手にしたバッグを投げ出し、大急ぎで老人を後から抱え込んで座らせた。老人は喉を押さえたり、胸を叩いたりした。私は片膝をたてて、その上に老人をうつ伏せにした。

「ちょっと我慢してくださいね」

私はそう言って老人の背中を叩いた。背中は小さく骨張っていた。最初は軽く叩いたが、何かを吐き出す気配はなかった。私は自分を励ましながら老人の背中を強く打った。

三度目に強く打った時、ゲッと音がして老人の口から黄色い液体といっしょに親指ほどの緑色の平たい物が吐き出された。レタスの芯のように見えた。

もう大丈夫だろう。老人を助けることができて、私はほっとした。母を介護していたころ、母はよく喉に食べ物を詰めたので、私は対処の仕方に慣れてはいた。背中を叩いてもだめな時は、喉に手を突っ込んで摘み出すこともやった。しかし、母親の場合と見知らぬ人の場合ではやはり違うのだ。

体を起こした老人は目に涙をため、大きく息をついた。

「大丈夫ですか」

私はあたりを気にしながら意識して大きな声を出した。人通りは少ないがそれでも何人かの人が立ち止まってこちらを見ていた。

老人を虐待しているように見られはしなかったか、と私は心配したのだ。

「ああ、ありがとう。本当に助かった」

老人は肩で息をついていた。

「お茶でも飲んでいってもらえないか」

レタスの芯のようなものを手で拾い、老人はアパートの方に顔を向けて言った。

「きたないところなんだが」

老人は恥ずかしそうに言った。

私はすぐに立ち去ろうと思ったが、そのアパートが余りに古びてみすぼらしかったので、かえって断り辛くなった。汚いところなので断ったと思われたくなかったのだ。

通りには、まだこちらを見ている人がいた。

「ええ、じゃあ、おじゃまします」

私は意識して再び大きな声を出した。

私はバッグを拾い上げ、裸足で歩く老人の後について二階建てのアパートに向かった。

老人の部屋は入り口近くにあった。

間取りは六畳に台所がついただけの簡素なものだった。部屋の中にはロープが張り渡され、そこに下着が掛けられていた。畳は長く替えていないのだろう。黒ずみ、ところどころ毛羽立っていた。部屋の隅には乱雑に段ボールが積み重ねられていた。一人暮らしのようだ。

私はすすめられるままに卓袱台《ちゃぶだい》の前に座った。卓袱台の上には、茶碗や皿がひっくり返り食べ物が散らばっていた。喉が詰まって苦しんだのだろう。

老人は卓袱台の上に散らばった茶碗や皿を手に持って流しに向かった。

老人はガスに火を点け湯を沸かしはじめた。

ブラウン管式のテレビがつけっぱなしになっていて、ニュースが流れていた。画面の色が変に緑がかっていた。

私はバッグのチャックを引き、中から線量計を取り出した。さっきバッグを投げ出した時、壊れたのではないかと心配になったのだ。

弁当箱ほどの大きさのこの線量計は、日本で作られたALOKA TCS172Aというものであった。ガンマ線だけを測定するのだが、正確な値を出すことで知られており、簡易線量計の数値の補正にも使用されるものであった。新しいものを買うと数十万もする。私の持っているものは、勤務先の計測部門の友人が業者から中古品を安く手に入れ、調整してくれたものだった。この友人のおかげで、私は線量計についてはかなり詳しくなった。

電源スイッチを押すと、ピッと音がして跳ねるように針が動き、ディスプレイに線量がマイクロ・シーベルトの単位で表示された。

この線量計は、デジタル表示だけでなく、昔ながらのアナログの目盛りがついていた。すぐに針は動きを止め、0・05と0・06の中間を指した。壊れてはいないようだ。

「ガイガーだな」

老人は振り返って言った。

「ええ、よくご存知ですね」

この線量計は放射線が半導体を貫く時に出す光を検出するシンチレーションタイプだった。厳密に言えば、ガイガー・ミュラー管を使ったものとは違うのだが、放射線の測定に用いるのだからあたっていないこともないのだ。

「うん、ホーカンが持ってたんだ」

「ホーカンって誰ですか」

「ホーカンはホーカンだよ」

老人は困ったような顔をした。

「放射線何とかだったかな」

「ああ、わかりました、放射線管理者でしょ」

「ああ、そんなもんだ、よくわからないんだが」

私はこの老人が原子力発電所で働いていたのではないか、と思った。

ホーカンとは原子力発電所で働く人の放射線を管理する放射線管理者の略称であることを本で読んだことがある。


この線量計は、陸上競技のリレーで使うバトンのような筒があり、筒を握って対象物に近づけるタイプのものだった。空気中の線量だけでなく、衣服や体についた放射性物質の線量も計ることができた。おそらく原子力発電所の中で使われていたものと形が似ていたのだろう。

「どうだ、高いか、ここは」

「そうですねえ、首都圏の高めのところと同じくらいです、低くはないですよ」

「そうか、あんたそれ、仕事か」

私に背を向けたまま老人は尋ねた。

「いえ、ボランティアです。近所で、お母さんたちが心配して放射線の強さを測ってるんです。首都圏でも値がすごく高いところもありますからね。そのお手伝いをしてるんです。栃木や群馬の山に行って計ることもあります」

福島第一原発の事故以来、私は放射線の影響を心配する人たちのために少しでも自分の知識を役立てたかった。

「あんた、仕事は」

老人が近寄って来て、湯呑みを私の前に置いた。

「通信関係の研究所に勤めています」

私は胸の内ポケットから名刺入れを取り出し、一枚名刺を取り出した。葬式の場でたくさん使ったのでもう残りは少なくなっていた。老人は、目を細めて名刺を眺めた。

「わしは重田っていうんだ、名刺はないんだが」

老人は申し訳なさそうに言った。私はあらためて重田と名乗った老人の顔を見た。

重田は体が小さく、頭はさらに小さかった。短く刈り込んだ頭は自分で散髪するのか不ぞろいだった。頭髪とまばらなヒゲに囲まれた小さな顔は、しかしどことなく品があった。鼻筋が通り、唇は薄く形がよかった。

色調のおかしいテレビが福島第一原発の事故のニュースを流し始めると、重田は食い入るように画面を見つめた。

「原発で働いたことあるんじゃないんですか、重田さん」

私は思い切って訊《たず》ねてみた。

「うん、ある」

と言って重田は湯呑みを口に運んだ。

「この町の半島の突端にある原発で働いてた。半島の裏側にある原発でも働いた」

「やっぱりそうですか」

「福島にも行ったことがある。あちこちで働いたけど、どこも酷《ひど》いところだった。特に古い原発は酷かったな」

重田は手元にあるリモコンをいじってテレビの電源を落とした。

「寝そべった姿勢でないと入れないような狭い穴の中を奥へ奥へと進むんだ。もちろん電気なんか点いてない。手に持った裸電球が頼りだ。アラームが鳴って焦った時にちゃんと帰ってこれるだろうかって、本当に心配だった。体がつっかえて、進むことも戻ることもできなくなる夢や、出口がどうしてもわからない夢を今でもみるんだ」

「そうですか、やっぱり。作業する人のことなんか、まるっきり考えてないような作りだそうですね」

「ああ、俺、狭いところが苦手なんだ。何とか恐怖症というのかな、狭いところに居ると胸が苦しくなる」

「閉所恐怖症ですか」

「ああ、それ、それ。でも身体が小さいから、狭いところによく潜らされた」

　重田の顔は青ざめていた。重田が黙ったので部屋がシンとしてしまった。原発の話をもっと聞きたいと思ったが、思い出したくないことなのかもしれない。

「あんた、今日はソーシキだったのかい」

　重田は私の胸のあたりを見つめた。私は自分が黒服に黒ネクタイ姿のままであることを思い出した。

「ええ、中学の先生が亡くなったものですから」

「それで、わざわざ東京から」

「ええ、神奈川からなんですが」

「じゃあ、いい先生だったんだな」

「ええ、とても。ずいぶん世話になりました」

「俺にも思い出があるなあ、学校の先生には」

　重田は遠くを見るような目つきをした。痰《たん》が絡んだのか重田が急に湿った咳をした。

「食べ物が詰まることがよくあるんですか」

「うん、五年ほど前に食道癌《がん》になったんで、福井の病院でかなり食道を切った。原発で働いていたことと関係があるかもしれないと思って、ドクターに聞いたけど、『因果関係ははっきりしない』って言ったな。喉の調子はその時からおかしいんだけど、特に最近食べ物がよくつっかえるよ」

　重田は顎を上げ、喉を撫《な》でた。私は、癌が再発したのではないかと疑った。命に関わることだ。

「病院へ行った方がいいんじゃないですか」

「そうなんだが」

　重田の声が小さくなった。私は重田が健康保険証を持っていないのではないか、と思った。

「保険証なくても何とかなりますよ」

　ほっておけない気がして私がそう言うと、重田は「保険証はある」と答えた。そして保険料は年金から天引きされるので滞納のしようがないのだ、と言った。

「この近くに総合病院があります。行きませんか」

　中学の同窓会などで話題になる評判のよい総合病院は、ここから歩いて十五分の距離だ。重田は、そうだなあ、と曖昧な返事をした。

　私は再雇用で、週四日勤務している。今日は有給休暇をとったが、明日はもともと勤務のない日だ。

午前中くらいなら付き合える。莫大な原子力発電所の交付金が出ているのだから、この町ではきっと重田の医療費は無料か、あるいはもし有料だとしても非常に安いに違いない、と私は思った。

「じゃあ、明日、いっしょに行きましょうよ。私、明日はまだこの町にいますから」

私が少し強い調子で言うと、重田は無言で頷いた。私は、十時に迎えに来る、と言って立ち上がった。重田老人はアパートの玄関まで見送りに来た。

あたりはすっかり暗くなっていた。私は表通りに出たが、そこにも人の気配はなかった。夏は海水浴客で賑わうところだが、今は閑散としている。

宿は広大な松林のはずれにあった。安宿だが、部屋に松の香りが漂っているのと、砂浜に砕けては引く波の音が聞こえるのが気に入った。夕食を済ませ、身を横たえて波の音を耳にしながら、私は岡野とさっき会った重田を比べていた。

岡野の葬儀に、私は圧倒される思いだった。参列者も多かったのだが、岡野が家族からも生徒からも深く愛されていたことが、岡野を語る人々の言葉から間違いなく感じられた。


大きな屋敷の別室に生前の岡野の大きな写真がたくさん展示されていた。案内してくれた女性は岡野の孫にあたる人だった。

「私、おじいちゃんの大ファンだったんです」

その人は目を潤ませて言った。

その言葉は、葬儀における社交辞令のようには聞こえなかった。

三世代が共同で取り組む楽しげな農作業、曽孫《ひまご》を抱いた岡野の破顔、祝い事や一族のハワイ旅行の写真もあった。最晩年の病床の写真には、やつれてはいたが、夫人や娘さんに囲まれた岡野の晴れやかな顔が写っていた。

それに引きかえ、重田の生活は何としたことだろう。毎日一人で食事しているのだろうか。病気になっても優しく声をかけてくれる人もいない。この先、ますます体が動かなくなってくれば、どうやって暮らしていくのだろう。

偶然出会った重田に何かしてあげたいと思ったのは、岡野の輝くばかりの幸せな晩年に比べ、余りにも孤独なこの老人の生活に対する同情が、私の胸に激しく沸き起こったからである。

郷里はどこだろう、地元の言葉を使わないのでこの近くの出身ではなさそうだ。関西弁でもない。かすかに名古屋か静岡あたりの訛《なま》りがあるように思えた。結婚はしたことがあるのだろうか。原子力発電所で働く前は何をしていたのだろう。

人のよさそうな愛嬌のある重田の顔を思い浮かべ、この老人がたどってきた道をあれこれ想像しているうちに私は眠りに落ちた。

翌日、私が十時少し前に部屋を訪ねると、重田は出かける用意をして卓袱台の前に座っていた。部屋は昨日より少しきれいになっていた。張り渡されていた洗濯用のロープも外されていた。重田はネクタイはしていなかったが背広を着ていた。一張羅《いっちょうら》なのだろうか。

卓袱台の上に黒っぽい太目の万年筆のようなものが置いてあった。

「これ、俺たちが昔使ってたポケット線量計」

重田は万年筆のようなものに向けて自慢げに顎をしゃくった。私は、それがアローテック社製のものだろうと思った。このタイプのものは、アローテックが圧倒的なシェアを持っているのだ。

アメリカ政府との共同開発であり、カタログには軍用規格合致とも書かれていた。電池のいらない特殊な作りは、野戦に使用することを目的にしたためではないかと思われた。

尻を光に向けて頭の方から覗くと、目盛りが浮き上がって見えるはずだった。

カタログでは見たことがあったが、実物を見るのは初めてだった。

「いやあ、貴重なものをおもちですね」

「うん、ポケット線量計が新しいタイプに変わった時、記念にもらってきたんだ」

原子力発電所の中で使っていたものを、簡単に外に持ち出せるものだろうか。もらってきた、というのは無断でもってきた、ということなのだろうか。そうだとすれば管理がずさん、ということにもなる。

重田は線量計を私に手渡した。アローテック社製のはずだが、社名の表示はなくアローテックのマークもついていなかった。ただ三つ葉マークと呼ばれる放射線の危険を知らせる一般的なマークがついているだけだった。社名や会社のマークをわざわざ取り去ったのだろうか。それとも電力会社がライセンスを買ってどこかに特注で作らせたのだろうか。

「こうやるんでしょ」

おそるおそる部屋の窓にポケット線量計を向け覗き込むと、目盛りが鮮やかに見えた。

「そうだ、そうだ。原発では下から明かりで照らして上から覗いていたんだが」

目盛りの最高値は200だった。おそらく200ミリレム、シーベルトに直せば2ミリシーベルトだろう。普通に暮らす人が一年間に浴びる許容量の倍である。針に相当する縦の線はどこにも見えなかった。

「針が見えませんが」

私は、ポケット線量計を目にあてたまま言った。

「振りきれてるんだ。しょっちゅうのことだった。責任者に渡すとゼロにもどしてくれた」

「病院から帰ってからゆっくり見せてもらいます」

私は診察をすませてから、この家にもう一度寄るくらいの時間的余裕はあるだろう、と思った。ポケット線量計を卓袱台の上に戻し、私は立ち上がった。


重田の案内で、ジグザグした道を抜けてバス通りにでた。この道は見覚えがあった。真っ直ぐ南に向かえば目指す病院がある。

病院は建て替えられたようで、私がこの町に住んでいたころのものよりずっと大きくなっていた。

重田は以前この病院に来たことがあるようだった。迷わずに二階にあがり、耳鼻咽喉科の受付で診察券を機械に入れた。すぐに診察の順番を示す紙片が出てきた。E－12という番号が印字されていた。

耳鼻咽喉科の待合室に行くと、早くも患者がソファを埋め尽くしていた。

予約の患者が優先されるのだろう。入れ替わりながらもだんだん人がへり、待合室ががらんとしたころになって、ようやく重田の名前が呼ばれた。重田は一緒に来てくれないか、と言った。

連れだって診察室に入ると、窮屈そうに椅子に座った太った医師が手を開いて私たちに椅子をすすめ「どうしたのかな」と馴れ馴れしい調子で問うた。

日焼けした丸い顔は医者と言うより工事現場の監督を思わせた。ヒゲは剃ってあったが、剃り跡が青黒く残っていた。耳の中にも毛が生えていた。

重田は医師の向かいの椅子に、私は少し離れた壁際の椅子に座った。

「最近、何となく食べ物がつまるような気がするんですが……」

重田はかすれた小さな声を出した。おどおどした調子である。こういう感じの男は苦手なのだろうか。原発でこんな男の下で働いていたのかもしれない。

「喉、見てみようね」

医師は立ち上がって棚から咽喉鏡を下ろし、信号ケーブルを卓上の小さなディスプレイに繋いだ。看護師の女性がスプレーのようなものを重田の鼻に注入した。麻酔薬なのだろう。

「ちょっと痛いよ」

そう言って、医師は、毛の生えた太い指で重田の鼻に黒いケーブルを入れ始めた。ウッと重田が呻《うめ》いた。

「我慢だ。動かないで」

太った医師は命令口調で言った。

「うん、もう入った、入った、大丈夫だ」

医師は画面に視線を集中させ、手元を見ずにケーブルを引いたり押したりした。

「そうねえ、もう少し下に何かあるのかな」

医師は首をかしげた。

「食道を、かなりとってしまってるんです」

私は叫ぶように言った。

「あっ、そう」と医師はこともなげに言ってケーブルを重田の鼻から一気に引き抜いた。

「CT撮っとこうね」

咽喉鏡を棚に戻し、医師は左右の人差し指だけでパソコンのキーを叩いた。

重田は不安そうな表情をして黙っていた。

CTを撮ってから医師の診察があるまで二時間あった。私たちは病院の食堂で食事をとることにした。

最上階にある食堂は、時間が遅いせいか空いていた。隅の方で車椅子に乗った入院患者が家族と談笑しながら食事をしていた。

「何がいいですか、食べやすいものがいいでしょうね」

窓際のカウンター席に座ると、私は卓上に置かれたメニューを重田に渡した。重田はメニューを見るとすかさず「ラーメン」と怒ったように言って、メニューを私に戻した。

もっと軟らかいもの、たとえばハンバーグみたいなものの方がよくはないか、と思ったがメニューを見て私はそう言うのをやめた。

ラーメンときつねウドンが一番安くて三百五十円、あとの定食はどれも六百円以上だったからだ。私もラーメンを食べることにした。

すぐに白い料理服を着た若い男が水を持って注文をとりに来た。人手がたりないので料理をする人がウェイターの役までやっているのだろう。

湾は正面に真っ直ぐ伸びていた。地図で見るとむしろ湾の出口は日本海に向かっていくぶん広がっているのだが、こうして見ると両側から山が迫り湾はほとんど閉じているように見える。

ラーメンが来ると、重田は嬉しそうな顔をして割った箸をすり合わせた。

「喉に詰めないようによく噛んでくださいよ」

私が言うと重田はうん、うんと頷いた。

「人と一緒に食事すると、安心して食べられるな」

一口食べてから重田が言った。いつも一人で食事する時は、物を喉に詰める恐怖と隣りあわせで食事をとっているのだろう。私は箸を止め、重田が小さな手に箸を持ち、小さな口にラーメンを運ぶ様子を愛おしい気持ちで眺めた。

重田は食事が済むと、湾の左手にある半島をじっと見つめた。半島の山は海の中に浮かんでいるように見えた。

原発は半島の先端と裏側にあり、ここからは見えない。

「あの半島は、昔、私たちが小学校の遠足でよく行ったところですよ」

花城《はなじり》、名子《なご》、縄間《のうま》、常宮《じょうぐう》あたりまでが小学生が行けるところだった。

「学年が上がるにつれて、半島の東側を奥に進むんです。懐かしいですね。浜では地元の漁師さんたちが地引き網を引いていました」

海に沿った細い道の端には植物が茂り、崖からは清水が浸みだしていた。食虫植物のモウセンゴケを見つけたと言ってクラスメートが大騒ぎしたことがあった。

「今原発のある立石や浦底なんかは、昔は、遠くてとても歩いて行けませんでした。高校生なんかが自転車で行ってましたね」

「そうか、今は立派な道路ができて、ここからも近いなあ。宿からマイクロバスで三十分くらいだ」

　重田は半島に目を向けたままだった。

「行きと帰りでは、バスの中の雰囲気がまるで違ってた。行きは、少しでもバスが遅く走ってくれ、と思った」

「やっぱり緊張するんでしょう、仕事の前は」

「原発で仕事することを心が準備するというか諦めるというか、そういう時間が欲しいものなんだ。逆に帰りのバスの中では、はしゃぎたいような気持ちだった。明日の朝までは、自分の時間だ。それまでは無事でいられる。それでもな、今日一日放射能を浴びた自分の体のことは、頭のどこかで気になってたんだ」

　重田はそう言って、突然私の方に向き直った。

「あんた、研究所に勤めてるくらいだから、何でも知ってるんだろう」

「そんなことありませんが」

「じゃあ、知ってたら教えてくれないか」

「ええ、いいですよ」

「前から誰かに訊こうと思ってたんだ」

　そう言って重田が訊いてきたのは、小さな事故はしょっちゅうあったが、特別な事故がない時も、自分たちは大量に放射線をあびた。それは何故か、ということだった。

　自分は危険な燃料棒の処理にあたったわけではない、パイプの取り替えやボルトの交換をやったのだ、とも言った。

　その点は私も前から不思議に思っていろいろな書物を調べてみた。すると、労働者の浴びる放射線のほとんどは、原子炉の運転中に大量に放出される中性子によって作られる放射化生成物が原因である、という記述が見つかった。電力会社の重役で原子力発電の責任者だった人の書いたものだった。

　鉄を主体とする炉の構造物は中性子を吸収して不安定な放射性物質に変わる。また冷却水中のサビも強い放射線を出す物質に変わり、水の循環によって水垢のようなものとしてパイプに固着する。事故やミスでなく、日常的にそういうことが起こるのであった。

この町の岬の突端近くの海産物から放射性物質であるコバルト60やマンガン54が検出されて大きな問題になったが、これは冷却水の中の放射化されたサビの成分に違いない。

ウランやプルトニウムの核分裂ではコバルト60やマンガン54は出てこないのである。

その事を手短に伝えると、重田は頷いた。

「最初からわかっていたことなのか、そういうことは」

「ええ、おそらく。放射化って防ぎようがありませんからね。運転止めた後でも原子炉の付近とかパイプの近くで働く人が大量に放射線をあびるんです。そういうことを前提として成り立つシステムなんですよ、原発って」

私が答えると重田は組んでいた足を振りほどいて身構えるような姿勢になった。

「そうか、そういうことか」

重田の目が光った。この理由だけでも原子力発電所はその存在を許されるものではない、と私は思っていた。

調理場の奥から小さく聞こえていたラジオが時報を告げた。診察の時間がせまっていた。

「そろそろ時間ですよ」

私は重田に告げた。重田がコクリと頷いた。

レジで勘定を払う時、重田は黄緑色の女物の財布をポケットから取り出した。財布には小さな鈴がついていた。一緒に暮らしていた人のものなのだろうか。

再度の診察が終わったのは結局午後の四時半過ぎであった。詳しい検査結果を知らせるので、来週もう一度来るように言われた。

一階の支払いのカウンターに診察票を出して、私と重田は待合室のソファに座った。もう窓の外はうす暗かった。重田は落ちつかない様子だった。私が話しかけても上の空だった。

名前を呼ばれたので、私は重田を促して支払いのカウンターに歩いた。窓口の支払いは四千円余だった。おそらく後期高齢者医療の通常の支払いと同じ一割負担なのだろう。

「重田さん、ちょっと待ってください」

財布を開けて金を払おうとする重田を制して、私はカウンターに詰め寄った。

「高齢者が診察を受けた場合、市や県の補助があるんじゃないですか」

窓口の若い女性はこの土地のアクセントで、一ヵ月の支払額が一定額を超えると超えた分が戻ってきます、と言った。そしてプラスチックのケースに入った表を取り出してこちらに向けた。

表には収入別の支払い上限額が示されていて、一番収入の低い場合（年間の年金額が八十万円以下）、一月額の支払いの上限が八千円だった。どこの自治体でもやっているもので、上限額はほとんど首都圏と変わりなかった。

「これは、全国どこの自治体でもやっているものですね。そうじゃなくって、この町は原発の町だから、特別な措置があるんじゃないですか」

私は食い下がった。若い女性は戸惑いの表情を見せて、ちょっとお待ち下さい、と言って席を離れた。

すぐに女性は中年の男を連れてきた。

「皆さんに、これで払っていただいてます」

男は威厳を示すようにきっぱりと言った。

「じゃあ、この町に住んでいても、医療費は他の自治体と同じなんですね」

「ええ、そういうことです」

男は面倒くさそうにそう言って若い女性に向かって頷き、カウンターから離れて行った。

原子力発電所の交付金が重田の医療費に回されることはないのだ。こんな大事な事に使わないでどうするのだ、と私は腹立たしくなった。

「すみません、重田さん、この金額のようです。立て替えましょうか」

私が言うと、重田は強く首を横に振った。そして黄緑色の財布から千円札を四枚と小銭を取り出し、一円の単位まできっちりとその額を払った。

私は重田に悪いことをしたと思った。重田にとってはこの支払いは間違いなく大きな出費なのだ。

支払いが済んで安心したのか、重田は立ったまましきりに私に話しかけてきた。

「あんた、今度この町に来るのはいつだ」

「夏に中学の同窓会があります。その時来ます」

久しぶりの同窓会なのでぜひ来たいと思った。

「日帰りか」

「いえ、泊まるつもりです」

「そうか、泊まるのか」

重田は何か言いたそうにモジモジしていた。

「もしよかったら、あのアパートに寄ってくれないだろうか」

「いいですよ」

「本当に来てくれるか」

「ええ、行きます」

壁の時計を見ると、五時に近かった。帰らなければならない時刻だ。重田をアパートに送っていく時間はなかった。私はそのことを詫び、気をつけて帰るように言って、後ろ髪をひかれる思いで病院の玄関からタクシーに飛び乗った。

それからしばらくの間、私は重田老人のことが気になった。もう一度病院に行っただろうか。金がなくて病院に行けない、ということがなければよいが、と私は心配した。私は、その後、師走の慌しさにまぎれて、重田のことは忘れていた。

正月休みが終わって研究所に出てみると、日のあたる窓際の私の机に小さな小包が置かれていた。所内メールを配達するおじさんが届けてくれたのだろう。送り主は重田で住所はT市の山すそにある病院だった。昔は老人病院と呼ばれた長期療養型の病院である。私はこの研究所の住所が書かれた名刺を重田に渡したことを思い出した。

開けてみると、白い封筒とポケット線量計が出てきた。封筒には簡単な手紙が入っていた。

最初に世話になったお礼が書かれ、その後に、やはり癌が再発したが、切り取ることができず放射線と薬で治すことにした、一人暮らしがもう無理と言われ郊外の病院に入っている、自分のものを置くスペースが限られていてほとんどのものを処分した、線量計ももう私には必要ないのでもらってくれないか、と書かれていた。

夏の同窓会に行くついでに重田を訪ねる約束をしたが、アパートでなく病院を訪ねることになるだろう。しかし、それまで重田は生きているだろうか。

私はポケット線量計を見つめた。重田の胸の上で、激しく降り注ぐ放射線を記録し続けた線量計なのだ。触ってみると意外にも温かかった。重田の体温が伝わってきたような錯覚が私を襲った。

第二章　組合選挙

片倉の家から、バスと電車を乗り継いで我が家のある駅に着いたのは、九時過ぎだった。駅の改札口は閑散としていた。次第に速度を上げて遠ざかる電車の車輪の音が頭の上に聞こえていた。駅前の小さな広場に置かれている自転車も数が少なくなっていた。

私は電車のガードをくぐり、用水に沿って緩やかに上る道をたどった。観光農園の温室を左右に見ながら、私は息を切らせて坂道を上った。やがて、木立の向こうに、窓に様々な色合いの灯が輝く建物が見えた。私が長く住んでいるマンションだ。

玄関のチャイムを鳴らすと、すぐにチェーンを外す音がしてドアが開いた。

「遅かったわね」

奈津はそう言って、居間に引き返した。靴を脱ぎ廊下を歩いて居間に入ると、奈津は椅子に座って楽譜に書き込みをしていた。

「お母さん、どうだった」

都心に住む奈津の母は一人暮らしが困難になっていたので、奈津は頻繁に実家に帰っていた。

「ええ、ありがとう。九十に近いからしょうがないんだけど」

「よくお世話になったね」

一人息子の和彦を連れて都心にある奈津の実家に遊びに行った時のことを思い出して、私は言った。

「あなた、ご飯は食べない？」

「うん、片倉さんのところでよばれたから」

「そうだと思って、私、先に済ませたの。夜遅く食事すると体に悪いから」

奈津は最近体重が増え、膝に負担がかかるのを気にしていた。

「公演の準備はどうだ」

「まだ少し先だから、本格的な練習は始まってないのよ。それに、まあ、みんなで歌うんだから」

奈津は声楽を学び、大学卒業後は古典的なオペラを専門とする歌劇団の一員になった。

しかし、私は研究所で激しい思想差別を受け、給料が減って生活がだんだん苦しくなった。

　奈津の歌劇団も経営が苦しく、給料はほとんど出ず、逆に公演の分担金が増えていた。奈津は私に黙って退団し、音楽関係の小さな出版社に勤めた。

　そこが倒産してから、奈津は子どもに音楽を教える傍ら、パートでいろいろな仕事をした。

　和彦が奈津の実家に下宿して都心の高校に通い始めたころから、奈津はオペラのオーディションに応募して、再び歌い始めた。役がつくわけではなく、合唱をしたり、場面ごとに役割が変わるメンバーとして舞台に立つようになったのだ。

　オペラの公演が近づくと、奈津は妹に母親の介護を頼んで練習に通った。

「荷物が届いたから、部屋に入れといたわよ」

「ありがとう」

「それから、庄司さんから電話あったわ」

　庄司は大学の教養課程の時の友人であり、東京の水処理システム会社に勤めている。私と同じように再雇用で働いており、今も共産党員として活動していた。

「何だって、庄司」

「特に急ぎじゃないから、暇な時電話ほしいって」

「ああ、わかった」

　私はそう言って居間の部屋続きになっている自分の部屋に入った。

　机の上に厚さ十センチほどの紙包みがあった。包装を解くと、中からビラの束が出てきた。

　ビラに書かれた全国大会代議員の候補者の名前を見て、私は嬉しい驚きに包まれた。大澤という名前が書かれていたからだ。大澤は以前私の研究室に居た男だった。

　私が大澤を知ったのは、かれこれ二十年前のことだ。大澤は私の所属する研究室の若手研究員だった。大澤は組合の職場委員をやっており、組合本部の理不尽な提案に悩み、時々実験室にやって来て私の意見を求めた。当時の一番大きな問題は、「成果主義賃金」が導入されようとしていることだった。

「組合の本部から、普通にやってれば研究所の組合員は給料が増えるって言ってきてるんですが、ほんとうでしょうか」

　大澤は眉間に皺《しわ》をよせ、あたりを気にしながら私に尋ねた。

「具体的な資料があるのか」

「いえ、それを要求する職場委員もいたのですが、検討中で出せない、と言うんです」

　私は、すでに「成果主義賃金」が導入されている企業の実態を示し、大部分の人は今より給料が減ることを説明した。大澤はその説明に納得がいったようだ。

　私と大澤が大いに親しくなったのは、私が研究論文発表の闘いをしている時だった。私を励まし、力を貸してくれたのだ。

　大澤はやがて社会の変革を目指す道を歩む決心をしたが、まず、研究者として成長することが大切、ということで、研究所では表立った活動は避けてきた。若手の活動家として私も大いに期待していたが、二年後に大澤は研究グループを移り、その半年後、移った先のグループがそっくり都心の研究所に移動した。

　都心の研究所には社会変革をめざす活動家が大勢いて、大澤は彼らの活動に加わって元気にやっている、と聞いていた。それでもこれまで大澤は組合選挙に立候補したことはなかった。管理者になったのかと思っていたが、そうではなかったようだ。

　私は、書棚から自分のビラを取り出し、送られて来たビラと比べてみた。

　項目はほとんど同じだった。大幅賃上げ要求、消費税値上げ反対、六十歳越え雇用問題に伴う賃金低下反対、憲法改悪反対、原発問題への取り組みなどである。しかし、大澤のビラの文章はわかりやすく、短い言葉の中に本質をついており、何度も集団討議した形跡があった。大澤自身はこういう文章はもともと苦手だったはずだ。

　大澤のものに比べ、私のビラが唯一精彩を放っているのは、カット代わりに使った研究所の周辺の放射線量測定地図であろうか。

　私は二つ折りにされた大澤のビラを丁寧に繰りながらその間に自分のビラを挟みこんでいった。折り込んでおく方が配る時に楽なのだ。明日は、きっと大澤が来るのだろう、と私は胸を轟《とどろ》かせた。

　翌日は、選挙の初日ということで朝から落ち着かず、ほとんど仕事が進まないまま昼になった。

「食事に行きませんか」

松崎浩子が私の背中に小さく声をかけてくれた。食堂の混雑緩和のため、昼休みの少し前に食堂が営業をはじめる。その時間帯は食堂が空いているので、室員は誘い合って出かけて行くのだ。

私の席は少し皆から離れているのでわざわざ私のところに来て声をかけてくれるのは勇気がいるはずだ。この十年くらいは露骨な日常差別はなくなっていたが、やはり私に対する管理者の警戒体制は残っていた。

「ああ、ありがとう。今日は組合のビラ配りがあるから、食事はあとからにする」

私はそう言って頭を下げた。

「ああ、そうでしたね。ごめんなさい。真下《ました》さん候補者でしたね」

そう言って浩子は頷き、遠ざかっていった。

福島第一原発の大事故があった年の夏、研究所では、七月からの三ヵ月は週休日が変更され、水曜と木曜が休みになる代わりに土曜、日曜が出勤日になった。電力消費量を休日に分散させて平均化を図ろうという政府の方針に沿ったものだった。

これは保育園に子どもを預けている親たちにとっては一大事だった。浩子も就学前の女の子を保育園に預けていた。浩子の夫は同じ研究所の基礎部門にいたのだ。

「日曜日に保育園やってないものですから。土曜日はやってるんですが保母さんもいつもの人と違って。子どもがパニックになってしまって。しかたないんで夫と交代で休んで面倒みてます」

と浩子は困惑した顔で言った。私は、新聞に折り込まれたビラで、土日出勤に合わせて、子どもを預かってくれるところができたことを知っていた。そのことを告げると、浩子は感謝し、施設の詳細を聞きたがった。私は、その日家にもどってからビラを見つけ出し、翌日浩子に手渡した。

浩子はそこに子どもを預けてみたが、急激な変化に子どもが馴染めず、結局夫の母を家に呼んでみてもらうことになった。

しかし、それ以来、浩子は私に好意的な態度を示すようになった。

昼休みの開始を告げるチャイムが鳴るとすぐに、私は立ち上がり紙包みを両脇に抱えて部屋を出た。閉じかけるエレベーターに飛び乗り、私は地下にある組合事務所に急いだ。

　ドアをあけると分会長の佐伯が「みえてますよ」と声をかけてきた。

　佐伯たち分会の執行部は、もちろん本部の方針に沿って組合活動をすすめなければならないのだが、会社に協力ばかりする本部のやり方に不満があり、佐伯は私たちに相談してくることがあった。私たちも、組合活動に役立ちそうな資料を提供したり、丁寧にアドバイスすることに努めていたので、佐伯たちとの関係は良好だった。

　部屋の隅にある応接セットに都心の研究所から来た大澤と広野、それにこの研究所の事務部門にいる山崎が座っていた。私は二つの紙包みを解き、山崎に手渡した。山崎はそれを四つに分けて机の上に並べた。

「どうする、分かれた方がいいだろう」

　山崎が言った。

「そうだな、上からと下からとやろう」

　広野が応じた。

「案内役が要るから、私と山崎君は分かれた方がいい」

「じゃあ、僕と山崎君は下から、真下さんと大澤君は上から」

　広野が立ち上がって言った。私と大澤の関係を知っているので同じ組にしてくれたのだろう。

「じゃあ出発」

　四人はビラを脇に抱え、組合事務所を出てエレベーターホールに急いだ。

　ホールでは数人の男がエレベーターを待っていた。エレベーターがなかなか来ないので私はイライラした。

　やっと来たエレベーターの扉が開くと、中からどっと人が出てきた。この階に食堂があるのだ。私たちは素早くエレベーターに乗り込んだ。入口近くに居た山崎が一階と九階のボタンを押した。

「じゃあ、後で」

　一階でエレベーターが止まり、扉が開くと、山崎がそう言って広野と一緒に降りていった。五階と七階で連れ立って大勢が降り、エレベーターの中にはほかに人が居なくなった。

「立候補したんだね。驚いたけど、嬉しかった」

　私がそう言うと、大澤が恥ずかしそうな顔をした。

「今まで立候補していた人がリタイアしたもんですから」

「そうだな、大澤君たちの出番だな」

「おそいデビューですみません」

大澤は首の後ろに手をやった。そう言えば、大澤も四十代の後半のはずだ。軽やかなチャイムの音が響いた。エレベーターが止まり、扉が開いた。九階である。

「さあ、こっちからやろう」

私は、大澤を案内して扉の前に立った。ポケットから社員証を出して、センサーにかざすと、カツッと音がして「操作は受け付けられました」と合成音声が響いた。扉を開けると、中は薄暗かった。省エネ施策で昼休みは消灯しているのだ。

「組合の全国大会代議員選挙の政策ビラです」

そう声をかけて、私と大澤は、迷路のようになった席の間をすり抜け、机の上にビラを配っていった。

「ありがとうございます」と声に出して言う人もたまにいるが、黙って頷く人が多い。無言で受け取るが、すぐにビラを読み始める人もいる。

大澤は「中央研究所から来た大澤です」と声をかけながらビラを手渡している。大澤は「新顔」なので珍しそうに見つめる管理者もいた。

「大澤君と一緒にビラを配るのは初めてだな」

そのフロアを配り終えて廊下に出た時、私は言った。

「もっと早く一緒にやれればよかったんですが」

「いや、とにかく一緒にやれてよかった。昔、片倉さんと二人であちこちの研究所回ったよ。面白かった」

私は片倉と一緒に泊まりがけで北関東の研究所を回った。楽しい思い出だった。

「片倉さん、お元気ですか」

「うん、元気だ。一人で暮らしてみえるから時々覗くんだけど」

「奥さんの亡くなったのは三年くらい前だったですね」

「ああ、仲のいい御夫婦だったから、片倉さんひどく落ち込んでたけど、最近ようやく元気が出てきた」

私はそう言って次の入口のセンサーに社員証をかざした。再び合成音声が響いた。

そのフロアには私の知り合いが何人かいたので、その人たちには大澤を紹介した。

「全国大会代議員の選挙に出てる大澤君。よろしくお願いしますよ」

私がそう言うと、薄暗闇の中からほう、と声が漏れた。

「中央研究所から来ました。大澤と申します。昔、この研究所に居たことがあります」

大澤はそう言って頭を下げた。

「真下さん、いまどきこんな若い候補者がいるんだ、あんたらにも。いいねえ」

パソコンに向かってゲームをやっていた山村が大澤に目を向けて言った。山村は以前、私の研究グループに居たことがある男だ。大澤は髪の毛が豊かで黒々としているので歳よりずっと若く見える。選挙公報には歳が書かれているのだが、山村はそれを見ていないのだろう。

「ホント、私も選挙権があれば入れてあげたいところだ」

その隣でパソコンの明かりで新聞を読んでいた管理者が言った。大澤も緊張がとれたのか笑顔になっていた。

九階、八階、七階とビラ配りを終え、六階の途中まで配ったところで山崎と広野に会った。

「どうだ、妨害なんかなかったか」

私が訊くと、二人は首を振った。

「昔は、労務が妨害したな」

私が言うと、大澤が頷いた。

「労務が真下さんたちを取り囲んで罵倒するんで、どうなることかと思って見てました」

大澤がまだ活動に加わる前の話だ。

「さあ、食堂に行って食べますか」

私は腕を捻り、時計を見た。一時十五分前だった。

大澤と広野は、食事を終えると、大急ぎで食堂を出て行った。これからいったん家にもどってビラを持って関西にでかけるのだそうだ。

関西にある研究所は、これまでビラを配ったことがなかった。大澤の居るグループの半分が関西の研究所に移ったので、大澤はどうしてもその人々にも

ビラを届けたいということで、今回初めて関西にビラ配りに行くことになった。組合の役員に電話を入れると、

「前例がないので庁舎係と相談する」

と言ったそうだ。

研究所の中に入れない可能性もある。それで、明日朝、門前でビラを撒くため泊まり込むのだそうだ。その体制を整えておいて、昼休みに職場に入る交渉も継続しようという作戦なのだ。

張り切ってるなあ、と私は感心した。大澤とは久しぶりに会ったのでもっと話をしたいと思ったが、大澤の元気な姿を見ただけでも満足すべきだと思いなおした。

居室に戻った私は、周りの人に、「立候補したのでよろしく」と声をかけながらパーティションで囲われた自分の席にもどった。

私の仕事は、お年寄りの見守りなどインターネットの回線を使った家庭向けサービスの需要予測だった。国外での実施例の調査をまとめた結果をパソコンに打ち込み始めたが、ふと、私の胸に大澤と心を通わせるきっかけになった出来事が蘇《よみがえ》ってきた。

入社後五年たったころから、私は思想差別によりまともな仕事を与えられない状態が続いていた。しかし、四十を過ぎたころに超並列計算機を組み立てる仕事が回ってきた。画像を高速で処理するために開発されたものだったが、開発の担当をしていた同じ研究室の神岡という中堅研究者が関西の研究所に転勤になったので、その後を私が引き継いだのである。

私が担当するようになった時、超並列計算機ＹＯＵＰＡＣⅢは手のつけられない状態になっていた。ホストコンピュータからどんなコマンドを打ち込んでも全く反応がなかった。

私は、まずテストプログラムを作り、部分的にでも装置が動いていれば、それに応じて何らかの反応を収集できるようにした。そして、分厚い設計書に書かれた数十の機能を、実行できるものとできないものに分類し、エラーの出方から誤っている部分を見つけだして修理していった。

その作業は、ひどく根気のいるものだったが、やり始めると私は時間を忘れた。長いブランクの間に頭を覆ってしまった膜のようなものが、しだいには

がれ落ちていく心地がしたのだった。

しかし、装置の完成間際になって、室長の岩立が私に無断でＹＯＵＰＡＣⅢを関西の研究所に持って行ってしまった。

度重なる抗議にもかかわらず、岩立は装置を戻そうとはしなかった。

しかたなく、私はシステム完成間際のわずかな時間にやらせてみた、試験的な計算に基づいた論文を書いた。ニューラル・ネットワークと言われる人間の脳を模した機械学習システムを並列計算機上でシミュレーションする手法に関するものであった。

岩立はその論文の投稿を許可しなかったので、何度も話し合いを持った。並列処理の専門家であるとして、その話し合いに無理やりひっぱり出されてきた蓮見という男が「真下さん、この論文、学会に投稿するとはずかしい思いをしますよ」と遠慮がちに言った。私は不安になり、その論文を並列処理の専門家である大学の同級生に送った。一週間ほどして分厚い封筒が届いた。

短い手紙と厚い論文が入っていた。

「困難な研究条件の中で頑張っている君には非常に言いにくいことですが、一年前、米国のＭ大学のリー博士がほとんど同じ内容の論文を発表しているように思います。ＩＥＥＥ（米国電気電子学会）で発表されたものを同封しておきます」

手紙にはそう書かれていた。

私はひどく落ち込んだ。研究所の方はすでに他で発表された内容であることを知っていたのだろう。その時、大澤は論文を新たな方向に導く重大なヒントをくれたのだった。その時のやり取りを、私は今でもはっきりと覚えている。

私は、残された不良品の試作ボードの配線をチェックして繋ぎ替える作業をしていた。不良品を修理して繋ぎ合わせても、使い物になる並列計算機ができるわけではなかった。それでも私は作業を続けた。苦しかったのだ。何か作業のようなことをしていないと、自分がおかしくなってしまいそうだった。

「真下さん、元気がないんじゃないですか」

と大澤は遠慮がちに私の背中に声をかけてきた。

「わかるか、大澤君」

私は手を止め、振り返った。

「そりゃ、わかりますよ」

「実はなあ、私の書いた論文、もうほかで発表されてた内容だったんだ」

私はカッターを作業台の上に放り出した。

「そりゃ残念でしたね。会社がぐずぐず言って発表させなかったから、よそに追い越されたんじゃないですか」

「いや、そうじゃない。M大のリーが発表したのは一年前だからね」

「リーさんですか、相手は」

大澤は、根元に毛の密生した太い指で私の使っていたカッターをいじった。

「知ってるの」

「ええ、留学していた時、学生時代の友人がM大学にいて、遊びに行ったことがあったんです。その友だち、リーさんの研究室の人と仲よくて、僕もリーさんの研究室見せてもらったんです。研究室の中にちょっとした工場があって、集積回路が作れるようになってるんです。アメリカの大学は違うなって感心したんですけどね」

「リー氏にも会ったの」

「いいえ、彼は居なかったです」

「そうか、集積回路やってるのか。大学でよくやるもんだな」

「でも、M大の方は集積回路に組み込む研究が中心だから、配線の関係でトーラスにはしにくいんじゃないですか。真下さんのはトーラスだったから、何か違いはないもんですかねえ」

「YOUPACⅢは、そういう構成も可能だったけど、論文の方はそこに重点があったわけじゃないから、普通のメッシュ状の構成で考えたんだ」

トーラスというのは、多数並べたユニットプロセッサーの一番右と一番左、一番上と一番下を接続し、円環状にすることによって並列動作に融通性をもたせる手法だった。大澤にYOUPACⅢを見せた時には、まだ装置はトーラス構成にしてあったのだが、伝播遅延のため誤動作が頻発したので、その後トーラス用のケーブルは取り外した。

「そうですか、残念だったですね」

大澤は残念だったですね、ともう一度つぶやくように言って、実験室の出口の方に歩いていった。トーラス、トーラスと私は口の中で繰り返した。私の頭の中に、左右上下を円環状にしたユニットプロセッサーの群れが鮮やかに現れた。暗算のように、その構成で並列計算をやらせてみて、私はあっと声をあげた。トーラス状にしたプロセッサー群の上でこそ、私の考案した並列計算の手法は真価を発揮するのだ。

私は二週間かかって論文に手を入れ、リーの手法との違いを示すことができたのだった。

何度もの交渉の末、研究所が私の論文発表を認めざるを得なくなって、私の論文は学会の雑誌に掲載された。大澤はひどく喜んでくれた。

大澤は以前より頻繁に私の実験室を訪れるようになった。たまたま私のところに連絡をとりにきた片倉とも言葉を交わすようになった。大澤は写真が好きで風変わりな建物を写すことに特に興味をもっていた。実家の近くにあるという屋根一面に草の生えた建物の写真を見せてくれたりした。

片倉の家が自然の起伏をそのまま利用した風変わりな家だと知ると、大澤は興味を示した。片倉が家に来るように誘うと、大澤は恋人を連れて片倉の家に現われた。

それから間もなく、大澤は、職場に民主主義をとりもどし世の中を変革していく生き方を選択したのだった。私たちは後継者ができたとひどく喜んだ。大澤はその後、都心の研究所に移ったので、私たちの直接の後継者とはならなかった。しかし、とにかく後継者をつくることが出来た喜びと自信は、私の中に生き続けていたのだ。

夕方、私が研究所の玄関横にあるバスの停留所に行くと、二十人ほどの列が出来ていた。私が列の一番後ろに着くと、前から五番目くらいにいた若い男が列からはなれ、私の後に並んだ。何だろう、男を盗み見ると、ひどく緊張した顔つきをしていた。

「今日、ビラを配っておられましたね」

男は押し殺したような声で聞いた。

「ええ」

私がそう言うと、男は小さく頷いた。ビラを配ったことを咎《とが》めるつもりなのだろうか。しかし、男は若く、労務関係者のようにも見えない。

「あの中に、この研究所の周りの線量を計った地図が載ってましたが、あれどうやって作ったんでしょうか」

「ああ、あれは私が線量計で昼休みに測ってみたんだ」

「そうですか」

そう言って男は何か言いたそうな顔つきになった。バスが来て列が動き始めたが、若い男は動こうとしなかった。私たちの前に空間ができた。

「混んでるから次のバスにしよう」

私はそう言って列から外れた。男は大きく頷き、私についてきた。混み合ったバスの中で話すのがいやなのだろう。あるいは列の中に話を聞かれたくない人物がいたのかもしれない。

バスが発車すると、私とその若い男が取り残された。

「私、エネルギー研究部の笠谷と言います」

男はそう名乗った。

「私は立候補者だから、名乗らんでもいいだろう」

私が冗談のつもりでそう言うと笠谷は真面目な顔で「わかっています」と言った。

「それで、私に何か話があるんだな」

「ええ」

「なんだ」

「ええ、ええ」

バスを待つ人の列ができ始めたので、笠谷は気にしているようだった。

「じゃあ、歩くか」

私がそう言うと、笠谷はほっとした表情になった。私たちはバス停から離れ、研究所の建物に沿って歩き始めた。

「線量計は何を使われましたか」

「ホリバのラディだが」

「いいものを使われたんですね」

「まあ、正確な方がいいと思ってね」

私と笠谷は緩やかな坂道を下りながら言葉を交わした。正門を出てバス道を横切ると小山に入り込む道があった。

「こっちでいいのか」

私が尋ねると笠谷は無言で頷いた。小さな山は峰伝いに駅に出ることができる。山道に入ると、笠谷は、何かを決意したような顔つきになった。

「ええと、ええと」

「何だろう」

「その線量計、私に貸してもらえないでしょうか」

ああ、そういうことなのか、と私は合点がいった。

線量計は片倉から借りたものであったが、そのことは言わなくていい、と私は思った。借り物であることを笠谷に告げれば、笠谷は借りるのを遠慮するかもしれない。ぜひとも笠谷に線量計を貸し付けて関係を深めたいところだ。片倉はもちろん賛成してくれるだろう。

「もちろんいいよ。今日は持ってないので明日にでも持ってくる」

もし、明日必要になれば、これから片倉の家に行って、ホリバのラディを借りてこようと私は思った。

「いえ、明日でなくてもいいんです。今週の金曜までで」

「どこを測るの」

「ええ、実家というか、私の家というか。茨城県と千葉県の境のようなところです。姉が子どもを連れて帰って来てるんです。姉は結婚して福島県に居たんですが、線量が高いんで子どもを連れて実家に避難してるんです。旦那は仕事があるんで、そのままもとの所に残っています」

「そういうケースはよくあるみたいだな」

「ええ、姉はそういう人たちとインターネットで連絡をとりあっているようです」

地元の測定会の時、そういう人たちの話題が出た。

「姉は不安がっているので、正確に測って、今後のことを決めたいと思っているものですから」

「数値が高いところなんだな」

「ええ、そう言われています。福島で子どもにずいぶん放射線を浴びさせてしまったものですから、これ以上浴びさせたくないって、姉は神経をとがらせています。室内でどのくらいなのか、測ってみたいんです。測定値が高ければ、姉はもっと線量の低いところに引っ越すことも考えているみたいです」

「そうか、そういうことなら喜んで貸すよ。あんた研究室はどこ」

「八階です。電話いただければ、部屋から出ていきますから、適当な場所で」

「わかった。金曜でいいかな」

「ええ、たすかります」

道はすぐに尾根道になった。木々の間から海が見えはじめた。

「それから、これは、ちょっと変なことをお尋ねするようなんですが」

笠谷は言いよどんだ。

「源さんって御存知ですか」

「何のことだ」

見晴らしのよい所に出た。私は暮れかかる海に目をやりながら坂道を上った。息が苦しくなってきた。坂道の上にベンチがあった。

「座ろう」

私はそう言ってベンチに腰をおろした。笠谷は私との間に少し距離をとって座った。

「僕も一度しか会ってないんですが、お礼をしたいと思って」

「誰、それ」

「実はわからないんです、苗字も、住所も。ただ高校の先生をしていて源さんと呼んでくれって」

「心当たりがないが、というより皆目見当がつかない。そもそもなぜその人のことを私に訊くのだろう」

「ええと、ひょっとしてそっち系の人じゃないかと」

「そっち系というと」

「ええと、ええと、共産党の方じゃないかと」

私はようやく合点がいった。

「訳がありそうだな」

私がそう言うと、笠谷は三年ほど前のことだと言ってこんな話をはじめた。

第三章　笠谷の話

僕が源さんとお会いしたのは、S浜の防波堤でした。源さんは釣りをしていたのです。

僕がなぜS浜に行ったかと言うと、S浜近くのアパートに同僚の佐々木さんを訪ねたからです。佐々木さんが研究所を辞めるという噂を聞いたので、僕は辞めないほうがよい、と説得に来たのです。

佐々木さんは部屋にいるようでしたが、チャイムを鳴らしても出て来ませんでした。ドアの上に設置された電力メーターが回転していました。冷蔵庫だけだともっと遅いはずです。

二度チャイムを鳴らしても出てこないので、僕は諦めてドアを離れました。

アパートを出ると、僕はジグザグした浜の道を通って海に出ました。浜では老人たちが家から持ち出した椅子に腰掛けて談笑していました。僕が通りかかると、見るともなしにこちらを見ていました。

左手の防波堤に釣り人たちの姿が見えました。釣竿が激しくしなって、竿を上下させながらリールを巻き上げている人がいました。大物を釣り上げているようなので近くで見てみたいと思いました。

僕が防波堤の先端に着いた時、さっきの人は、もうつり上げた魚をクーラーボックスに入れた後だったようです。ボックスからは魚が暴れまわる音がかすかに聞こえてきました。後から名乗ったのですが、その人が源さんだったのです。源さんの手元はもう薄暗くなっていました。

僕は源さんの横に腰をおろしました。また大きな魚が釣れるかと思ったのです。

声をかけあって、釣り人たちが帰っていきました。しかし源さんは帰ろうとしませんでした。何か僕に話があるのだろうか、と思いました。

「あんた、松浜荘に来たんだろう」

源さんがそう言ったので僕は驚きました。

「どうしてわかるんです」

「私はシャーロック・ホームズだ。何でもわかる」

私は驚きました。何と答えてよいかわからず黙っていました。

「ワッツスン君、理由は簡単だ」

ワッツスンとは、シャーロック・ホームズの物語に登場する相棒のワトソン博士のことでしょう。源さんはワトソンでなくワッツスンと発音しました。それはいかにも優雅に聞こえました。

「失礼、冗談だ」

暗がりの中でも源さんがニヤリとするのがわかりました。

「こんな狭い村だ。だれか見慣れぬ人が入ってくればすぐわかる」

「そうですか」

「あそこに住んでる娘さんの彼氏なのか」

源さんはそう言って、リールを巻き上げました。

「いえ、違います。そういう関係じゃありません」

ふーん、と言って源さんは糸を手繰って引き寄せ釣り針にエサをつけました。

「会社の同僚なんです。同じ年に入った」

源さんは頷きました。

「会社に行ってないんだろ、彼女」

「ええ、まあ」

僕は曖昧《あいまい》に答えました。佐々木さんが神経を病んで研究所に来なくなってから四ヵ月になります。病気休暇が切れて、休職扱いになっているはずでした。

僕は源さんの投げた赤く光る電気ウキを見つめました。波間をゆっくりと上下するウキが突然不自然に揺れ、明かりが小さくなりました。引いているのでしょう。それが二度ほど繰り返されてから、赤い光がフッと見えなくなりました。源さんはゆっくりとリールを回し始めました。赤い光が再び現れ、海面を離れて空中で止まったまま震えていました。それから光は左右に動きながら近づいてきました。

源さんは魚を取り込むとまた話しかけてきました。

「頭のよさそうな娘さんだな」

「会ったことあるんですか」

「ああ、何度か見かけた、だんだん痩せてくるみたいだな」

あれからまた痩せたのだろうか、僕は佐々木さんのやつれた頬を思い出して溜息が出る思いでした。

佐々木さんの様子がおかしくなったのは、年度初めの査定で、懲罰的とも言える最低の評価をうけた頃からでした。話しかけても、反応が鈍くなり、よく離席するようになりました。そのくせ、夜はいつまでも帰ろうとしませんでした。だんだん痩せ、時々研究所を休むようになりました。

間もなく、彼女は独身寮を出て、山をはさんで研究所と反対側に位置する村にアパートを借りました。独身寮で同僚と顔を合わせるのが嫌だったのでしょう。

そのあたりは、通勤に不便なところなので、研究所関係の人間はいないはずです。佐々木さんにはそれが好都合だったのかもしれません。

「ここに来るんですか」

「暗くなったころに時々あらわれる。彼女はこの防波堤が気に入っているんだ」

「なぜですか」

「もっと暗くなったら、あんた、小石を海に向かって投げてみなさい。なぜ彼女がここが気に入っているかわかるから」

源さんはそう言って竿を置きました。源さんはリュックサックを探り魔法瓶と紙コップを取り出しました。

源さんはコップに茶を注いで僕に差し出しました。僕は礼を言ってそれを受け取りました。

「あの子によく似た生徒を卒業させたことがある。連絡がないが元気にやっているかなあ」

源さんは再び竿を置きました。

「教師なんですか、あなた」

「うん、もう退職して十年たつけど。この近くの高校で教えてたんだ。学校では教師仲間も生徒も私のことを源さんって呼んでた」

日焼けした純朴な顔立ちだったので、教師だと思いませんでしたが、そう言えば鼻に響く力強い声に、このあたりに特有の訛《なま》りがありませんでした。

「親御さんもさぞ期待していたろうになあ」

源さんは溜息をつきました。

僕は佐々木さんの母親のことを思い出しました。入社式の直後に一度会ったことがあります。

佐々木さんは北陸の出身で、母一人、子一人の家庭に育ったそうです。その地方で有名な国立大学を出てこの研究所に入ってきました。母親の期待を一身に背負って生きてきたのではないでしょうか。

「彼女と話したんですか」

「うん、少しな。最初はお互いびっくりして黙ってたけど、だんだん慣れた」

「何か、言ってました、これからのこと。たとえば、会社辞めるとか」

「辞めるのか？」

「いいえ、はっきりしません。ただそんな噂を聞いたんで、辞めない方がいいって言いにきたんですけど、会えなくて」

源さんは僕の言葉に反応しませんでした。

源さんは何か考えているようでした。僕は立ち入ったことを喋ってしまったのではないだろうかと後悔しました。

「研究所のいろんな制度がだんだんひどくなるって心配してたな」

「ええ、成果主義の賃金制度が入ってから特にひどくなったようです。導入される以前のこと知りませんから、比較はできませんが、年輩の人の話ではひどくなったようです」

「どこでも成果主義がはびこってるな」

源さんは憎々しげに言いました。成果主義についてては、近々また変更を行う、と会社からアナウンスがありました。よく御存知でしょうが、年齢賃金を廃止しその分を大幅に差のつく「成果手当」に割り振るというものでした。「究極の成果主義制度」と言われたりしていましたね。

佐々木さんが、研究所を辞めるつもりになったのは、職場に戻った時に待っている「究極の成果主義」への不安や恐れがあったのではないでしょうか。御存知のように、この制度では、悪い評価を取り続けると、給料はいつまでも新入社員並みであると噂されていました。もちろん昇格もありません。僕は研究所の成果主義について源さんに説明しました。源さんは黙って聞いていました。

あたりはもうすっかり暗くなっていました。防波堤の外からザワザワと波の音が聞こえていました。僕は腰をあげて、月明かりを頼りに足元にある小さな石粒を拾い集めました。

「もういいでしょうか、海に石を入れても」

ああ、と源さんの声が闇に響きました。

僕の投げた小さな石粒は軽すぎて遠くに飛びませんでした。

「石が小さすぎて遠くに飛びません」

僕がそう言うと、ちょっと待ってろ、と言って僕に竿を渡しました。竿には源さんの手の温もりが残っていました。

「今、石を取ってきてやる」

そう言って、源さんは立ち上がり、ポケットから何かを取り出しました。すぐに白い光が源さんの手元から伸び、足下を照らしました。

白い光が防波堤の根元まで動き、そこで止まってすぐにこちらに引き返してきました。

「これぐらいの大きさがあれば大丈夫だ」

源さんはそう言って、白い光を僕の手に向けて竿を受け取り、代わりにゴルフボールくらいの石を数個、僕に手渡しました。

「しかし、便利なものができたな」

源さんはそう言って懐中電灯を振り回しました。白いひかりが海に向かってぐるぐるとまわりました。

「LEDっていうんだろ、これ。一晩中つけてても電池がなくならない。日本人の発明なんだって」

「最初に出来たのはアメリカですが、青色がなかなかできなくて。それを発明したのは日本の人です。青色ができたので、照明に使えるようになったんです」

「そうか、人の生活に役立つ研究をするのはすばらしいことだな。彼女も何とか研究に復帰できるといいのにな」

源さんは溜息をつきました。さあ、投げてみろ、と源さんが言うので、僕は源さんが白い光で指し示した方向に石を投げました。ズッと音がして、石が落ちたところが青白く光ったように見えました。

目をこらしましたが青白い光はもう見えませんでした。そのかわり、石が落ちた場所を中心にして一つの淡い光の輪がゆっくりと広がっていきました。

「見えたか」

「ええ、見えました」

「夜光虫が波の動きに反応して光るんだ。きれいなもんだろ」

佐々木さんはこれを見に、夜中にここにやってくるのでした。

今夜もやってくるかもしれない。僕は、月にてらされた防波堤の根元とその先の道を眺めました。

もう少し、ここに居よう、と思いました。「成果主義」の賃金制度など会社が支払いを減らすため一方的に作ったものではないでしょうか。そんなものに怯《おび》えて人生をダメにするなんてよくないことだと思いました。神経を病んだまま、研究所を出て、どんな生活が待っているというのでしょう。

居られるだけここに居て、まず病気を治そう。そのことを僕は佐々木さんに伝えたいと思いました。僕は源さんから受け取った石を暗い海に投げ続けました。でも、その夜佐々木さんは現れませんでした。

結局、僕は佐々木さんに会えませんでした。彼女は、僕の知らない間に退職して郷里に帰ってしまいました。

笠谷の話が終わった時、あたりは薄暗くなりかけていた。

「佐々木さん、今、割合元気で地元で英語の塾を開いているようです。彼女、すごく源さんに感謝していて、彼女から手紙と写真あずかっているんです」

「そりゃ、いい話を聞かせてもらった。私はその源さんを知らないが、わかる人がいるかもしれない」

確かに、笠谷の目には源さんは「そっち系」の人と映っただろう。

「僕、あの防波堤に行ってみたんですが、立ち入り禁止になっていて、源さんに会えなかったんです」

「そうか、とにかく知り合いを当たってみるよ」

「ありがとうございます、お世話をかけます」

私は片倉に訊いてみようと思った。地域で活動している片倉なら源さんを知っているかもしれない。

私は立ち上がった。笠谷はちょっと待ってください、と言ってカバンの中から紙片を取り出し、カバンを下敷きにして、その紙に急いで何やら書きなぐった。

「こんな感じの人だったです」

そう言って笠谷は立ち上がり、その紙片を私に手渡した。そこには人のよさそうな老人の顔が、迷いのない力強いタッチで描かれていた。

「笠井君、絵がうまいんだね」

「いえ、そんなことないです。すみません、遅くなってしまいましたね」

「いや、いいんだ。まだ道も見える」

「そうですね」

「源さんじゃないけど、私も懐中電灯を持っているよ。便利なもんだ」

「用意がいいですね」

震災直後の夏に計画停電があり、その時、町中が真っ暗になった。それ以来、私は掌におさまるくらいの小さなＬＥＤの懐中電灯を持ち歩く習慣がついていた。

「笠谷君はどっちだ、駅でいいのか」

「いえ、私は反対側を降りてＭ町に出ます」

「独身寮なんだな」

「ええ、そうです」

「じゃあ、金曜に」

「ありがとうございます」

そう言って笠谷は頭をさげた。分かれ道に来て私が左手に折れる道を進みかけると、笠谷は立ち止まって私を見送った。

第四章　ロシア語クラス

その夜、奈津は居なかった。都心にある実家に行って帰ってこないのだ。奈津の母親のふみが一人では暮らしていけない状態なので毎週のように奈津が泊まりがけで支援に行くのだ。

私は、静かな居間で、片倉に電話をかけた。笠谷のことを話すと、線量計のことはもちろんＯＫ、源さんのことは、心当たりがあるが、その人相書きを持ってきてくれ、とのことだった。いつ来るか、と問われたので明日、と応えた。

片倉への電話を切った後、私はふと、京都の大学の同級生である庄司に電話しなくてはならないことを思い出した。ボタンをプッシュして受話器を耳にあてると短い呼び出し音の後、庄司の声が聞こえてきた。

「あっ、庄司か、真下だ。悪い悪い。すぐ電話しようと思ってたんだけど、組合選挙が忙しくてな」

「そうか、頑張ってるんだな」

「ところで、用事は何だ」

「ああ、少し涼しくなったら福島に行こうと思ってるんだが、いっしょにいかないか」

「測定か」

「測定は何回もやったから、福島の人を励ます旅行だ。あんたは線量を計りたいだろうし」

「ああ、そうだな。ぜひ計ってみたいな」

「宿はまかせてくれ」

「どんなコースだ」

「いわきから西の方に回って、猪苗代《いなわしろ》と磐梯山《ばんだいさん》に行こうと思ってるんだ。その後は中通りに戻る」

「よく行くようだな、福島は」

「このところすっかり福島づいてるんだ、原発で働く若い友人を訪ねることが多くてな」

以前聞いた話では、庄司は、会社から福島第一原発に出向している若者を宿舎に訪ね、一緒に福島をあちこち回っているうちに、すっかり福島の風物に魅せられたのだそうだ。旅行して金を使うことで福島の人々を支援するのだ、と庄司は言っていた。

「真下はいつごろがいいんだ」

「十月の連休あたりはどうだ」

「そうだな、じゃあ宿がとれたらメールするわ」

「ありがとう」

「ところで、国立大学の教員はこの春で一斉に定年だが、真下は連中の消息知ってるか」

教養時代の親しい友人には大学教授が多い。

「斎木はもともと東京のW大、石坂が数年前から関西のK学院大、岩崎は当分何もしないんだそうだ」

「そうか、若宮も学会の仕事に専念するんで、もう大学には勤めないんだそうだ」

「最近の大学の状況はひどいみたいだな。学長の権限が強くなって。研究の条件も悪くなっていて、長時間過密労働で過労死や自殺もでているようだ」

「真下、よく知ってるな」

「科学者運動で、大学の先生たちの話を聞くことがあるからな」

「じゃあな、会えるのを楽しみにしてる」

そう言って庄司は電話を切った。庄司の快活な声が私の耳に残った。部屋にもどった私は机について、大学の教養時代のことをとりとめもなく思いだしていた。

大学の教養のクラスは、第二外国語によってクラス分けされていた。私がロシア語を選んだ理由は、当時ソビエト連邦の科学の振興は目覚ましく、数学の分野でも他国の追随を許さないものがあり、高校の進学指導で、将来数学をやりたいなら第二外国語はロシア語を取りなさい、と勧められたからである。

ロシア語の教師は三人居たが、若くて美人の大野昌子先生が一番人気があった。最終時間の講義であるにもかかわらず、教室は八割がた埋まっていた。ロシア語を正式にとっていない他クラスの男までがもぐり込んで昌子先生の授業を受けようとした。テキストはショーロホフの短編「Судьба человека（人間の運命）」であった。

「どうでしょう、皆さん。妻の描き方は、ちょっと古過ぎますか」

昌子先生がそういうと、生徒がいっせいに首を横に振った。主人公の妻イリーナは確かに魅力的な女性だったのだ。

「こういう女性がいいな、結婚相手には」

私の隣に座った庄司が呟いた。

授業が終わると、教室にざわめきが満ちた。

「庄司、今日、予定あるんか」

「いいや」

「じゃあ、これから俺の下宿にこないか」

「ああ、いいよ」

私たちは連れ立って教室をでた。旧制高校時代から使っている木造二階建ての校舎は、歩くとミシミシと音をたてた。

「庄司はフランス語も勉強してるんやってな」

「ラジオ講座ともぐりの授業だけだ。しかし、ロシア語の授業と違ってフランス文学をやるわけでもないから、授業はつまらないよ」

「そうか、ロシア語以外の言葉も勉強しといた方がええんかもしれんな」

「ロシア語は魅力があるけど、どちらかと言えばマイナーだからね。もちろん、工学部の学生にロシア語を教えてくれる大学は少ないから、絶好のチャンスだけど」

私たちは学生の溢れるキャンパスを歩き続けた。

工学部のロシア語のクラスは二つあり、そのどちらにも数理工学科の生徒が半分以上いた。数理工学科は当時、工学部の中で一番入学が難しく、そこに所属する学生は例外なく数学がよく出来た。数理工学科以外は電気系、機械系、建築、土木、航空、原子核、資源、金属など様々な学科の学生たちであった。化学系の学生は第二外国語としてドイツ語を取るように言われていたので、ロシア語を選択する者は居なかった。

ロシア語は文字が見慣れぬものである上に、文法が複雑で学ぶのに苦労した。教師の方もその苦労をよくわかっているようで、二学期になると文法の学習と併行してロシア文学の名作短編をリーダーに使った。ロシア文学の面白さに惹かれてロシア語を好きになってほしいとの配慮だったのだろう。

二回生（二年生）になると授業時間はより多くロシア文学の作品の鑑賞に当てられた。

ゴーゴリ、ゴーリキー、ショーロホフなどの作品は、今までほとんどロシア文学に触れることのなかった私にとって非常に新鮮であった。

私は特に、ゴーリキーの民話に取材した短編が好きだった。ロシアの民話は、私の知っている日本の民話にくらべてダイナミックで力強いものが多いように思われた。

追いつめられた部族が、逃げ場を失い、深い森へとさまよい出る物語が、私はとりわけ気に入っていた。

昼も夜も暗い森をさまよう人々を、部族の若い男が、森の奥に進んでこの森を抜けようと励ました。みんなは彼にしたがったが、ますます深くなる森に不満がつのっていく。その若者は自分の胸を破り心臓を取り出してそれを高く掲げて先頭にたった。

心臓はまばゆく輝いてあたりを照らし、人々は森の中を進むことができた。やがて森は終わり、目の前に光り輝く海があらわれた。若者は笑いながら倒れた。若者の死体のそばにあった心臓が火花を散らして消えたが、その火花は今も雷の鳴る前に荒野をさまようのだ。

いつかこんな物語が自分でも書けないものか、と私は考えるようになっていた。

ロシア語を選択した学生は、もちろんソビエトの数学が学びたいという思いがあったのだろうが、社会主義国の言葉を学びたいという気持ちを持つ者も多かった。クラスの雰囲気は勢い、進歩的、革新的傾向が優勢となり、民青（日本民主青年同盟）さらには日本共産党に加入している者も多かった。私は、彼らに呼びかけられれば集会や学習会に参加し、行動を共にした。彼らの薦める新聞も購読した。しかし、まだ組織的につながりを持つまでには至らなかった。庄司も同じような立場だったので、つき合う上で独特の「安心感」のようなものがあった。

教養部の門を出て、私たちは道を隔てた本部に入り込んだ。本部の前の広場には大きな立て看板がいくつも並んでいた。

「今日はうちの先生に客がある。夕食の時に呼んでくれる」

「そうか」

「もちろん、庄司も一緒に呼んでくれる」

「それは助かるなあ」

私は、庄司に夕食を食べさせてやりたかった。昼に生協の食堂に誘った時にも、庄司はお腹がすかないんだ、と言って一緒に来なかった。金が底をついているのだろう。

庄司は東京出身で大学の近くに下宿していたが、仕送りは乏しく、アルバイトと奨学金で生活していた。二時間電車にのれば親の家にたどり着く私と違って、庄司の場合は金が尽きると深刻な窮乏生活が待っていた。

私の下宿の大家は、この大学で応用化学の研究をしている小林誠一郎という人だった。

誠一郎の屋敷に私が下宿するようになったのは、アルバイトで庭の草取りに行ったのがきっかけだった。誠一郎は、私が若狭湾の東に位置するＴ市出身だとわかると、驚くほど打ち解けた態度を示した。

誠一郎は同じ若狭湾の西にある小浜の出身だったのだ。

誠一郎は離れに下宿しないかと言ってくれた。もし、私の用事を手伝ってくれるなら下宿代はいらない、と言った。私には有り難い提案だった。それでさっそく下宿を移った。

誠一郎は工学の研究者だったが、文化・芸術にも関心を示し、文学部の先生がよく訪ねてきた。そういう時は夕食の時間になると、必ず私を呼んでくれた。おかげで私は文学部の先生方と顔見知りになった。

本部を出て電車通りをわたり、私たちは理学部と農学部があるキャンパスに入り込んだ。このキャンパスには演習林や畑があり、ゆったりとしていた。大きなグラウンドもあった。

「昌子先生、時々面白い例えを出すだろう」

庄司は昌子先生に関心があるようだった。

「どんな」

「ほら、人間の体つきを表すロシア語の形容詞が出てくると、先生の中のあれこれの人を引き合いにだすじゃないか」

「そういえばそうやな」

「名前の出てくる先生は、みんな革新的な先生だ」

「そうか、気がつかんかった。庄司はよく気がついたな」

「つまり、昌子先生も革新的な考えの持ち主だってことだよ」

「なるほど」

「闘士だそうだよ、昌子先生」

「ほんまかいな、信じられん」

「それから、暴力的な言葉を説明する時には警察の拷問なんかを例にとるだろう」

「そう言えばそうや。なかなか意図的やな」

道の左手にグラウンドへの入口が現れた。

「中を通っていこう、その方が近いから」

私はそう言ってグラウンドに向かった。そこは、この大学にあるいくつかのグラウンドの中で一番大きなものだった。一周四百メートルのトラックでは陸上部の連中が苦しげに喘ぎながら走っていた。ストップウォッチを持ったコーチが次々とゴールする男たちにタイムを告げていた。

フィールドでは、プロテクターをつけたアメリカンフットボールの部員たちが練習試合をしていた。プロテクターのぶつかる音や、笛の音が聞こえてきた。

私たちはグラウンドの右の端を歩き、土手に達した。草が茂る緩やかな斜面を登りきると、疎水に面した小さな道に出た。

「今日のお客は、イタリア語のN先生みたいや」

「N先生って、あのN先生」

「有名なんか」

「知らないのか」

庄司は驚いたような顔をした。

「日本でのイタリア語研究の草分けみたいな人だよ」

「ふーん、一度前に来たことがある。とても穏やかないい人だよ」

「それから、N先生のお母さんは有名な作家だよ」

「そやったんか」

庄司が口にした作家の名前は私も聞いた事があった。

疏水沿いの道がバス通りに出た。通りを渡ると道は静かな住宅街に入り込んだ。すぐにスペインの僧院風の大きな建物があらわれた。

「美しい建物だね、これ」

「そやな」

「何なの」

「大学の付属施設。人文系の研究所や」

「ふーん、こんな美しい建物の中で研究できたら素晴らしいね」

「ここで研究するには文学部に転部せんとあかんで」

「そうだな、ちょっと考えるな、文学部は」

塀を回りこんで、歩みを進めると、そろいのユニホームを着た男たちが隊列をなし、駆け足で追い抜いて言った。

「ここだよ」

私は屋敷に顔を向けた。

「ずいぶん立派なところに住んでるんだね」

「うん、小林先生は、お金持ちの娘さんと結婚したんだ。先生自身も貧乏じゃなかったみたいだけど」

私は声を潜めた。

「ただいま帰りました、今日は友人といっしょです」

私は玄関の格子戸を少しだけ開けて、大きな声を出した。

「はーい、お帰りなさい」

と女性の声がした。私は格子戸を閉め、「こっちだ」と言って建物の壁にそって歩き始めた。

「友だちが来ていることを知らせたんや。食事の用意の都合もあるから」

「そうか、ありがとう。さっきの声は先生の奥さん？」

「そう、そう。なかなか美人やで」

「ふーん」

離れの建物は小さな池の向こうにある。

「あそこを借りてるんや」

「静かでいいところだね」

「うん、前の下宿よりずっとええわ。おまけに下宿代をとってくれへんのや」

「信じられないな」

庄司は羨《うらや》ましそうに言った。

母屋と離れの間にある池に夕陽が差し込んでいて、アシの茎のつくる影が水面に長く伸びていた。

池の水は常に循環させて空気を吹き込むようになっていて、薄青い澄んだ水が底まで見通せた。日が陰った部分はその青さが黒みを帯びていた。

小さな魚が群をつくって光と影の中を出たり入ったりしていたが、やがてそろって池の真ん中にある大きな石の陰に消えていった。アシの茎のすぐ脇を、体が透けて見える小さなエビが、体を伸ばしたり縮めたりしながら、巧みに泳いでいた。

私たちの気配に気づいたのか、大きな黒い鯉が数匹足下に寄ってきて水面で口を開けた。

植え込みの向こうにさっきのスペイン風の建物が夕陽をあびて赤く輝いていた。

私の部屋は乱れていたが、庄司は気にする様子もなく部屋の真ん中に座り込んだ。庄司は本棚の本を眺めた。私は恥ずかしい思いがした。教科書以外にはほとんど本がなかったのだ。

庄司の下宿は狭かったが、本棚には『資本論』をはじめ社会科学の本が並んでいた。ロシア人が書いた数学の叢書もあった。金がないのに庄司は本をたくさん持っていた。庄司は古本屋から安く手に入れるようだった。

「裕造君たち、こっちに来ないか」

母屋の方から誠一郎の声がした。

「はーい」

私はそう返事をしてドアをあけた。母屋の廊下に立ち誠一郎が笑顔でこちらを見ていた。誠一郎は和服姿で、腰に絞りの帯をぐるぐる巻きつけていた。誠一郎は、私たちが通う大学の前身である旧制高校でボートを漕いでいただけあって背が高く肩幅が広かった。

「鮎を焼いたんだが、こっちに来て食べないか、お友だちもいっしょに」

「ありがとうございます、今行きます」

「まってるぞ」

そう言って、誠一郎は居間に引っ込んだ。

「行こう」

私は庄司を促した。私はつっかけを、庄司は靴を履いて庭に出た。もうすっかり日が翳《かげ》っていた。

居間に入ると、部屋の真ん中に置かれた大きなテーブルに誠一郎とN氏が向かい合って座っていた。

「おっ、新しいお友だちだね」

庄司を見て誠一郎が言った。

「庄司と言います。よろしく」

庄司はどちらにともなく頭をさげた。

「こちら、イタリア語のN教授、それから私は小林だ」

誠一郎がそういうと、Nさんは「よろしく」と言って私たちに向かって丁寧に頭をさげた。

頭が禿《は》げ、丸い顔に丸い眼鏡をかけた温厚そうな人である。歳は六十少し前だろうか。私と庄司は並んでテーブルに付いた。席の前には若狭塗りの箸が置いてあった。

「さあ、さあ、食べよう」

誠一郎はそう言って、大きな皿に並べられた鮎を小皿に取り分けた。着物姿の夫人が大きな盆を持って居間に入ってきた。夫人は盆をテーブルの上に置き、右手の袂《たもと》を左手で持ち上げながら皿を次々とテーブルに移した。夫人は小さなグラスに入った食前酒を私と庄司の前に置いた。

「この鮎は、今朝若狭から届いたんだ」

そう言って誠一郎は私たちに「食べなさい」と手で合図をした。

「真下君、若狭湾のT市の出身だそうですね、さっき小林さんから聞いたんですが」

Nさんが私に顔を向けて言った。

「ええ、原発を建設中で町も随分変わっているようです」

「実家があるんですか、T市に」

「いえ、父がT市の工場に勤めていたんで、私はあそこで生まれ、高校の一年まで居ました。父が定年になったんで、職を求めて、一家で神戸に引っ越しました」

「そうですか、神戸にいたんですか」

Nさんは口から鮎の骨を抜き取りながら言った。

「なんだか若狭湾に次々と原発が出来はじめて、これから鮎もどうなるかな」

誠一郎は顔をしかめた。

「私の居たところは、T市は静かな町でした。魚もたくさん獲れて。海辺では地引網なんかもやってましたよ」

「そうだろうな。高浜にも原発ができることが決まった。私が釣りのためによく泊まる宿の近くにできるようだ。興ざめだな。悪いが、もうその宿には行く気にならんな」

誠一郎が両手の指で丸いドームを作って言った。

私と誠一郎が喋り、庄司とNさんは黙っていた。Nさんはニコニコしながら頷いて私たちの話を聞いていた。

「ところで、君たち、ロシア語はどうかね、難しいかね」

誠一郎が庄司の方を向いて訊いた。

「ええ、文字も見慣れないものがたくさんありますし、それに文法が複雑で」

庄司が答えた。

「文法が複雑に感じるのは英語がシンプルすぎるからだよ。フランス語だってスペイン語だって一つの動詞が何十通りにも変化する。ロシア語だけが難しいんじゃないよ」

誠一郎が決め付けるように言った。

「でも、形容詞まで格変化するんですよ、名詞に合わせて。性や数ならともかく、何も格まで変化しなくてもいいと思いますね。形容詞なんですから」

私は庄司を応援するためにそう言った。

「ドイツ語でも形容詞は格変化するぞ」

誠一郎が言い放った。

「小林さん、ドイツ語の形容詞の格変化など、ロシア語のダイナミックな格変化にくらべれば、変化しないも同然です」

Nさんがそう言うと、誠一郎はウムと唸って首を傾げた。

「形容詞が名詞の格変化に合わせてダイナミックに変化するのは、古代ギリシャ語やラテン語もいっしょです」

そう言ってNさんは箸を置き、湯呑みを手にした。

「ああ、そうなんですか。知りませんでした。ロシア語だけじゃないんですね」

庄司が恐るおそるNさんに言った。

「ええ、そうなんですよ。でも、ロシア語の難しさはひとつには語彙《ごい》の難しさです」

Nさんが穏やかな口調で言った。

「英語を学んだ人にとっては、ドイツ語でもフランス語でも、似た言葉が随分あるから、親しみやすいんです。ところがロシア語となると、単語自体が英語と類似しているものが非常に少ない」

「なるほど」

庄司が相槌《あいづち》をうった。

「ラテン語と古典ギリシャ語を比べますと、ギリシャ語の方が圧倒的に学びにくい。文法の複雑さもありますが、何よりも英語やフランス語と共通の単語がギリシャ語には少ないんです。ラテン語の場合は、英語なんかに似た単語がたくさんあるんで、初学者でも何となくわかったような気になるんですよ」

Nさんはテーブルの上に置かれたお絞りで手を拭きながら言った。動作の一つ一つが何となく優雅だった。きっと豊かな家庭で育った人なのだ。

それからNさんはイタリアに行った時のことを語りはじめた。Nさんは年に一度はイタリアに出かけるようであった。将来、君たちもぜひ一度イタリアに行きなさい、とニコニコしながら言った。

「イタリアはどこの町がいいですか」

庄司は興味があるようだった。

「そりゃやっぱりローマですよ」

「それで、イタリア語って難しいんでしょうか」

「失礼、あなた名前は何とおっしゃったかな」

「庄司です」

「そうか、庄司君、イタリア語は決して難しくない。発音なんかは日本人にとって親しみやすいものですよ」

Nさんの目が輝いた。

「庄司君、君、学部はどこですか」

Nさんが熱っぽい声の調子で尋ねた。

「工学部です。土木の衛生工学ですが。今、教養の二回生です」

「そうか。どうです、イタリア語をやってみませんか。専門に行くときに転科すれば大丈夫です。土木工学なら入学の時の点数が高いから、余裕をもってうちの学科に来ることができますよ」

「はあ、ありがとうございます。でもいきなりのお話ですから」

庄司が困ったような顔をした。

「そりゃそうだな、急にはなあ」

誠一郎が助け船を出した。

「優秀な人間が理学部や工学部ばかりにいくから、まあ、私もつい誘ってみたくなるわけでしてね」

Nさんが禿げた頭に手をやった。

「そうそう、庄司君の気をひくためでもありませんが、記念に差し上げたいものがある」

そう言ってNさんは体を曲げ足下のカバンをさぐって、中から辞書を二冊取り出した。

「ちょうど二つありました」

Nさんは、ケースに入ったイタリア語の辞書を庄司と私に手渡した。白水社から出ている『新伊和辞典』というものだった。編集者はNさんただ一人だった。

「日本で初めての実用的なイタリア語の辞書だよ」

と誠一郎が説明した。誠一郎はすでにもらっているのだろう。

食事が終わると、私と庄司は離れに戻った。

「Nさんって、うちの大学の先生の中でもちょっと雰囲気が違うなあ」

私たちにも丁寧な言葉を使ったNさんの穏やかな顔を思い浮かべながら私は言った。

「ああ、有名な一族の出身だからね。大学も東京だし」

庄司は箱から取り出したエビ茶色の辞書を繰りながら言った。

「そうか、どうりで」

「この大学には、N先生のように本当に豊かな家庭で育った人ってあんまり多くないから、教員の間でも反発があるらしいよ」

「ふーん」

「小林先生も豊かな家庭で育った人みたいだね」

「ああ、家は若狭の小浜市の素封家だと聞いたけど」

「それで、気が合うんじゃないかな」

「あんた、金持ちの育ち」

「まさか、僕の生活を見てくれよ。でも東京だと、友だちに財閥の息子とか文化人の子弟とか居るから、何となくわかるんだ」

「ふーん、そんなもんかなあ」

「僕は貧乏人だから、とにかく食べていける仕事に就こうと思って、ひたすら技術者になる道を選択したけど、それでよかったのか、と思うことがある。ロシア文学にしてもイタリア語にしても面白そうだね。イタリア語勉強してダ・ヴィンチなんかのノート稿をイタリア語で読めたら何とすばらしいことだろうって思う。ああいうことを一生やっていけたら幸せな人生だなあ」

「やってみたらええやないか」

「でも、それで食べていけるかどうか。大学に残るのはそれはそれで競争があるだろうし、残れない時には就職しなくちゃならないんだろうから」

「そら、そうや」

「工学部ほど就職は恵まれてないんだ」

庄司はそう言って大きなため息をついた。

第五章　源さん

私が片倉の家を訪れた時、片倉は調子がよくなさそうだった。玄関の鍵を開けて私を迎え入れると、ふらつきながら寝室に向かった。

「大丈夫ですか」

「ああ、大丈夫だ」

と答えたが、いつもとまるで声の調子が違った。

居間の部屋続きの寝室に敷かれた布団に、片倉は倒れこんだ。

「すまんな、ちょっと休ませてくれ」

荒い息をつきながら、片倉が言った。

「悪かったですね、こんな時に訪ねてきて」

「いや、職場の若者が線量計を貸して欲しいというんだ。何としても君に渡しておかなきゃ。それに、病気で一人家に寝ていると何となく気がめいる」

「食べてないんでしょ、何も」

「ああ、食べたくないんだ」

「食べないと良くなりませんよ。後で何か作りますから」

私は、これまでも何度かこの家で食事を作ったことがあった。いつも片倉にばかり作ってもらうのは申し訳ないと思ったからだ。

「ああ、ありがとう。でも食べたくないんだ」

「じゃあ、明日食べられるように作っときます」

私の言葉に片倉は力なく頷いた。

「やっぱり、老人施設に入らなきゃいかんかなあ」

片倉が天井に目をむけたまま言った。

「でも、ここに居たいんでしょ、片倉さん」

「ああ、この家で、好きな本と闘いの記録に囲まれ、海を眺めて死んでいきたいな」

「いざとなればヘルパーさんも頼めますし、私もお手伝いさせてもらいますよ」

私がそう言うと、片倉は顔だけこちらに向けて頷いた。

「あっ、そうだそうだ。源さんのこと、頼まれてたな」

「そうでしたね」

私はカバンを開け、二つに折り畳んだ紙片を取り出した。片倉は体を横たえたまま手を伸ばした。

「例の若者が描いてくれたんです」

そう言って私はその紙を開いて片倉に渡した。

「こりゃ、S浜の河井源三さんだ。時々集会なんかで会うよ」

紙片に描かれた顔を見て片倉は叫んだ。

「それで何で源さんに用事があるんだ」

「ええ、同僚の女性が世話になったそうなんです」

私は手短に笠谷と源さんの関係を話した。

「しかし、そんなことをするなんて、その笠谷ってなかなかいい若者だな」

片倉の目が鋭く光った。

「そうなんです」

「よく描けてるな。源さんに似てるよ」

「そうですか、彼、あっと言う間にさらさらと描いたんです」

「やっぱり才能があるんだな」

片倉はため息をついた。片倉もかつて絵を描いていたことがあったのだ。

「電話とか住所とかわかりますか」

「住所はわからないが、電話はわかる。後で電話して、訳を話して住所なんかも聞いとくよ」

片倉はそう言って起き上がろうとしたが、体に力が入らないようで、また布団の上に倒れてしまった。

「さあ、無理しないで下さい。今夜か明日食べられるように何か作っときますから」

私はそう言って立ち上がり、台所に向かった。流しの横にある冷蔵庫を開け、私は残り物の肉と野菜を取り出した。


笠谷と会ったのは、金曜の昼休みだった。笠谷から電話があって屋上で会ってもらえないか、ということだった。

食事を済ませてエレベーターで十階まであがり、そこから数段の階段を上って屋上に出た。笠谷は手すりにもたれて山の向こうに広がる相模湾を見ていた。私が声をかけると、はっとしたようにこちらを向いて頭を下げた。

「線量計、持って来たよ」

私はそう言って、ケースごと線量計を渡した。

「中に説明書があるからわかると思うけど」

「ありがとうございます。月曜にはお返ししますので」

「いや、ゆっくり使ってくれればいいんだ」

「そうですか、助かります」

笠谷は頭を下げ、ケースをズボンのポケットに収めた。

「ああ、それから、例の源さん、わかったよ」

「本当ですか」

「ああ、住所と電話」

私はズボンのポケットから取り出した二枚の紙片を笠谷に手渡した。一枚は例のスケッチであり、もう一枚に源さんの氏名と住所、電話を記してあった。

昨夜、片倉から電話があって、源さんの住所と電話を教えてもらった。片倉の声は元気を取り戻していた。

「お手数をかけてすみませんでした。手紙を書かせてもらいます」

そう言って笠谷は二枚の紙片を重ねて折り畳み、胸のポケットに押し込んだ。

笠谷が線量計を返したい、と職場に電話してきたのはそれから二週間後だった。私は、ちょっと待って、と言って会社の携帯電話を持って居室を出た。

「ああ、もしもし、すみません。落ち着いて話したかったので廊下に出たんだ」

「ああ、そうですか」

笠谷の声にはゴーッという音が混じっていた。装置の空調の音のようだった。実験室からかけているのだろうか。私は足早に階段の踊り場へと歩いた。

「どう、今日は週末なので、いっしょに夕食でも食べない」

私は、サイコロを振るつもりで誘ってみた。

「そうですね」

笠谷の迷った声が聞こえた。

「少し研究所から離れてるけど、落ち着いた店があるんだ」

そう言って私は笠谷の返事を待った。研究所の人が来る店では笠谷は困るかもしれないと思ったのだ。

「そうですか。わかりました。どこですか」

「中央駅から十五分くらいのところに増屋というのがある、古い店なんだが。大通りの二筋裏手だ」

「わかりました。何時ですか」

「わかりましたって、あんたその店知ってるの」

「ネットで調べればわかりますから」

「そうか、増減の増に家屋の屋でマスヤだ。じゃあ何時がいいんだ、君の方は」

「七時半なら大丈夫だと思います」

「わかった。待ってるよ。念のため、わたしの携帯を教えとくから」

私はそう言って、十一桁の数字を読み上げた。


中央駅で電車を降りて、繁華街を五分歩き、裏通りに入ると、米兵相手の店が並んでいた。昔は、ごみごみしていたのだが、通りも広くなり、店もきれいになっていた。英語で店の名前が書かれたバーの前には呼び込みの男たちが立っていた。けばけばしい日本趣味の着物や刀剣を扱う店もあった。私は裏通りの端を右手に折れ、もっと狭い路地に入り込んだ。

増屋は古い木造の二階家だった。一階は椅子席で、二階は座敷になっていた。二階には小部屋がたくさんあって、落ち着いて話すには好都合だった。

店はすいていた。手ぬぐいを頭に巻いた中年の主人が椅子に座って「しんぶん赤旗」を読んでいた。時計を見るとまだ七時前であった。遅れてはいけないと思い急いで研究所を出たので早く着きすぎたのだ。

「おひさしぶりですね」

新聞を折り畳んで主人は頭を下げた。

「二階空いてますか」

と訊くと、主人は、「まだ早いんで、どの部屋も空いてますよ」と元気な声で言った。

「後から若者が一人来るんだけど、来たら上にあがる様に言ってください。奥の右の部屋に入ってるから」

「そうですか、若者ですか、いいですね」

主人は訳知り顔で言った。

「じゃあ、御注文は後でいいですか」

「まあ、手持ち無沙汰は困るから、ビールと何か乾き物持ってきて」

「承知しました」

主人はそう言ってカウンターの中に入った。

私は上がり口で靴を脱ぎ、ギシギシと音をさせて階段を上がった。そして黒光りする廊下を歩いて一番奥の右手の部屋に入った。広くはないが、よく手入れされた日本間だった。真中に厚い一枚板を使ったテーブルがあり、その下が掘り炬燵《ごたつ》のようになっていて足が伸ばせた。私には有難い席であった。

主人が運んできたビールを口にしながら、私は、二十年近く前、この部屋で永井と会ったことを思い出した。永井は研究所に一緒に入った男であり、激しい共産党員への攻撃がある中で、入党を決意した同志だった。この部屋で会ったのは、永井が研究所を辞め、大学に職を求めることになったと挨拶にきたので、二人だけで送別会をすることになったからだった。まだ片倉も研究所に勤めていた時だった。

私は永井が世話になった片倉も呼ぼうと思ったのだが、永井は「片倉さんには合わせる顔がない」と片倉の同席を固辞した。

私が永井を党に誘うきっかけになったのは、一緒に独身寮の寮務委員をやったことだった。永井は真面目で繊細な男で、少し理屈っぽいところがあった。私が永井に特に注目したのは、永井は人のために何かをやることを楽しんでいるように見えたからだ。

訳あって永井は寮生を募って合唱団を組織し、クリスマスや記念日になると寮の食堂で小さなコンサートをやった。合唱団のメンバーから「せっかく練習したのだから、寮生に聞かせるだけではもったいない」という声もでたので、合唱団は、近くの福祉施設にも出かけていった。

当時、独身寮の中にも「赤旗」新聞を配布するルートがあったので、私は永井にその新聞を購読してもらった。部屋の中が寮監によりチェックされるという噂もあったので、永井と相談して、読み終わった新聞は私が引き取ることにした。永井は「赤旗」新聞をよく読んでいた。永井からもどってくる新聞には記事に赤い線が引かれていたり切りぬかれたりしていた。

永井が共産党に入ることを決意してくれた夕方のことを、私は何かの拍子にふと思い出すことがあった。

独身寮から尾根伝いに岬の方に歩き、途中で急な坂道を下ると集落を経て小さな漁港にでる。独身寮の部屋では話しにくいことがあると、私たちは連れ立って漁港のあたりに来た。

その日は、私と永井は二人で突堤の端に来た。腰を下ろすと、まだコンクリートには昼間の太陽の照りつけた温かみが残っていた。永井は私が自分を連れ出した理由を知っていた。私の呼びかけに「自分でも入れてもらえるのか」と静かな声で応えた。

研究所での共産党員への弾圧は熾烈《しれつ》を極めていた。仕事の取り上げや同僚との討論の妨害はもちろん、日常の挨拶や会話でさえも遮られていた。

そういう状態を十分知っていながら、それでも党に入るという永井の心の美しさに、私の方が感激してしまった。私の場合、入党は学生時代のことであり、半ば勢いで入ってしまったようなところもあったのだ。

夕暮れが近づいて、防波堤の突端にある灯台に赤い火がともった。沖には漁をする船の明かりが点々とちらばっていた。永井のあの時の真剣な眼差しが、あの夕方の風景と一緒に、私に蘇ってくるのだった。

しかし、党に入って間もなく、永井は猛烈に仕事に追われはじめた。新しく発足した新型計算機の基本ソフト開発プロジェクトのメンバーになったのだ。必然性の感じられない変な人事だった。

永井が寮に帰ってくるのは夜中となり、休日もほとんど出勤していた。精鋭を集めたプロジェクトの中で、永井が一番若かった。プロジェクトの仕事は細かく分けられた個人責任の作業であり、お互いが関連した仕事なので、一人が遅れると、全体の計画が遅れる仕組みになっていて、気がぬけなかった。

永井はもともと大学では材料研究をやってきた男であり、プログラムをタイミングよく作り上げていく仕事に慣れていなかった。

私は永井に「異常な勤務状態を上司に申し出ろ」とアドバイスをしたが、永井は「僕は仕事が遅いからな」と言って寂しそうに笑っていた。私は、会社が永井の思想に気づいているのかもしれない、永井を仕事で追いまくることによって、永井の思想を崩せると考えていたのかもしれない、と思った。

それでも、永井は寮にいる時期には、休日に開かれる会議に何とか出てきた。忙しい、忙しいと言いながら、永井は、目立たぬように寮内に配る「赤旗」の配布ルートを担ってもいた。

永井が党から離れはじめたのは、私たちより一足早く結婚のために寮を出たころからだった。会議にも来なくなり、党費も滞った。心配して私が訪ねていくと、ドアを開けずに短い言葉で対応した。夫人がいない時はドアをあけ、党費の一部を出すこともあった。

寮を出て二年たったころ、永井は正式に離党を表明した。まだ、党の何たるかを十分理解する前の離党であった。あんな男をなぜ党員として一人前にできなかったのか、私はそれが悔しくてならなかった。

離党とほぼ同時に、永井は関西の支所に転勤になった。党を離れてから、研究所や本社で偉くなっていく人間もいたが、永井はそういうタイプではなかった。あの当時、偉くなるには、若い研究者に睨《にら》みが利き、会社の方針にそってプロジェクトを取り仕切っていく強引さが必要だった。

永井はそういうことがもともと苦手だった。自分の納得できないことを人に強要することのできない男だったのだ。

階段を上がってくる音が聞こえたので私は我に返

った。

「遅くなりました」

笠谷が申し訳なさそうに頭を下げて部屋に入ってきた。私は時計を見なかった。こういう時に時計を見るのは遅れた相手を非難するような行動である気がしたからだ。

「わかったか、ここ。路地裏でわかりにくいんだ」

「大丈夫ですよ。地図がありますから」

そう言って笠谷はスマートフォンを掲げた。主人がメモを手に入ってきた。

「笠谷君、何がいい」

私が訊くと、笠谷は困ったような顔をした。

「サシミでもいいか。ここはサシミがうまいんだ」

私がそういうと、笠谷は頷いた。

「じゃあ、サシミを適当に。それから飲むものは何がいい。遠慮せずに飲んでくれ」

「あんまり飲まないんですが、ビールなら」

「わかった。マスター、頼むよ」

マスターは手にしたメモに記入することもなく、「わかりました」と声を出して部屋から出て行った。

「さあ、さあ、一杯どうだ。暑かったろう」

私はテーブルの上に用意されたコップを笠谷に手渡し、そのコップにビールを満たした。

「エネルギー研究部だそうだね」

「ええ、燃料電池を研究しています」

「ほう、注目されてる分野だね」

燃料電池は水素と酸素を化学反応させて電気を作るものであった。通信設備は大電力を必要とするので、効率のよい発電システムが研究されているのだ。

「じゃあエネルギー問題にも関心があるんだろうね」

「ええ、福島原発の事故があってから、やっぱりいろいろ考えます」

「そうか、私も原発には大いに関心があってね」

マスターが大きな盆を手にして部屋に入ってきた。

「選挙のビラにも書いてありましたね」

「ああ、原発は直ちに廃止しなければならない、というのが私たちの考えなんだ」

「ええ、そういう考えもわかりますが」

何か言いたいことがあるようだ。

マスターが皿をテーブルの上に並べて出て行った。それを待っていたかのように笠谷が口を開いた。

「原発をやめると電力料金が上がって、中小の工場は倒産するんじゃないでしょうか」

テレビの解説などでよく出される見解だが、笠谷の口調には切実感があった。親戚に町工場をやっている人がいるのかもしれない。

「エネルギーの研究をしているなら、原発で作られる電気が本当は決して安くないことはわかるだろう」

「ええ、実はそうなんです。政府の出す膨大な金があるから見かけ上安く見えるだけです。それに事故が起これば、それこそコスト無限大ですね」

「今、原発推進のために出している政府の金を自然エネルギーの開発に使えば、自然エネルギーが本格的に使われるための研究・開発が進められると思うが」

「そうかもしれません」

「それに、コスト的に引き合うかどうか、だけでなく、原発はとにかく人類と共存できない、と思うんだ。事故が起こらなくっても放射性の廃棄物を一体どうするのか、それだけでも原発廃止の十分な理由になると思うな」

「何かの本で読みましたが、日本人一人が一年間に使う電気を作り出すために、原発ではペレット一つくらい必要だそうです」

「ほう、わかりやすい量だな」

ペレットは、燃料棒に入っている燃料の最小の単位であり、直径一センチ弱、長さが一センチくらいのガラス状の焼き物である。その中にウランやプルトニウムが封入されている。

「それで、その燃料が燃えて、ペレットの中、大体中なんだと思いますが、そこに残る放射性廃棄物は、数万人の人間に死を与えるくらいの量と質なんだそうです」

「そうか。じゃあ、日本の人口が一億として、一年間に日本人の使う電気の三分の一が原発による発電だと考えると、どれくらいの人を死に至らしめる放射性物質がでるもんかな」

「ええと、ええと、数万人を三万人として……」

笠谷は、バッグからスマートフォンを取り出し、画面を触って電卓を表示させた。

「一兆人ですね。現在の地球の人口を七十億とするとその百五十倍弱ですね」

笠谷はスマートフォンの画面を私の方に向けた。

「ものすごい量だね。日本で一年間に出る放射性廃棄物だけでそれだけになるのか。とりあえず貯蔵しておいても、いつかその貯蔵が維持できなくなれば、本当に人類は死に絶えてしまうだろうね。人類だけでなくいろんな生物が」

「やっぱり、原発と人類は共存できない、と考えるのが妥当だと思います」

やはりこの男は世の中のことを考えるセンスがいい、と私は思った。

「それで、どうだった、線量は」

「ええ、こんなものができました」

そう言って笠谷はバッグの中から印刷物を取り出した。自宅近くの詳細な地図の上に線量が水彩絵具で美しく色づけされていた。線量の低いところは水色系で、線量の高いところは紺色の点が打たれ、全体では点描画のような趣があった。

「こりゃきれいだね」

「ええ、あんまり味気ないものでもいけないと思いまして」

「思ったほど高くないね」

右隅に書かれた、色分けと線量の対応を見ながら、私は言った。一番高いところでも0・15マイクロシーベルト、低いところは0・04マイクロシーベルトだった。

「そうですね、姉も少し安心したみたいです」

「随分たくさんのポイントを計ったんだろうね」

「ええ、姉が手伝ってくれました」

「そうか、よかったな」

「これ、差し上げます。コピーですが」

「ありがとう。私も汚染地図を作ってみた。群馬や栃木の山で線量を測ったんだ。0・2マイクロを超えるところがたくさんあった。平地に比べてなかなか線量が下がらない」

「そうですか、一度見せていただきたいですね」

「ああ、今度もってくるよ。あちこちで評判がよかったんだ」

「ええ、ぜひ見せてください」

そう言って、笠谷は箸を口に運んだ。私は笠谷のコップにビールをつぎ足した。

「ところで例の源さんだが、連絡、ついたか」

「ええ、手紙書いたんですが、まだ返事がなくって」

「そうか、ひょっとしたら、源さん、入院中かもしれんな」

「そうなんですか」

片倉が源さんのことを電話で教えてくれた時、「ポリープが見つかったので手術するかもしれないそうだ」と言っていたことを私は思い出した。

「危ないんですか」

「いや、そんなことないと思うけど」

「すみません、変なこと言っちゃって。どこの病院ですか」

「たぶん、S病院だろう」

「じゃあ、バスで行けばいいですね」

駅から出るバスは研究所を経由してS病院の前を通る。通勤時間帯にも病院に行く人が乗っていた。

「見舞い、行ってみるか」

「ええ、彼女の様子もお伝えしたいので」

「わかった、知り合いの人に訊いておくよ、源さんの様子。その知り合いの人って以前、うちの研究所にいた人なんだ。片倉さんっていうんだが」

「お仲間ですか、その片倉さんも」

片倉が共産党かどうかを訊いているのだろう。

「ああ、まあそうだ。ええと、連絡とるのに、職場じゃない方がよければ、個人の携帯に電話するが」

私がそう言うと、笠谷は意味ありげな顔つきをした。


私と笠谷が病院に源さんを訪ねたのは土曜の午後だった。源さんの病室に近づくと、若い女性が泣きはらしたような目をして連れだって廊下をこちらに歩いて来た。低く抑えたような片倉の声とそれに応じる女性の声が聞こえてきた。片倉は、私たちを源さんに紹介するために時間を合わせてこの病院に来たのだが、一足早く病室に入ったようだ。

私と笠谷が病室に入ると、椅子に座った片倉が手を上げてこっちだと言った。病室は二人部屋で、奥のベッドに源さんが寝ているようだ。ベッドを取り囲んでいた若い女性たちが、目で合図をしあい、「先生お大事に」と源さんに声をかけて名残惜しそうに部屋を出て行った。源さんの教え子のようであった。

私はまず片倉に笠谷を紹介した。笠谷は神妙な顔つきになって片倉に向かって頭をさげた。片倉は元気を取り戻しているように見えた。

「あっ、笠谷さんですね。真下君から聞いていますよ」

片倉は椅子から立ち上がり、そう言って笠谷を慈しむように眺めた。それから、片倉はベッドに近寄り、源さんの頭に顔を近づけて囁《ささや》いた。

源さんは寝たままの姿勢で頷いた。

「源さん、覚えているようだ」

片倉がそう言うと、笠谷は肩にかけたショルダーの口を開いて中から封筒を取り出した。笠谷が封筒を逆さにして軽く振ると中から便箋と写真が出てきた。

笠谷が源さんの枕元に近づき、写真を差し出した。源さんは短い腕を伸ばして写真を受け取った。

「彼女、ずいぶん元気になって、今、郷里で英語の塾をひらいてます」

笠谷がそう言うと、源さんは頷き、写真を見つめた。源さんの表情がわずかににこやかになった。笠谷が便箋を差し出すと、源さんは写真を枕元に置き便箋を受け取った。便箋を開く源さんの手が振動していた。源さんの口が開いた。片倉は口元に耳を寄せ頷いた。片倉はベッドの脇にある小さなテーブルに置かれた眼鏡を取り上げ、源さんに手渡した。源さんの手が震え、眼鏡のツルがなかなか耳にかからなかった。片倉が手を貸し、ようやく源さんは眼鏡をかけることができた。

便箋を繰りながら読んだ源さんは、笠谷に顔を向けて頷いた。源さんの口が開いた。「よかったな」と言ったようだ。声は出ていないが、口の動きで私にもわかった。

入口に足音がして、老婦人に案内されて中年の女性が二人入ってきた。片倉は老婦人に、私と笠谷を紹介した。その人は源さんの妻だった。片倉は親しいようだ。

「じゃあ、今日はこれで失礼するか」

片倉がそう言って、私と笠谷を促した。片倉は源さんの顔を覗きこむようにして「元気でな」と言った。老婦人が引きとめようとしたが、片倉は「又来るから」と言って、部屋の出口に向かった。私たちは片倉の後に従った。

廊下に出てしばらく歩いてから、「源さん、あんまりよくないんだ」と片倉が呟いた。病院の外にでると、夏の日差しが容赦なく照りつけていた。

「車だが、乗っていくか」

片倉は私と笠谷に向かって言った。

「暑いから、送ってもらおうね」

私が言うと、笠谷は遠慮がちに、「はい」と言った。

「ここで待ってて。今、駐車場から車取って来るから」

そう言って、片倉は急ぎ足で駐車場に向かった。

「源さんに会えてよかったな」

私が言うと笠谷は頷いた。

「何だか肩の荷がおりた感じがします」

「笠谷君、律儀だからな」

「でも、そっち系の人たちの間には、独特の温かい付き合いがあるんですね」

「そう感じてくれると、私も嬉しいな」

すぐに片倉の運転するプリウスがやってきた。後の座席に私と笠谷が乗り込んだ。駐車場に置かれていたので車の中は暑くなっていた。片倉が冷房のスイッチを切り替えると、唸る音が高くなり、冷たい風が勢いよく吹きつけてきた。

「笠谷君、これから何か予定があるのか」

片倉は親しげに声をかけた。片倉は、初対面であってもすぐに打ち解けた態度を示す男だった。

「いえ、特にありませんが」

「そうか、裕造君も大丈夫だろ」

「ええ、もちろんです」

私は、今日と明日で「しんぶん赤旗」の集金を済ませたいと思っていた。奈津が実家に頻繁に帰るようになってから、私は奈津の受け持ちの分まで集金しなければならなかった。しかし、片倉が笠谷を家に呼ぼうとしているのだと感じたので、是が非でも付き合おうと思った。

「笠谷君、私の家はここからわりと近いんだ。ちょっと寄っていかないか」

片倉が車を発車させハンドルを切りながら言った。片倉の家はここから近くはなかった。車で三十分はかかる。何食わぬ顔をして「わりと近い」と言ってのけるところが片倉らしかった。

「はあ」

笠谷は曖昧《あいまい》な返事をして私の方を見た。

「片倉さんの家は、崖っぷちにあって、海がよく見えるんだ。いいところだよ」

「暑くて汗をかいたろう、風通しの良いところで海を見ながらビールを飲みませんか」

片倉は真っ直ぐ前を向いたまま言った。

「ありがとうございます、じゃあ少しだけ」

笠谷は遠慮がちな声で言った。

「妻を亡くして私は独り暮らしでねえ、誰か来てくれるととてもうれしいんだ」

片倉は殺し文句を使った。

片倉は、おそらく笠谷に会った瞬間、ピンと来るものがあったのだろう。社会を変革していく仲間にできる、と思ったようだ。この前、片倉の家で笠谷の話をした時、片倉は病気だったにもかかわらず、目を輝かせた。病気で休んでいる女性を訪ね、研究所を辞めるな、とわざわざ言いに来た笠谷の行動に、片倉はひどく感心していた。

弾圧の激しい職場で仲間を増やしていく時、相手の資質というのはやはり見きわめなくてはならない。人のために何かするのを喜びと感じる人、自分の利益を優先させない人、ビクビクしない人、仕事のよくできる人、金払いのよい人。これまで何らかの形で私たちの運動に加わってきた人間は、およそそのような資質をそなえていた。若い時から、多くの仲間を増やしてきた片倉は、早くも笠谷のすぐれた資質を見抜いているのだろうか。

車は丘を一気に下り海岸道路を走り始めた。

道路と海岸の間には、背の高い椰子《やし》の木とボリュームのある蘇鉄《そてつ》の木が交互に植えられていた。民宿と料理屋を兼ねたような店が右手に並んでいた。マリンスポーツの用具を売る店の前には、ウェットスーツを着た人々が集まっていた。

左手に海水浴場があらわれた。夏の盛りを過ぎているとは言え、砂浜は若者や家族連れであふれていた。ビーチバレーのネットが張られ、正式の試合が行われているようだった。

海水浴場を過ぎると、その先は漁場であった。

さびて朽ちたトタン屋根の小屋からは、折りたたんだ網や大きなブイが溢れ出していた。網にすっぽりと覆われている小屋もあった。網を干しているのだろう。バスケットボールのような大きな浮きが固まりとなって、うち捨てられたように砂にまみれていた。

　祭りでもあるのだろうか、縦長の立派な旗が二本、風にはためいていた。黒々と字が書いてあったが読み取れないうちに車が旗の脇を通り抜けた。

　笠谷は窓の外に目を向けたままだった。

「笠谷君、海が好きなの」

　一心に海を見つめている笠谷に私は声をかけた。

「ええ、海を見ているとほっとするんです」

「そうだね、私も海の近くで育ったもんだから、やっぱり海を見るとうれしくなるね」

「真下さん、どこでしたっけ」

「話してなかったっけ、福井県のT市だよ。今は原発で有名な町だけど、もともとは静かないい町だったよ。三方を山に囲まれて、海に面していてね。江戸時代から北前船の中継地として栄えたところだ」

「T市に行かれることがあるんですか」

「実家があるわけじゃないから、同窓会ぐらいだね。世話になった先生も亡くなった方が多いしね。以前は先生を訪ねることもあったんだが」

　私は中学の時に世話になった岡野のことを思い浮かべながら言った。

「そうですか」

「笠谷君、どこで育ったの」

　片倉が一瞬振り向いて尋ねた。

「千葉です」

「そう、千葉のどこ」

「千葉市の先のI市です」

「じゃあ、お父さんは工場勤めだったんだな、きっと」

「よくわかりますね、片倉さん」

「I市には大きな工業団地があるからね」

　片倉は若者と話すのが楽しいようだった。

　道路と砂浜の境に植えられた笹藪《ささやぶ》に遮られ、海は時々見えなくなった。

　切り通しの緩やかな坂道を上りトンネルを抜けると、見渡す限りのキャベツ畑が広がっていた。畑の隅に墓地があった。ここで生まれ、ここで死んでいった人たちが眠っているのだろう。

　海から離れていた道が再び海に近づき、松の木の間から海が切れ切れに見えた。さっき見えていた穏やかな海と違って白波の立つ荒々しい海だった。もう片倉の家は近かった。

「ここだ、先に下りて」

片倉が家の前で車を止めた。私と笠谷が車から降りると、片倉は車を車庫に入れ始めた。

車から降りた笠谷は、「近い」と言われたことなど全く気にしていないようで、海に向かって大きく伸びをした。沖にはタンカーのような船が、近くには釣り船が見分けられた。

「いやあ、いいところですね。すっかり気に入りました」

笠谷は海を見つめて言った。笠谷の表情は明るかった。私はほっとした。

「さあ、まずは庭で乾杯といこう」

車から出てきた片倉が言った。私は、建物の壁の脇を通り抜け、笠谷を庭に案内した。芝生の植えられた明るい庭の一角は、崖の途中から庭先にまで伸びている黒松の木の陰になっていて、そこに鉄でできた白いテーブルと椅子が置かれていた。椅子が熱くなってないかどうかを手で確かめてから、私は笠谷に椅子をすすめた。

芝生に鳥の影が映った。見上げると鳶《とび》が風に追われてふらふらと低く飛んでいた。何か餌にありつけると思っているのかもしれない。

この半島の海沿いには鳶が多く見られた。カラスとちがって鳴き声も哀愁を帯び、ゆっくりと空を旋回する姿が美しかった。研究所の近くにも鳶は生息しており、屋上に出ると、すぐ目の前を上昇気流に乗って舞い上がる姿が見られた。

すぐに、庭に面した居間のガラス戸が開いて、大きな盆を手にした片倉が現れた。私は立ち上がってガラス戸のところまで歩き、盆を受け取った。ビール瓶が五本横たわり、その横に三つのジョッキが置かれていた。

私がテーブルの上にジョッキとビールを並べていると、もう一つの盆を持って片倉が庭に下りて来た。

「みんなこのあたりで採れたものなんだ」

片倉はそう言って枝豆やトマトの入った皿、マグロの切り身を盛った鉢をテーブルの上に並べた。片倉は笠谷が来たときのために用意していたに違いない。

「これ、マグロでしょうか」

笠谷が鉢を見つめながら言った。

「そうだ、マグロだ。あっ、そうか、正確に言うとマグロはここでとれるわけじゃない。マグロの水揚げ港が近いんだ」

片倉はビールの栓を抜き、三つのジョッキに次々とビールを満たしていった。

「カンパーイ」と声を上げて、私たちはジョッキを打ち当てた。ゴツゴツした肌ざわりの分厚いジョッキがコツッと重い音をたてた。

視界いっぱいに広がる海の方から涼しい風が吹きつけてきた。

左手に見える房総半島の山々について片倉と語り合う笠谷の横顔を眺めながら、私は、笠谷のような若者たちに研究所のこれからの闘いを委ねなければならないのだ、と強く思った。

第六章　福島の旅

大学の同級生の庄司といっしょに福島に出かけたのは十月の連休だった。最初に泊まったのは福島県の南端にある海辺の温泉施設だった。庄司は、以前この温泉に来たことがあると言った。庄司が研究室の室長だったころ新入社員の研修で回ってきた和田という男が福島第一原発（イチエフ）で水処理を請け負う会社に出向していたのだが、汚染水処理のシステムに手こずり、元気をなくしていたのだそうだ。

庄司は和田を宿舎に訪ね励ましたのだが、仕事が気にかかって休日にもイチエフに出かけようとする和田を説得し、この温泉に連れ出した。庄司は、それ以来、和田といっしょにあるいは一人でこの温泉施設に来るようになったのだそうだ。

温泉施設は、一階が受付、二階が休憩所と宿泊施設、三階が大浴場とレストラン、売店になっていた。

大浴場からは目の前に広がる太平洋が見渡せた。遮るものは何もなかった。庄司と私は、並んで大きな浴槽に浸かり、海を見つめた。まだ日が僅かに残っていて、沖に停泊する船の姿が曇ったガラス窓を通してかすかに見えた。

「漁をする舟だろうか」

私は庄司に尋ねた。

「いや、沖に停泊する船のようだ。このあたりはまだ漁ができないんだ」

庄司は、そう言って、手で湯をすくい、大きな窓ガラスにかけた。湯気で曇っていた窓ガラスが湯に洗われて海がはっきり見えるようになった。たしかに船は漁船にしては大きすぎた。

「この温泉はにおいがしないだろう」

「ああ、そうだな、温泉らしくないな」

「少し塩辛いんだぜ」

庄司がそう言うので、私は浴槽に注いでいる湯を手に受け口に含んだ。塩気が舌を刺激した。

逞しい体つきをした高齢者の一団が大声で地元の言葉を話しながら浴槽に次々と入ってきた。宴会があるのかもしれない。庄司と私は浴槽から出て洗い場に向かった。

並んで身体を洗っていると、庄司の身体つきが気になった。太っているのである。

「おい、庄司。ちょっと体重オーバーじゃないのか」

「わかるか」

庄司が膨らんだ腹を手で打った。

「ああ、わかる。百キロあるんじゃないか」

「まさか。でも、女房がいなくなってから、酒の量が増えてな」

「気をつけろよ、若くないんだから」

「わかっているんだがなあ」

私たちは風呂から出ると、いったん部屋にもどり、それから三階にあるレストランに入った。そこからも海が正面に見えたが、海はもう色を失っていた。

「何にしようか」

庄司はそう言ってテーブルに置かれたメニューを開き、私の方に差し出した。

「お奨めはなんなの、ここは」

私はメニューを受け取りながら尋ねた。

「そうだな、何がいいかな。とりあえずビールのつまみになるようなものがいいな」

「まかせるよ」

私はそう言ってメニューを庄司に返した。

黒い制服を着たウェイターがやってきた。

「先生、ようこそいらっしゃいました」

ウェイターは庄司に親しげな笑顔を見せた。顔なじみのようだ。

「ああ、今日は古い友人を連れて来た」

庄司がそう言うと、ウェイターは私の方に顔を向け、頭を下げた。

「ビール、大ジョッキ二つ。それからエビフライとカキフライ、枝豆とチーズも頼むよ」

庄司はメニューを見ながら言った。

「以上でよろしいですか」

「ああ、とりあえずそれだけ持って来て」

かしこまりました、と返事をしてウェイターはテーブルを離れた。すぐに大きなジョッキ二つを右手に、枝豆の入った小鉢を載せた盆を左手に持ったさっきの男があらわれた。


私たちは、男がテーブルに置いたジョッキを手に取り、それを打ちあてた。

庄司に会う度に、私は自分と庄司の違いについて考えさせられた。二人とも民間の企業に入って共産党員として活動してきたのだが、庄司は放射性廃棄物処理の研究分野では「権威」であり、研究室長を経験し外国での研究歴もあった。そのせいか庄司は歳相応に落ち着いていた。私の場合には、長く思想差別の中で孤立させられ苦しんだ。研究の妨害もあり、もちろん室長というようなポストは与えられなかった。庄司のことが羨ましい、というのとは少し違うが、自分が本来身につけるべきものが身についていないような気がするのだった。

「庄司と旅行するなんて久しぶりだな」

「そうだな」

庄司は妻を亡くしていたので、独り身の気楽さで、よく福島に来るようだった。福島に来て温泉宿に泊まり、食事をして地元の酒を飲み、物産をたくさん買うことが、この地の復興に役立つ、というのが庄司の考えのようだった。

「久しぶり、というより大学の時の民青の合宿以来じゃないか。合宿のあと真下の郷里の近くに連れて行ってもらった。あれ以来、あんたとは旅行はしていない」

民青というのは日本民主青年同盟の略称である。

「民青の合宿か、懐かしいな」

工学部の同じ学年には二百人を超える民青の加盟員がいて、夏休みには琵琶湖で、冬休みには山寺で勉強会と交流を兼ねた大規模な合宿をやった。教養時代にはなかなか民青に入る決意が固まらなかった私と庄司は、それぞれの学科に進んだ後、時を前後して民青に入ったのだった。

「電気系も活動家がたくさんおったけど、大企業に入った連中は、なかなか活動できなかったな」

私は、企業に就職した人たちの顔を思い浮かべてそう言った。

ウェイターがテーブルの真中にフライを盛った皿を置いた。庄司はビールのジョッキをもう二つ頼んだ。

「どう、土木の方は。庄司は衛生工学だったから、土木とは少し感じがちがうかもしれんけど」

「ああ、土木はほとんどのもんがスーパーゼネコンと言われるところに就職したから、まあ、そこで表立って活動するのは至難の業みたいだな。でも衛生工学の方は、もともと公害やら人の健康に関心がある人が多かったから、今もそういう立場で生きてる人がけっこういる。就職先も自治体に行った人も多いからな。まあ、企業に行った人も、公害対策みたいな部署が多くて、会社の幹部から『お前が張り切ると会社が損するばかりだ』と言われることがあるようだけど」

「そうか。電気系の場合は、電力会社やら通信会社、電気メーカーが主力だから、活動を続けるのは本当に大変だったようだな」

「そうか、しかし皆、そろそろ、リタイアだから、元気付けてやるといいのかもしれんな」

「ああ、それで、電気系の連中で面白いこと始めているんだ」

私は一年ほど前に今津と会った時のことを話そうと思った。

「面白いことって何だ」

「ああ、今も社会の変革を目指して頑張ってる連中が、手分けして、心ならずも活動から身を引いた連中と対話を進めているんだ。もう一度、自分の生き方を考えてもらえないかって」

「そうか、それはすばらしい活動だな」

「今津って覚えているか」

「ああ、地域でセツルメント活動をやってた男だな」

「そうそう」

「女学生にもてて有名だった」

「よく知ってるな」

「衛生工学のクラスの友人が同じセツルにいて、今津のことよく話してた」

「あいつ結局Z重工に行ったんだ」

「よく行ったな、軍需産業じゃないか」

「もともとZ自動車だったんだけど、Z重工に移った。原発関連のロボット技術開発に携わってた」

「原発でロボット使う計画があったからな」

「あいつ、Z重工に入ってからも長く頑張ってたんだけど、管理者になる時期に党を離れたんだ」

「そうか、まあ、よく頑張った方だな」

　今津はZ重工から分かれたばかりのZ自動車に就職した。電気系学科の学生の就職先としては珍しかった。今津は在学中から電気と機械を融合したメカトロニクスに興味があり、電気系学科の校舎に隣接する機械系の授業を「モグリ」で受講していた。自動車を組み立てるロボットに強い関心があったようだ。今津がZ自動車に就職したもう一つの理由は、大学のある町を離れたくなかったからだ。同じ大学の二年下に光永佳代子という恋人がいて、今津は一瞬でも長く佳代子と一緒に居たかったのだ。

「去年の夏、今津に会った。あいつ関連会社の重役だったけど、辞めてNPO法人を立ち上げてた。里山の自然と触れ合う子ども会みたいなものらしい」

「ほう、それでどうだった、あっちのほうは」

　あっちのほう、とは共産党との関わりのことだ。

「脈、アリアリだった」

「そうか、そりゃよかったな」

「選挙は一家で共産党に投票してるって言ってた。原発については、再稼働反対まではできないが、自分の知ってることは何でも教えるって。もっとも『秘密保護法』なんかまだ全然話題になってなかった時の話なんだが。カンパをたくさんくれた。一部を新聞代にして、今、郵送で送っているんだ」

そりゃ、いい活動だな、と言って庄司は頷いた。

「八代ってどうしてる、とてもいいやつだったな」

「ああ、八代か」

「あんた、八代と特に仲がよかったろう」

「そうだな」

八代は私と同じ電気工学科に居た。電気系クラスの自治会活動を一緒にやった男だった。「全共闘」との闘いが熾烈を極めていたころ、私は八代たちと協力して電気工学科の活動をすすめてきた。私と八代はお互いの下宿をよく行き来し、たまたま私を訪ねてきた庄司と顔を合わせることがあったのだ。

「どこに行ったんだったかな、就職は」

「C電力」

「珍しいな。普通は関西電力だろ」

「名古屋に親戚が多かったみたいだ」

「そうか、電力会社か。大変だったろうな」

「ああ、でもあいつの場合には、就職が決まった時点で、もう活動はやらないと決めたみたいだったから」

「そりゃ残念だったな。それで、今、音信不通か」

「だいぶ前に年賀状が戻ってきた。それっきりだ」

「八代には話してみないのか」

「そうだな、少し荷が重いな」

「八代は待ってるかもしれんぞ、あんたが話しにくるのを」

「そうだろうか」

庄司に言われて、私は心がざわついた。八代とは不本意な別れ方をしたのだ。

「さあ、そろそろ何か炭水化物を食べよう」

そう言って庄司は手を上げ、ウェイターを呼ぼうとした。

「まだ食べるのか」

私が言うと、庄司は笑って頷いた。

「たくさん注文するのが支援になるんだよ」

庄司は、やってきたウェイターに寿司を頼んだ。

翌朝は列車で浜通りの大きな町まで出て、そこから西に向かう三両編成の列車に乗った。電車は変わった作りで、片側には向かい合った四人用の席が並び、通路をはさんで向かい合った二人用の席が並んでいた。庄司と私は二人用の席に座った。

車輌が線路の継ぎ目を通過する音がリズミカルに聞こえてきた。継ぎ目の間隔のせいか車輌の長さのせいか、都会では聞いたことのない心地よい響きだった。

　小高い丘をよけ右に左に回りこんで走っていた列車が、意を決したように真っ直ぐに山に突っ込んでいった。その先にトンネルがあった。短いトンネルをいくつか潜ると、川に沿った渓谷に出た。列車は速度を落として走りはじめた。斜面には黄色くなった葉と緑の松が入り交じっていた。眼下の川は右に見えたり左に見えたりした。私は飽きずに窓の外を見続けた。

　庄司はリュックから緑と黄色が斑《まだら》になった蜜柑《みかん》を取り出して私に手渡した。

「こういう蜜柑を見ると、小学校の秋の遠足を思い出すね」

　私は蜜柑の皮を剝《む》きながら言った。

「真下の遠足はどういうところだったんだ、T市なんだろう。今原発のあるところなんかにも行ったのか」

　庄司が興味深げに訊いてきた。

「そうだね、低学年の遠足は、T半島の付け根あたりまでで、高学年になるとだんだん半島の中ほどまで行くんだけど、今原発のあるあたりまでは、行かなかったな。とても小学生や中学生が徒歩で行けるところじゃない。海岸にそって細い道が先端まで続いていたけど、バスも通らない曲がりくねった狭い道だった。もちろん舗装なんかしてない」

「ふーん、僕は東京だったから、そういう田舎の遠足に憧れるなあ」

「海岸ではね、地引網をやってたよ。女の人なんかが、もう後に倒れんばかりになって網をひいてたな。体を預けるようにするときっと力を使わないですんだんだと思う」

「そうか、いいところだったんだな」

「今は原発まで幅の広い道がしっかりついてるぜ」

「見えるのか、原発が市街地から」

「いいや、見えないよ、半島の先だから。人目につかないようにひっそりと建っている」

　列車が止まって、ホームに降りた人たちが無人の改札を通って、色づいた木々の中に消えて行った。

　次の駅が近くなると、庄司が言った。

「おい、線量、計ってみろよ」

　私はポケットから小型線量計を取り出した。片倉から借りたホリバのラディである。スイッチを入れるとカウントダウンの後に、０・３８７の数字があらわれた。

「結構高いな」

私は庄司に線量計を見せた。

「線路がカーブして原発に近づいてるんだ」

庄司が言った。列車が次の駅に着くと、赤ん坊を乗せたバギーを押して若いお母さんが乗り込んできた。

「けっこう高いんだが、和田君なんかから原発労働者の話を聞いているから、感覚がマヒしてるよ、僕は。収束作業に従事する労働者は一日に一ミリ浴びることも珍しくないそうだ」

「そうか、1ミリか、一時間にそれだけ浴びるとすると、ここの２５００倍以上だな」

「ああ、とんでもない高い線量を浴びながら作業してるんだ」

庄司はそう言って溜息をついた。

電車とバスを乗り継いで目的の山裾に着いたのは昼前だった。よく晴れていた。常緑樹の黒々とした林の向こうに火山の爆裂口のようなものが生々しく灰色の地肌を見せていた。

「太古の荒々しさだな、これは」

私がそう言うと庄司はおかしそうに笑った。

「ばか言ってる。この山の半分が自壊したのは明治時代なんだぜ。それまでは四つの峰を持つ普通の美しい山だったんだよ。明治の大災害は、土石流がふもとの村を襲って、何百人も死者がでた」

「そうか、知らなかった」

「もっとも、ずっと昔には富士山のような形の単峰の山だったが、噴火で四つの峰ができた、と言われているんだが」

「やっぱり太古じゃないのか」

「太古ってのは何億年も前のことを言うんだ。四つの峰ができたのは平安時代あたりだから太古じゃないよ」

「相変わらず細かいことを言う男だな、君は」

私は、そそり立つ崖を見上げて言った。

それにしても見事な景観だ。草木の生えない灰色の崖が緩やかなカーブを描いて延々と連なっていた。そのむこうに鋭い嶺が高々と天に向かっていた。緩やかな上り坂を歩き続けると、明るい青い色の池があらわれた。

「いや、なんという綺麗な色だ。コバルトブルーって言うのかな」

私は立ち止まってそう言った。

「ちょっと違う。コバルトブルーはもっと深い青のことを言うんだ。あんた、コバルトって見たことあるか」

「いや、ない」

「コバルト自体は銀色だけど珪酸《けいさん》化合物やアルミ化合物が色を出すんだ。覚えときなよ」

「さすが元研究室長、何でも知ってるな。でもひょっとして、あんた、威張ってた。室長の時」

「いや、そんなことはない。真下相手だから、心が裸になる。室員相手には大変気を配っていた」

「まあ庄司の言葉を信じておこう」

「室長時代には、評価制度でほとんどの人にA評価をつけたんだぜ」

「圧力があって大変だっただろう」

「僕を室長にしたんだから、会社の方もそれぐらいは覚悟してたと思うけど。それに室長は一次評価者で、実際の評価はもっと上で決まったから、実際にはC評価の人もいた。それだと給料が下がっていく。そういう人には一次評価を伝え、成果主義に反対する僕の立場を説明した」

磊落《らいらく》に見えても庄司なりに苦労があったのだろう。

その日は、崖と山がよく見渡せる宿に泊まった。連休だというのに、やはり客の姿はまばらだった。

次の日、私たちは、中通りの大きな町で別れた。庄司は和田の実家に挨拶に行き、近くでもう一泊する、ということだった。和田の実家は帰還困難区域に隣接したりんご農家だった。庄司はその様子も聞きたいのだ、と言った。私は、明日午前中に会議があったので、庄司と一緒に行くことができなかった。

庄司と別れて東京に向かう列車に乗り込んだ私は、窓に展開する景色を眺めながら、八代のことを考えていた。庄司が言った「八代は待ってるかもしれんぞ」という言葉が耳から離れなかった。

私の頭は、八代と労苦を共にした時期のことを思い出していた。

第七章　あのころ

　私と八代はビラづくりを峰岸にまかせて、足早に工学部の自治会室を出た。今日、二人は夕刻以降の活動は一応免除ということになっているが、うかうかしていると、どんな仕事が降ってくるかわかったものではない。明日、私は八代といっしょに東京でD通信社の就職試験を受ける。前の日くらいゆっくり休んで晴れやかな顔で試験にのぞみたかった。

　傾いた日差しの中で大きな立て看板に字を書いていた有馬が「おい、がんばって来いよ」と二人に声をかけた。有馬は工学部の自治会の委員長を務め、一年留年して私たちといっしょになった男だった。郷里の九州の会社を受けたが委員長をしていたことが会社にわかって不採用になった。

　工学部のある本部構内の北側の門を出て電車通りをわたった私と八代は、再び理学部や農学部がある構内に入った。ここは農場などがあってどこかゆったりとした雰囲気があった。二人は両側に銀杏並木のある幅広い道を歩き続けた。明るいうちに帰るのは珍しいので景色が違って見えた。日米安保条約の自動延長に反対する闘いが学内でも盛り上がっていた。私たちは連日のようにビラをつくって配布し、電気系学科の中で小さな集会や学習会を組織していたのだ。

「真下は小論文、考えたか」

　道を右に曲がって人通りが少なくなった時、八代が聞いてきた。

「考えるって、そんなもん題もわからんやろ、出たとこ勝負や。あんたは」

「いくつか書いてみた、急に出されても文章が出てこんからな、おれは」

「どんなことや」

「D通信社を担う者の心構えとか、そういうこと」

「そんなこと、どうやって発想できるんや、今までの僕らの思考の延長で？」

「まあ、自分の考えを一応書いて、普通の人がどう考えるかで修正していくんや」

「そうか、そういう方法があるのか」

野菜に赤や黄色の札が貼り付けてある試験場を過ぎると左手に大きなグラウンドがあらわれた。グラウンドを横切っていくとずいぶん近道になるので、二人は左手に折れてグラウンドに入った。真ん中ではアメリカンフットボールの練習がおこなわれていた。この大学のアメリカンフットボール部はなかなか強かった。

「真下、面接の準備は」

「それも出たとこ勝負」

「支持政党を聞かれたらどうする」

「どうするかな、民社党かな」

「きっと顔が引きつるやろな、真下は心が顔にでるからな」

「ああ、そうかもしれん」

「支持政党はなし、選挙の時は人を見て入れる、というのが一番無難らしいで。いまどき、若者が民社党支持するのがおかしいやろ。会社も、かえって何かあると思うやろ」

「そらそやな、ええこと聞いた。あんた、どこから聞いたそれ」

「親戚の偉いさん」

「いつ」

「この前の日曜に電話した」

八代の就職にかける情熱は大変なものだった。D通信社は電気系学科の学生には人気のある企業だったが、今年はこの学校からの応募が意外に少ないという情報を八代はどこかから仕入れてきた。八代はD通信社をいっしょに受けようと私をさそった。私は迷った。大学院を受けてみたいと思ったが、受かる保証がなかった。就職するにしても、関西の会社にしたかったのだが、地元の企業は念入りに思想調査をするので、落ちる可能性があった。八代も、東京に本社のある会社の方が調査が大まかになる、と読んだようだった。

D通信社は半官半民の性格を持った会社であり、電気系学科の者が大学推薦で本社採用されると、いわば技術官僚になる道を歩むことが可能であった。地方で採用された者が一生かかってやっと上り詰める地位に三十前で到達するシステムに魅力を感じる者も多かった。

私がD通信社を受ける気になったのは、ここに日本を代表するような大きな研究所があって、比較的そこに入りやすいという話を聞いたからであった。最近は、企業の研究所に入るには最低大学院の修士課程を卒業しておく必要があると聞いていたのだが、大量に研究者を採用するD通信社の研究所は学部を出ただけの人間も入ることができるようだった。技術官僚に人気が集まって研究所は相対的に人気がないこともその理由であるらしかった。就職担当の教授から、研究者になるための教育が充実している、という説明もあり、私はそこに魅力を感じた。

グラウンドを横切って斜面を登りきるとバス通りに出た。

「俺、今から床屋に行くわ。考えてみたら三ヵ月も行ってなかった」

八代はそう言って頭の後ろの毛を指で挟んで見せた。

「俺は学生服、とりに行くわ。クリーニング屋に出したままや」

私は背広を持っていなかったので、学生服で就職試験にのぞむつもりだった。背広で来る連中が多いだろうと思ったが、八代も学生服で行く、と言っていたので私もそう決めた。一週間前にクリーニングに出したのだが、今日まで取りに行く暇がなかったのだ。

「ほんなら、明日また」

八代はそう言って、信号が黄色に変わった横断歩道に走りこんでいった。

クリーニング店で学生服を受け取り、下宿に戻った私は、机の上に並べた札と硬貨をながめながら、散髪に行けるかどうかを考えていた。東京までの往復の旅費をD通信社の出先機関からもらっていたが、封筒には新幹線の往復の費用のほかに千円の日当が入っていた。おまけに新幹線は「ひかり」の料金が入っていたので、「こだま」で行けば往復八百円安くなる。金をもらった安心感があって、ここ数日私は食事をきちんととったので、手持ちの金は少なくなっていた。散髪に行けば、あとはほとんど旅費だけしか残らない。何かあった時のために少しくらいは残しておいた方がいいのだろう。

私は手を伸ばして、机の奥に立てかけた鏡を引き寄せた。八代と同じように三ヵ月くらい床屋に行っていない。伸びた前髪が額の半ばを隠していたが、見苦しいというほどでもなかった。手で髪を掻き上げ、なでつけると、なんとなくおさまりがついた。まあ、いいだろう、と私は思った。

「裕造君、いるのか」

　母屋の方から誠一郎の声がした。

「はーい、います」

　私はそう返事をしてドアをあけた。母屋の窓から誠一郎が笑顔でこちらを見ていた。

「若狭の焼き鯖があるんだが、こっちに来て食べないか」

「ありがとうございます、今行きます」

「まってるぞ」

　そう言って、誠一郎は顔をひっこめた。

　私は机の上の金を集めて封筒におさめ、机の引きだしにしまった。

　居間に入ると、部屋の真ん中に置かれたテーブルについて私を待っていた誠一郎が、「さあさあ食べよう」と声をかけた。

　風呂にはいったのか、誠一郎の顔はつやつやと輝いていた。誠一郎は涼しげな絣の浴衣を着ていた。

　居間はもともと妻の父の書斎であったもので、ガラス扉がついた本棚が壁面を埋め、見上げるほどに高い天井まで達していた。

　テーブルには、焼いた鯖が大きな皿に盛られていた。誠一郎はテーブルの上に並べた二つのコップにビールを注ぎ、一つを私に差し出した。

「今日は早いな」

「はあ、明日就職試験がありますので、少し準備があるものですから」

　誠一郎はテーブルの上に置いてあった団扇《うちわ》を手に取り、せわしなく動かした。

「どこを受けるのだ」

「ええ、一応、運試しでD通信をうけようと思っています」

　誠一郎は団扇を放り出し、うむ、と唸った。

　私がグラスを空けると、すぐに誠一郎はビール瓶を手に取り、無言で私のコップにビールを注いだ。眉間に皺が立っていた。私が東京に本社のある会社に就職することが気に入らないのだ。

　誠一郎は、黙って鯖に箸をつけ始めた。部屋の中がシンとしてしまった。何か話さないと気まずい雰囲気だった。

私は、誠一郎に面接を受けるコツを訊いてみようと思った。誠一郎は何か頼まれると機嫌が直る性質《たち》だった。

「就職試験の面接、やったことありますか」

「ある、何度も」

誠一郎はぶっきらぼうに言った。

「どんなことに気をつけたらいいでしょうか」

「別に気をつけることはない。適当にやればいいのだ」

そう言って、誠一郎は自分でビールをコップに満たした。また部屋の中がシンとしてしまった。私は黙って鯖を食べつづけた。

「まあ、大学が推薦してくる学生の場合は、あんまり落とさん。大学との関係があるからな」

悪い事をしたと思ったのか、誠一郎が言い訳をするように言った。

「落とすには大学に対して言い訳が必要だ。たとえば学生運動をしていたとか、性格的に非常に問題があるとか。だからごく普通にしていれば通る」

そこが問題なのだ、と私は思ったが、そのことを詳しく訊くわけにはいかなかった。

「もし支持政党を聞かれたら、何と言ったらいいでしょうか」

私は一番気になっていることを訊いてみた。

「そりゃ、共産党っていうのが一番だよ。この町の学生の七割くらいは共産党に投票してるんだから。正直に言うのが一番だよ」

誠一郎はニヤリと笑った。私はドキリとした。誠一郎が自分の思想のようなものに気がついているのだろうか、と思った。

「冗談は止めてください。それこそ落ちてしまうじゃないですか」

「じゃあ、自民党って言ったら」

誠一郎には真面目にアドバイスしようとする気がないようだった。

「自民党ですか」

私はため息をついた。いくら就職試験とは言え、自民党を支持しているとは言いかねた。

「誠一郎さん、僕が就職試験に落ちればいいと思ってるんでしょう」

私は腹立たしくなってそう言った。

「そんなことはないんだよ。そんな人を不幸に落とすような事、考えるわけがないだろう。まあ、せっかくこうして君と仲良くなれたんだ。もうすこし一緒に過ごせたらハッピーだなあ、と思ってるんだがね。それに、何もわざわざ東京にいかなくてもいい、とワシは思うけど」

　誠一郎はよほど私のことが気に入ったようで、外に食事に行く時は必ず誘った。散歩にも、旅行にもさそった。誠一郎は酔うと、「俺たちは前世では本当の親子だったにちがいない」などと大学の研究者とは思えないことを口走った。

「そんなこと言っても、関西にはいい会社がないんですよ」

「そんなことはあるまい。M電器もS電機もある。S製作所もある。どこにも知り合いがいるから、もしよければ紹介してやる。第一、大学院に行って大学に残る手もある。その気になれば、関西にもいくらでも働き口はある。突然、私を悲しませるようなことをしなくてもいいじゃないか」

　そう言われると、私には言葉がなかった。家族が関西にいるので、私も本当は関西に就職したかった。しかし、地元への就職ということになれば、思想調査がそれだけ綿密になるはずだった。そのことも誠一郎に言えないことだった。

「じゃあ、まあ、一つだけ教えてあげよう。支持政党は、訊いてはいけないのだ、本当は。思想信条によって就職を差別することは許されないんだ、たてまえはな。だから、もし怪しいと思うような学生には支持政党なんか訊かない。万一、後で告発されても困るからな。だから裕造君なんか、もし支持政党を訊かれたら、これはもう何と答えてもかまわないんだよ。共産党だって社会党だっていいんだよ。いやむしろ正直だと好感を持たれるだろうな」

　誠一郎は真面目な顔で言った後、急に咳き込んだ。本当だろうか。就職試験で不合格になるように誠一郎がたくらんでこう言っているのではないだろうか、と私は疑った。

「それから、たいていの企業でスポーツマンは歓迎される。まあ礼儀正しいし、体力があるし、それに学生運動なんかに無関係の人物が多いからな。裕造君、昔、テニスやってたんだろう。そういうこと強調したらいいんじゃないかな」

　これは貴重な情報だ、と私は思った。

「服装はどうするのだ」

「学生服で行こうと思います」

「ああ、それが一番いい。学生なんだから」

「ええ、一緒に受ける友人も学生服で行くようです」

「靴があるか」

「ええ、きれいじゃありませんが、一応黒いのがあります」

そう言えばもらった靴があったな、と誠一郎はつぶやいた。

「ちょっと玄関に行くか」

そう言って誠一郎は立ち上がった。私は誠一郎に従った。

暗い玄関に立って、誠一郎は手で壁のスイッチを探った。スイッチをひねると橙色の明かりがほの暗く玄関を照らした。上がり口にある下駄箱の扉をすべらせて、誠一郎は中をのぞき込んだ。

「足があうかな、ワシは十文七分だが」

誠一郎は箱の中から新しい黒い靴を取り出して床に置いた。

「履いてみろ」

誠一郎は靴箱の横の壁に掛けてあった柄の長い靴べらを私に渡した。床に降りて片足ずつ足を入れると、柔らかい革が足をぴったりとつつんだ。高級な靴というのはこんな履き心地がするものなのか、と私は驚いた。

「ちょうどいいみたいです」

「そうか、それはよかった。まだいくつかあるが」

誠一郎は、靴箱に顔をつっこんだまま、新しい靴を次々と投げ下ろした。履いてみるとどれも履き心地がよかった。私はふと八代が靴がないと言っていたのを思い出した。私は自分だけがピカピカの靴を履いていくのが悪いような気がした。

「二足借りていいでしょうか」

私は特に履き心地のよかった二足を両手に持って言った。

「ああ、いいよ。でもなぜ」

「一緒に試験をうける友人も、いい靴がないって言ってたから」

「そうか。友達思いなんだな、裕造君は。いいよ、二つでも三つでも持っていってくれ」

「じゃあ、明日一日お借りします」

「いや、二つともあげるよ」

「でも」

「いや、いいんだ。そうしてくれ」

「ありがとうございます」

　私はそう言って頭を下げた。誠一郎は満足げに頷き、私を促して居間にもどった。

　誠一郎が自分のコップにビールを注ぎそうになったので、私はあわててビール瓶をとり誠一郎のコップを満たした。誠一郎は無類のビール好きで、ビール以外のアルコールは口にしなかった。

「裕造君、屋根裏部屋にあるもの、使っていいよ。気に入ったものがあったらあげるよ、私はもう使わない。ほかに使う人間もいないんだから」

　誠一郎には一人娘がいたのだが、留学中に学生結婚しボストンに住んでいるということだった。夫人はボストンが気に入って、頻繁に娘のところに行くのだそうだ。今も、夫人はボストンに滞在していて、梅さんという近所の老婆が誠一郎の食事を作り家事を手伝っていた。

　屋根裏部屋には何種類もの古いカメラや、写真を現像するための器具類があった。自分で作ったという大きな反射型望遠鏡もあった。厚さが二十センチもある碁盤や貝を加工した碁石もあった。それも一組だけでなく何組もあった。釣りの道具も高級品がたくさん置いてあった。どれも私の家にはないものばかりだった。

「使い方がわからなければ、教えるが」

「ありがとうございます」

　誠一郎はテーブルの上に置いてあった手ぬぐいで額をぬぐった。誠一郎の頭は見事に禿げ上がり、それを取り囲む白い頭髪は短く刈り込まれていた。誠一郎は太っているので大量に汗をかくらしく、食事を始める時は真っ白だった浴衣の胸と脇がすでに黒ずんでいた。

　食事を終えるとすぐ、私は八代の下宿を訪ねるために家を出た。

　通りに出ると、あたりはすっかり暗くなっていた。人通りの少ない歩道を私は歩き続けた。大きな交差点の信号を渡って疎水に沿った道をたどると、右手に著名な日本画家の屋敷跡が現れた。低い土塀越しに、白い光に照らされた石塔や、茶室がわずかに見えた。屋敷の塀を回り込んで、暗い細い道を歩くと、古い二階家が並んでいた。一番奥が八代が下宿する家だった。

階段をあがって「八代いるか」、と声をかけると、「真下か、はいれよ」と八代の声がした。さっきと違う緊張した声だった。

ドアを開けると、部屋の真ん中に置かれた小さなテーブルのこちら側にいた二人が振り向いて鋭い視線を私に投げた。同じクラスの峰岸と石田だった。妙な取り合わせだった。

峰岸は私たちが所属する民主青年同盟（民青）の電気系学科班の班長であり、八代の下宿に時々やってきた。しかし、石田は腎臓を患っていて、授業にはほとんど出てこなかった。八代の下宿に顔を見せることもなかった。

峰岸と石田が特に仲がよいということもなかったので、どうして今日、三人が集まっているのかがわからなかった。

「どうしたんや」

八代が、青ざめた顔にそれでも無理に笑みを浮かべて私に話しかけた。

「あんた、きれいな靴ない言うてたやろ」

「ああ」

「うちの先生に靴もろたから、よかったら履いてもらおと思てな」

「そうか、ありがとう。助かるわ。汚い靴、履かんならんから困った思うてたんや」

そう言ったが、八代は立ち上がる気配を見せなかった。

「そしたら、ここに置いとくで」

私は、脇にかかえていた靴の箱を畳の上に置いた。

「俺、帰るわ」

私が言うと、三人が黙って頷いた。私が訪れると、いつも湯を沸かして紅茶を入れてくれる八代も、今日はその気配がなかった。

私が部屋を出ても、話し声は聞こえてこなかった。私が立ち去るのを待っているようだった。

何だったんだろう、ひょっとして共産党の会議だったのだろうか。

階段を下り、通りに出てからも、私は考え続けた。私は民青には入っていたが、まだ日本共産党には入っていなかった。民青同盟員の中でだれが共産党に入っているかは、はっきりとはわからなかったが、峰岸と石田は入っているようだった。

八代は、私と一番親しいクラスメートだった。二人の間には、共産党に入る時は、一緒に入ろうという暗黙の了解のようなものができていた。

八代が私にだまって共産党に入ったとは考えにくかった。峰岸と石田が八代に共産党に入ることをすすめていたのかもしれない。私は人通りのない道を歩きながら、あれこれと考えをめぐらせた。

D通信社の就職面接は、有楽町にある本社ビルの五階で行われた。廊下に並べられた椅子に座って順番を待つ間、私は、面接に先立って書いた小論文の内容を頭の中で繰り返していた。

小論文は選択式で、三つのテーマから一つ選べばよかった。私は一番書きやすそうな「D通信社のエンジニアとしての生き甲斐」というテーマを選んだ。全国に通信設備を所有する公共性に重きを置き、それに責任をもつというエンジニアの立場なら書けそうな気がしたからだった。提出時間の十分前にできあがり、見直しても訂正すべきところはほとんど見あたらなかった。まずまずの出来ではないか、と思った。

ドアが開いて、背広を着た若い男の顔がのぞき「真下君、入ってください」と私に声をかけた。

男の後について部屋に入ると、窓際に長い机が二つ並べられ、恰幅《かっぷく》のよい男たちが横一列に五人並んでいた。こちら側には小さな机と椅子が一つあった。

一番右の頭の禿げた男が「座ってください」と言ったので、私は一礼して椅子に座った。堅い感触が背中に伝わってきて、私は被告席に座らされたような気分になった。

真ん中に座った顔の大きな血色のよい男が「どうしてD通信社を選んだのかね」と型通りの質問をしてきた。私は研究所に入って研究がしたい、と言った。隣にいた眼鏡をかけたいかにも頭の良さそうな男が軽く頷いた。研究所から来ている幹部なのだろうか。

「君はテニスをやるようだけど、どれくらいなの、腕前は」

左端の白髪の男が書類をめくりながら尋ねた。それ、来た、と私は思った。チャンスである。

「ええ、同好会では、強い方でした。ずいぶん一生懸命練習をしましたから。K学院との対抗戦では、インカレに出たことのある選手と当たったこともあります」

白髪の男はほう、という顔つきをした。それはまんざら嘘でもなかった。関西で一番テニスのさかんなK学院大学の同好会には、本式のクラブを途中で引退した名選手が籍を置くことがあり、同好会同士の対抗戦ではそういう選手と対戦することもあった。もちろん全く歯がたたないのだが、対戦したことにはまちがいなかった。

「正式のクラブに入らなかったのは、何か理由があるの」

「うるさい規則に縛られるのが嫌で」

とっさにその言葉が出た。白髪の男はニヤリと笑った。

「企業は、いろいろとうるさい規則があるもんだよ」

白髪の男が言った。どう言い直そうか考えたがすぐによい言葉が浮かばなかった。真ん中に座った、顔の大きな男が左右に目で合図して、もうけっこうですよ、と私に言った。落ちたかもしれないな、と私は思った。

面接会場から出て、一階のロビーで待っていると、まもなく八代が頰を紅潮させて現れた。

本社の建物を出ると初夏を思わせる日差しが照りつけた。二人は学生服を脱いで肩にかけ通りを駅の方へと歩いた。このあたりは独占企業の本社が多いのだろうか、聳《そび》え立つビルの群からは凄みのある威厳のようなものが溢れ出ていた。これが東京なのか。私は中学の修学旅行で東京に来たことがあったのだが、東京タワーが印象に残ったくらいで、後は覚えていなかった。

「どうやった、面接」

周りに関係者がいないのを確かめて私は口を開いた。

「ああ、そうやな」

八代の返事は重かった。何か考え込んでいる様子だった。

「僕の方は拍子抜けやったな、短くて」

私が面接の様子を話し始めると、八代がさえぎるように言った。

「『君、デモが好きかね』って聞かれたんや、僕は」

「ふうん、そんなこと聞くのか。そいでなんて答えたんや、八代は」

「好きじゃありませんけど、友達に誘われて行ったことはありますって」

「正直に答えたんやなあ」

「僕も迷ったけど、それを尋ねた面接官は、目つきが鋭くて、『何でも知ってるぞ』って感じやったから」

「調査したんやろか」

「さあ」

八代は心配そうだった。

一緒に帰るものと思っていたが、八代は親戚の家に寄るというので、駅で別れた。

新幹線の「こだま」はすいていた。私は窓際に席をとってまだ日差しの強い東京の街をながめた。行けども行けども白い家並みが続いていた。目を閉じると、八代の顔が浮かんできた。最近の八代は、以前とどこか違っていた。八代のことは何もかも知っているつもりだったが、それは思い違いだったのかもしれぬ、と私は思った。

その週の土曜日、私は実家のある神戸の総合病院を訪ねた。父の助三郎が心筋梗塞で入院していたのだ。

大部屋の壁際のベッドで、助三郎は上半身を起こして囲碁の雑誌を読んでいた。助三郎に寄り添うように母のカヨが老眼鏡をかけて編み物をしていた。

「おう、来たか」

私に気がつくと、助三郎は雑誌を置いて大きな声を出した。

「東京で就職試験受けてきた」

まわりに気をつかって、私は声を潜めた。

「D通信社だったな」

助三郎はいっそう声を高めた。

「大きい声をださんといて、落ちたかもしれんのやから」

「まさか、お前が落ちることはあらへんやろ、K大の推薦もらっとるんやから」

助三郎は得意げに言った。部屋中の皆が聞き耳をたてているのが感じられた。私はその場にいたたまれないような気持ちになった。

「裕ちゃん、夕食はまだやろ」

カヨが取りなすように私に聞いた。

「ああ、まだや」

「そしたら、食堂に行こうか、お母さんもまだやから」

カヨはハンドバッグの中から財布を取り出した。

「ちょっと行って来るから」

助三郎にそう言って、カヨは立ち上がり、私を促した。

地下の食堂のあたりには陰気な雰囲気が漂っていた。

「何にする?」

蛍光灯が古くなって瞬くショーウィンドウをのぞきながら、カヨが聞いた。

「うどん」

「遠慮せんと、何でもええんよ」

「そしたら、きつねうどん」

カヨは頷き、食券売場に向かった。私はカウンターの端にある冷水機から水を出し、二つのコップを持って壁際に席をとった。足の高さが揃っていないのか、ガタガタする座り心地の悪い椅子であった。

すぐに二つのどんぶりを載せたお盆を持って母がやってきた。

「あのなあ、話しておかんならんことがあるんや」

刻んだあぶらげの入った方のどんぶりを私の前に置いて、カヨは言った。

カヨのうどんの上にはネギが散らしてあるだけだった。

「話ってなに」

「お父さん、もうあかんのや」

「あかんて」

「もう一年はもたんやろう、言うてはったわ、先生が。発作がだんだん頻繁になっているし、そのたびに体も弱ってる」

完治することはない病気とは聞いていたが、そんなに早く終焉《しゅうえん》が来るとは思っていなかった。

カヨの口調には動揺はなかった。もう諦めがついているのだろうか。

「今日は、泊まっていくんやろ」

「ああ、そのつもりや」

「もう、ケイちゃんは帰っていると思うわ。お母ちゃんは今日はかえられへんから」

「わかった」

私は、急に食欲をなくした思いだったが、母を心配させまいと思って、うどんをかき込んだ。

社宅に帰ると、姉の佳子が居間でテレビを見ていた。

「あっ、裕ちゃん、お帰り」

佳子は立ち上がり、冷蔵庫の扉をあけて中を覗いた。

「あっ、病院でうどんを食べてきたから、もうええんや」

「それでも何かたべるやろ」

佳子は、ガラスの器に入った冷や奴を取り出した。

「ほんまに、ええんや。ちょっと食欲がないんや」

「どないしたん」

洗い場の箸立てから私の箸を取り、佳子は器に添えてテーブルの上に置いた。

「お父さん、もうあかんのやってな」

「聞いたん？」

「ああ」

「社宅も出なあかんわ、そうなったら」

「どこにすむんや、お母ちゃんとケイちゃん」

「どっか借りなあかんな。お金かかるな」

「そやな、困ったな」

佳子は電気釜の蓋を開け飯を盛りつけて私に手渡した。私は豆腐に醤油をかけ、それを箸で掬《すく》って飯の上に載せた。

とにかく早く就職を決めなければならない、と私は思った。


日曜の夕刻、実家から帰った私は、誠一郎に散歩に誘われた。

誠一郎の屋敷から細い路地を抜けて、静かな住宅街をまっすぐに歩くとすぐにバス通りに出た。中央分離帯には欅の木が、歩道には銀杏の木がずっとむこうまで続いていた。欅の木はどれも背が高く、上の方で左右の銀杏の木に届きそうなくらい枝をのばしていたので、車道は緑のトンネルのように見えた。芽吹きの季節にはマスカットのような淡い色だった小さな銀杏の葉は、今は濃い緑に変わっている。

やがて私たちは大きな交差点に出た。左に行けば山裾の名刹《めいさつ》、右は道の両側にキャンパスの並ぶ学生街である。

「今日はこっちに行ってみよう」

誠一郎がステッキで疎水に沿った道を指した。

肩をならべると誠一郎の息が少し荒くなっているのがわかった。私は歩調を落とした。

「昔、そうだなあ、裕造君より少し若いころかなあ、寮生は毎日夕方には連れだって散歩に行ったもんだ。もう四十年近く前のことだ」

誠一郎は山の方に涼しげな目をむけた。

「そんなに娯楽があるわけじゃないし、それに、散歩するのが一番安上がりだったんだ。そういう貧乏学生がつれだってあちこち散歩していたよ。食べるものがなくても夢だけは大きくてな、みんな」

道は疎水にそって緩やかにカーブしていた。疎水の向こうに見える家々は西日を避けるために簾を下げていた。

「入社試験はどうだった」

誠一郎は慎重な口調で尋ねてきた。

「どうだったんでしょう、小論文は書けたと思いますが、面接がどうも」

「まあ、大丈夫だろう」

「そうでしょうか」

やがて、小山一つに伽藍《がらん》の広がる広大な寺に出た。この町の寺の大きさは桁外れである。

二人は大きな門をくぐった。

「実はな」

誠一郎は声を潜めた。

「あんたが就職試験を受けにいった日だったかな。昼間に興信所の男が訪ねてきた。貧相な男で、暗い目つきをしていたな」

「やっぱり来るんですか」

「ああ」

「どんなことを聞いていきましたか」

「まあ、裕造君の人柄とか、生活の様子なんか。いや、もちろん悪いようには言わなかったよ、ワシは」

起伏のある境内を抜け、山門を出ると、石材屋の店の奥から石を叩いて削る音が響いてきた。今でもノミと金槌で墓石を刻んでいる店があるようだ。

「こういう時代だからかなあ、その男は、学生が集まっていないか、とか夜が遅くないか、とか聞いていた。まあ、学生運動に関係ないかどうか、そこを注意していたみたいだった。人物は私が保証する、と言って、名刺をその男に渡しておいた。まあ何かの役にたつのかもしれん」

「ありがとうございます」

私は頭を下げたが複雑な思いに駆られた。私の思想について何も知らない誠一郎に、悪い事をしているような気がしたのだ。

「いや、いいんだよ、気にしてくれなくて」

焼いた板を重ねた黒い塀の連なる通りを何回か折れ曲がると、あたりが一際《ひときわ》明るくなった。

濁った緑色の疎水がゆったり流れる所まで来て、

「ちょっと休もうか」

誠一郎は立ち止まった。

「はい」

夕刻とはいえ、初夏の熱気が全身を包んだ。あたりは、驚くほどひろびろとした空間が広がっていた。巨大な社を中心にした開放的な空間を取り囲んで、美術館や会館、運動場が配置されていた。遠くにはうっすらと比叡山が見えた。観光バスから降りた大勢の外国人が社に向かって歩いていた。

私はこのあたりの景色が好きだったが、そのことを口にしなかった。誠一郎がこの社を軽蔑しているからだった。この巨大な社は明治時代に、平安遷都千百年を記念して建てられた比較的新しいものだったのだ。

「どうする。帰るか」

「もうちょっと歩いてみたいですが」

「それじゃあ、白川沿いに行こうか」

「ええ」

二人は、たっぷりと水をたたえた疎水沿いに歩き始めた。

すぐに疎水から分かれる白川が左手にあらわれた。

白川は、川幅一杯に透明な水が広がっていた。水は浅く川底の白い砂が透けて見える。狭い川の向こうには古い木造の屋敷が迫っていた。どの屋敷の窓にも竹で編んだ日よけが掛かっていた。

川に沿って走っていた道が突然川からはずれることがある。誠一郎はさすがが土地勘がある。少し遅れてついていくとすぐにまた白川沿いの道にでる。川は屋敷の裏手を縫うように流れていた。

川から離れた道が、幅の広い石畳になった。石畳の上にオレンジ色の夕陽が残っていた。道の両側には紅殻《ベンガラ》色の古い町屋がならんでいた。

やがて背の高いビルの群が見え始めた。一階から最上階まで飲み屋や食堂が入ったビル街を抜けると、もう鴨川だった。


その日、私がD通信社からの採用通知をもって八代の下宿を訪ねると、八代はうつぶせになって新聞を読んでいた。

「来た、来た、採用通知、あんたもきたやろ」

私は、八代の肩を揺さぶった。その瞬間、八代の肩に変に堅いものを感じて私は手を引っ込めた。

「あかんかったんか、あんた」

八代は、ああと低く答えて、新聞をめくった。

「そうか、てっきり採用通知がきてると思ったもんやから。ごめんな」

「別にあやまってもらわんでもええ」

八代は私の方を見ずに新聞を読み続けた。いつもの八代なら私が来るとすぐに紅茶を入れる準備をするのだが、今日は起き上がろうともしなかった。


「どうする、あんた大学院うけるのか」

「いいや、多分うけへんと思うわ。もういっぺんどっか受けてみるわ」

「峰岸に連絡したか、あかんかったこと」

「いや、連絡したかてどうなる訳でもないしな」

「心配してるやろ、峰岸が」

峰岸は、電気系学科の民青の責任者だった。

「あんた、峰岸のとこにいくんやったら、ついでに言うといてくれや」

八代の言葉には投げやりな調子があった。じゃあ、元気でと言ってドアに向かったが、八代から返事はなかった。

峰岸の下宿を訪ねると、峰岸は机に向かって制御工学の授業のレポートを書いていた。

峰岸はいつもの穏やかな顔に笑みを浮かべ「受かったんやな」と言って、私に握手を求めてきた。

「ああ、僕はうかった。そやけど八代があかんかったんや」

「あいたた」

峰岸は顔をしかめた。

「二人とも通る思てたのにな」

「いまあいつの下宿に寄ってきたけど、あいつ相当ショック受けてたみたいや」

「そうか、よし、これから行って元気づけてこようかな」

そう言ってから、峰岸は困ったような顔をした。

「ところで、あんた、就職は」

私が聞くと、峰岸は首を傾げた。

「うーん、僕は普通の就職は考えてないんや。工学部の自治会の執行委員もやったし、もうバッチリブラックリストに載っとる」

「専従?」

「たぶんな」

「民青の」

峰岸は首を振った。民青でないとすれば共産党の専従活動家になるのだろうか。

「ええんか、あんた」

「まあ、しゃあない」

私は惜しいような気がした。峰岸は大阪の有名な公立高校の出身だった。勉強をする時間がないので、今は成績はよくなかったが、頭の良さは私や八代をはるかに凌いでいた。もし峰岸にきちんと勉強する時間が与えられれば、ひとかどの学者になるのではないか、と私は思った。

下宿に帰ると、誠一郎が居間に来るように声をかけてきた。

テーブルには、寿司の樽が真ん中に置かれ、まわりにサラダや鶏の空揚げなどの皿が並んでいた。

誠一郎は寿司の樽に張り渡してあるラップを剝ぎ取った。

誠一郎がビール瓶を手に取り、私のコップにビールを満たした。私がビール瓶を取ろうとするのを手で制して、誠一郎は自分のコップにビールを満たした。

「いや、よかったな、おめでとう」

そう言って、誠一郎は自分のコップを私のコップに軽くあてた。

「ありがとうございます。本当にお世話になりました。興信所にあんな風に言っていただいたので、通ったのかもしれません」

「うむ」

と言ったあと、誠一郎は黙った。少し間をおいて、誠一郎が珍しく緊張した様子で口を開いた。

「私の目に狂いがなければ、裕造君は、自分の生活の向上や自分の技術者としての栄達だけを目的にしていないようだね」

「はあ」

誠一郎の真意がはかりかねて、私は黙っていた。それで、

「興信所の様子が、どうも通り一遍じゃなかった。いたらごめんよ。まあ私はピンときたのだ。いや、間違ってえてみると、これは私の推測だ。そう思って考君のその涼しげな眼差しを、私はどこかで見たような気がした。なかなか思い出せなかったのだが、最近ようやく思い出した。僚だった男の目だ」

誠一郎は、箸を置き、私の顔を見つめて語り始めた。

「その男とはな、戦後に入った化学会社の研究所でいっしょだった。頭の切れる、誠実な男だった。しかし、その男は、自分の出世を優先させる男じゃなかったんだ。レッドパージで職場を追われた。あれほどの男が、研究を捨てざるを得なかったのは惜しい、と思ったたな。研究を続けていれば、ノーベル賞とまではいかなくても、後世にのこる仕事ができたような気がするから。間違ってたら、ごめんよ。就職のお祝いに変な話をしちまったかな。いや、君にまるで関係のない話ならば、大いにけっこうなことだ」

誠一郎は私のコップにビールを注ぎ、ほれ、と言って私に飲むことを促した。

私は、自分の思想を誠一郎に隠してきたことを申し訳なく思った。こんなに自分を可愛がってくれた誠一郎を信用していなかったことになるのではないか、誠一郎は、私にそういうことも話してもらいたかったのではないだろうか。誠一郎は言葉を続けた。

「私が言いたかったのはこの世の中には面白いことや愉快なことがいっぱいある。そういうことを知らないまま、人生のあんまり早い時期に自分の将来を決定づけてはつまらないのではないか、ということなんだ。いや、誤解してくれるな、別に確固とした思想を持つのが悪いといっているんじゃないんだ」

「誠一郎さん、すみません。私は自分の生きる方向について、あなたにもわかっていただかなくてはならなかったのに」

「いや、そんなことはいいんだ。裕造君が、そういうことについて私を警戒するのは、有る意味で当然だ。私は企業の側にいたことのある人間だからな」

「これまでお話ししてきませんでしたが、これでも自分の生き方については真剣に考えているつもりです。いい加減な気持ちで行動しているわけじゃないんです」

「わかってる、わかってるよ」

誠一郎は取りなすように言って、あわててビールを私のコップに注いだ。

「私だって、そういう生き方の尊さはわかってるんだ。何しろ私の郷里は松木庄左衛門《まつのきしようざえもん》の出身地だ」

松木庄左衛門の話は、T市の高校にいた時、郷土史を研究している教師から聞いたことがあった。若狭新道村の庄屋で、年貢を下げさせる闘いの先頭にたち、節を曲げずに磔刑《たつけい》に処された義民であった。

誠一郎と私の話は、松木庄左衛門のことに移っていった。

松木庄左衛門については江戸時代の公式文書にはほとんど記述されておらず、若狭を支配した酒井家の日記ともいうべき「玉露叢《ぎよくろそう》」と、郷土史の「拾《しゆう》椎雑話《すいざつわ》」に短い記述があるだけである。しかし、後に口碑《こうひ》を集めて編まれた伝記が生き生きと庄左衛門の生き様を伝えていた。数年前、著名な作家が松木庄左衛門をモデルにした小説を総合文芸誌に発表した。誠一郎はそれを読んでいたく感動していたのだ。


夏休みに入るとすぐに、琵琶湖の西岸で民青同盟の工学部班の合宿が行われた。午前中はマルクスやエンゲルスの著書の読書会、午後からは湖水浴、夜はテーマを決めて討論というスケジュールだった。

その日、私は泳ぎ疲れて松の木陰で横になっていた。松林の奥からは蟬の声がやかましく聞こえ、地面に敷いたバスタオルをつきぬけて松葉が背中をチクチクと刺した。

浜辺では、峰岸たちが、木片をバットにして野球のまねごとをしていた。柔らかい球を使っているので、力をこめて打ってもたいして飛ばず、ゲームらしくもなかったが、参加者はけっこう真剣に打ったり走ったりしていた。

鮮やかなピンク色の球は時々水の中に飛び込み、

そのたびにゲームが中断された。

波打ち際は、砂が巻き上げられて灰色ににごっていたが、その先は明るく澄んだ青緑の水面が広がり、沖に向かって青さが増していた。魚を追い込んでいるのであろうか、たくさんの長い棒が水中につきささって巨大な矢じりの形を作っていた。

対岸には湖の東側の街並みが白くかすんでいた。緑の山並みが北に向かって伸び、その先に山肌を白く削られた伊吹山がひときわ大きくそびえていた。山の上には入道雲が燃え上がるように輝いていた。

松林を揺すぶった風が、私の顔を撫でていった。私は首をまわし、目を細めて風のやってくる方を見つめた。松林のむこうは、国道を挟んで岩山が立ち上がっていた。岩山の向こうには比良山系が高々と屏風のように連なっていた。山並みの端には比叡山が南にむかって裾をひいていた。

「もう泳がんのか」

突然声がしたので、私は驚いて体を起こした。大きなリュックを手にした八代が立っていた。

「おお、八代か。今日は遠泳もやったしな、俺はもう泳がん」

「そうか」

八代の表情は明るくはなかったが、D通信社の入社試験に落ちてから眉間のあたりに漂っていた険しさはなくなっていた。

「あんた、どないしたんや。みんな心配しとったで。突然おらんようになって」

「ああ」

「誰かに言うていかんとあかんのとちゃうか」

「すまん、急やったから」

そう言って八代は私の隣に腰を下ろした。八代は夏休みの始まる三日前に突然姿を消した。帰省は合宿が終わってからということになっていたので、八代の行動は不可解だった。

私は、八代が合宿に来ないのではないかと思っていた。

「急って、誰かが亡くなったんか」

「いや、そうやない」

八代は言いよどんだ。

「俺なあ、就職試験受けてきたんや」

八代の声は低かった。

「ああ、それか、それやったら一言いうていけばよかったのに」

「ああ」

「それでどうやった、試験の方」

「あんまり出来たようにも思わんかったけど、今朝、合格通知がきたんや、C電力から」

「そらよかったな」

私は手を差し出し、八代の手を握ったが、八代の手には力が入っていなかった。

その夜は、将来をどう生きていくのかをテーマに自由な討論が行われた。革新自治体に就職の決まった者や生協に行くことになっている者は、就職してからの活動も、現在の延長と考えているので威勢がよかったが、メーカーに就職の決まった者たちは不安げに疑問を投げかけていた。大学院を受ける者たちはまだ先の話という気持ちがあるのか発言が少なかった。

峰岸は、就職した先輩の様子を紹介した。しかし、技術者、研究者として自分の力を伸ばし、大きな舞台で活躍したい、という自分の要求と、民青同盟員として活動することによって被る会社からの弾圧との関係をどう考えればいいのか、峰岸の説明を聞いても私にはよくわからなかった。

八代は一言もしゃべらず、早く終わらないかなあ、という顔をしていた。

結局その夜は十二時近くまで話し込んで、消灯になった。

合宿が終わって、学生たちは三々五々民宿を離れ、だんだん宿の中が寂しくなっていった。私は民宿の入り口の木陰で八代を待っていた。八代は、合宿が終わったら一緒に小旅行をしようと私を誘ったのだ。八代は小さなテントを持ってきているということだった。私は八代とよく話し合ってみたい、と思ったので誘いに応じた。

八代はなかなか出てこなかった。誰かと話しているようだった。

約束の時間から三十分以上遅れて、八代が頬を紅潮させて出てきた。

「行こう」

八代は、遅れたことを詫びずに重そうなリュックを背負いなおして足早に湖岸の方に歩きはじめた。

私は八代を追いかけた。

「どうしたんや」

八代に追いついた私が背中に声をかけた。八代は無言のまま歩き続けた。

松林がつきて、浜に出た。廃船のような小さな船がいくつも引き揚げられている寂しいところだ。

「悪かったな、うるさい連中につかまってたんや」

八代はようやく口を開いた。

「うるさい連中って」

「まあ、峰岸とかな」

そう言えば、峰岸が民宿から出ていくのを私は見ていなかった。部屋に残って八代と話し合っていたのだ。

「何の話」

「まあ、いろいろや」

八代は苦しげな表情でそう言って目を湖面に向けた。

二人は肩をならべて湖岸の細い道を歩き続けた。日差しは強かったが、水が近くにあるので暑さは和らいでいた。

八代がテントを張ったのは、湖北の山中だった。近くに沢があり、ちょっとした砂地があった。川のそばは水が出た時に危ないので、川から少し離れた高いところがいいのだ、と八代は言った。八代はこういうことに詳しいようだ。

テントを張り終えると、八代は私に枯れ木を集めるように言った。夕食のために火をおこすのだそうだ。八代はリュックの中から釣り竿をとりだした。

「釣れるんか、こんなところで」

「ああ、たぶん」

「何が」

「ヤマメやな、イワナはむりやろ」

「夕食やな。たのむわ」

そう言って私は、来た道を引き返しはじめた。来る途中に倒木が横たわっていたのを思いだしたのだ。

倒木から素手で小枝を引きはがすのに案外時間がかかった。枯れ枝を両手いっぱいに抱えてテントのところに戻ると、八代は小さなナイフで釣った魚をさばいていた。

「おっ、つれたんやな」

「このあたりの魚は飢えとるな、ようかかった。これで夕食は何とかなる」

八代は嬉しそうな顔で言った。

焼いた魚と合宿でおやつに出たビスケットの残りをかじって、簡単な夕食は終わった。ヤブ蚊が押し寄せて来たので、私たちは火の始末をして早々にテントに逃げ込んだ。

外は薄暗くなっていたが、黄色い生地のテントの中に入ると、かえって外より明るい感じがした。不思議なことだった。

合宿の疲れから、私は横になるとすぐに眠気に襲われた。

「来るぞー」と誰かが鋭く叫んだ。ピーピーと雑音の混じるハンドマイクから、

「こちらに向かっています、数は八百から千人」

という声が切れ切れに聞こえた。

遠くから不気味な音が聞こえてきた。ドッ、ドッドッ、という規則的な音だった。鉄パイプを地面に打ち付けて気勢をあげているのだろう。耳をすませるとその音の間に切れ切れに「ミンセイ、コロセ」「ミンセイ、コロセ」と唱和する声が聞こえた。

かけ声が大きくなってきた。その声がしだいに分散してあちこちから聞こえるようになった。建物を取り囲んだようだ。それからしばらく物音が途絶えた。

大きなスリガラスの窓を、ぼんやりとした赤い光が這い上がり、それがみるみるはっきりした炎の形となって上昇の頂点に達したところで、パーンと音がしてガラスが割れ、火炎瓶が飛び込んできた。それを合図にしたかのように、入り口の方でドスン、ドスンとドアを打ち壊す音が聞こえてきた。

ドアが軋《きし》んで、わずかに隙間があいた。

「入れるな」

「押さえろ」

ドアの前に群がったジャンパー姿の学生たちが口々にさけんだ。ドアのあたりがパーッと明るくなって「ガソリンだ」と怒鳴る声がした。一番前にいた二人が火だるまになってこちらに突進してきた。消すんだ、と誰かがさけんだ。四方八方から学生が二人に抱きついた。

突然天井の電気がいっせいに消えた。投石でメチャメチャになった窓から火炎瓶が次々と飛び込んできて床一面に炎が広がっていった。「火事だ、火事になるぞ」暗闇のあちこちから声があがった。ああ

っと叫んで、私は跳ね起きた。

夢だったのだ。

私がこの夢を見るのは初めてではなかった。夢は、私が二年生の冬に遭遇した襲撃事件の記憶そのものだった。無期限ストライキの解除を検討する学生大会の会場を護るために、私たちは泊まり込んでいたのだが、その会場が、ストライキの続行を主張する武装した学生に襲われたのであった。

雨の降り始めたような音が私の耳に届いた。

「おい、大丈夫か」

八代が小さな声でそう言って、窮屈そうに寝返りをうった。

「ああ、何でもない」

「それならええけど」

「雨が降ってるのか」

雨が降れば、テントの中に水が入ってくるかもしれないと思って私は尋ねた。

「いいや」

「音がきこえるやないか」

「いや、雨やない。波の音や、波が浜の小石を引きずる音や」

私は耳をすませた。ザーッと長く尾をひく音には周期があった。

眠ろうと思ったが、もう眠りはやってこなかった。八代も眠ってはいないようだった。

私は、気になっていたことを八代に尋ねてみることにした。就職してからの活動を話し合う席で、八代が黙り込んでいたことが気にかかったのだ。

「ゆうべの話の中で、誰かが言うとったけど、電力会社というのは労務管理がごっつう厳しいんやてな」

「ああ、まあ日本の産業の根幹を握っているところやからな」

「就職したら、よっぽどしっかりしていかんとあかんな、八代も」

箱を叩いて煙草を取り出す音が聞こえた。

「あのな、俺、会社に入ったらもう活動する気はないんや」

「なんやって」

「活動はもうええ、一人のエンジニアとして生きていくつもりや」

「何でや」

八代はすぐには答えなかった。暗闇を気まずい沈黙が支配した。

「あんなあ、C電力ではなあ、民青やら共産党のレッテルはられたら生活保護並の給料しかもらわれへんのやって。もちろん技術者としての仕事もとられてしまうしな。それこそ草むしりや」

「どっから聞いたんや」

「まあ、いろいろと耳にはいるもんや、自分の就職するところは」

「あんた、これまでいろいろ活動してきたのは何やったんや」

「ええ思い出やった。学生時代のな」

「えらいあっさりしたもんやな、それでええんか」

「まあ、俺の人生や、俺が決める」

シュバッと音がして、煙草をくわえた八代の白い顔が闇に浮かんで消えた。たちまちテントの中に煙草の香りが満ちた。八代は最近煙草を吸うようになった。

私は、八代の気持ちがわからないではなかった。八代は父と母が離婚し、母親の元で育った。親戚の世話になりながら苦労が多かったようだ。折角つかみかけた安定した生活を自ら壊すようなことはしたくない、と思うのだろう。私にもその思いはあった。

しかし、これまでの民青の活動や勉強会の中で、私はこの世の中が階級に分かれていること、資本主義が搾取と浪費の上になりたっていること、放っておいては世の中は決してよくならないことを知った。近代の歴史を勉強する中で、資本は儲けのためなら平気で戦争を起こすものであることも知った。それらの認識から生じる力が抑えがたく私を捕らえていた。

世の中をよくするための運動に寄与しながらも、自分の生活を豊かに送ることができないものだろうか。そんな方法はないだろうか。D通信に入ってから、一体どのような活動スタイルになるものなのか、私には情報が何もなかった。あれこれ考えて、私は、ほとんど眠れないまま朝を迎えた。

合宿後の小さな旅行から戻ると、私はすぐに実家に帰り、夏休みのほとんどを助三郎の勧める工場で働いた。工場の側も、父親が入院しているというので、優先的にアルバイトとして採用してくれた。

一日の仕事が終わると病院に助三郎を見舞う生活が続いた。授業が始まるぎりぎりまで実家にいて助三郎を見舞いたかったが、助三郎は早く京都に帰れ、と言った。学校が始まればすぐに試験があるので、その準備を心配したのだ。

神戸から京都に戻った私が自分の部屋で荷物の整理をしていると誠一郎の声が聞こえてきた。

「裕造君、いるのか」

「はーい、います」

ドアを開けると、母屋の廊下に誠一郎の姿が見えた。

「珍しいものがあるんだ、食べに来ないか」

「ありがとうございます、今行きます」

「まってるぞ」

そう言って、誠一郎は居間に引き返した。

急いで部屋を出て居間に行くと、テーブルには、小さな木の樽が置かれていた。

誠一郎はテーブルの上に並べた二つのコップにビールを注ぎ、一つを私に差し出した。私がグラスを受け取ると、誠一郎は自分のコップの底を私のコップの腹に軽く当てた。

口をつけると香ばしい香りが口の中にひろがった。

「いつから授業だ、電気系は」

「十日からです」

「じゃあ、まだ少しゆっくりできるな」

誠一郎はテーブルの上に置いてあった団扇を静かに動かした。

「試験があるので、少し勉強したいんですが」

「休み明けの試験は辛いな。いっそ夏休み前に試験すれば、休みがゆっくりすごせるのに」

私がコップを空けると、すぐに誠一郎はビール瓶を手に取り、私のコップにビールを注いだ。

「さあ食べなさい。これは小鯛の笹漬けと言って、私の郷里の名物なんだ。知ってるだろ、裕造君。友人が送ってくれてね」

そう言って誠一郎は樽から箸で切り身を取り出し、笹の敷かれた小皿に盛って私の前に置いた。

「小浜市でしたっけ、誠一郎さんの郷里」

「そうだ。私の出た旧制中学は、藩校の伝統を受け継いでいるところだよ」

小浜は若狭の小京都と言われている町だ。

「これ、鯛の子どもですか、それともこういう小さい種類なんですか」

「T市出身なのに知らないのか。鯛の子どもだよ、確かレンコダイという種類だ。真鯛じゃないな」

「こういう高級なものは食べたことがありません」

私は小鯛の切り身を口に含んだ。酢と塩が適度に利いていて、ほんのりと杉の香りがした。

樽が杉の木で出来ているのだろう。私がおいしいと言うと、誠一郎は嬉しそうな顔をした。

「ひとつ頼みがあるんだ」

誠一郎は哀願するような目つきになった。

「裕造君、車の免許持ってるな」

「ええ」

「じゃあ、ワシを車でT市に連れていってくれんか」

「いいですが、あんまり乗った事ないから危ないかもしれませんよ」

「いや、大丈夫、初心者は慎重に運転するからかえって事故がないもんだよ」

「車、どうしますか。僕、持ってませんが」

「わかってるよ、そんなこと。レンタカーだよ、レンタカー。好きなのを借りてくれ。もちろん金は出す」

「いつですか」

「一度T市の祭りを見ておきたいんだ。まだ見たことがないんだ」

「そうですか、もうすぐですね」

試験の準備があるので、この時期は行きたくなかったが、誠一郎の頼みならば無下に断ることはできなかった。

「長い祭りなんだってな」

「ええ、日本で一番長い祭りだと思います」

「そうか、おそらく最後になると思うので、その祭りをぜひ見ておきたいんだ。むこうに一泊したい」

「最後ですか」

最後という意味がわからなくて、私は首を傾げた。

「実はなあ、あんまり心臓の調子がよくないんだ」

そう言って、誠一郎は浴衣の上から胸を押さえた。

「女房が外国に行ってるんで、食生活が不安定になって体調がおかしい。多分、心臓に負担がかかっているんだな」

　見たところ誠一郎の体つきや動作に変わったところはなかった。

「心臓の何の病気なんですか」

「心筋梗塞」

　誠一郎はそう言い放って、ビールを一気に飲み干した。

「でも、それなら、遠出するのは危険じゃないですか。発作が起きると大変ですよ。僕の父は心筋梗塞です。発作が来るとあぶないと言われています」

　誠一郎はしまった、という顔つきをした。

「だから、裕造君にいっしょに行ってほしいのだ」

「車の中で発作が起きたらどうするんです」

「発作が起きたらどうせ車で病院に行かなきゃならんのだ。手間がはぶけていいじゃないか」

　誠一郎にしては珍しく理屈の通らないことを言う。でも、と言いかけると、誠一郎は箸を置いて私を見据えた。

「どうしても行きたいんだ。裕造君が連れていってくれんのなら、ワシは一人で電車でいく。駅には階段もあるし、上り下りで倒れるかもしれん。まわりの人はみんな知らん顔だろう。助かるところも助からなくなるだろうな」

　これは脅迫ではないか、と私は思った。

「まあ、それなら私がずっとそばにいた方がいいんでしょうね」

「そうか、行ってくれるか」

　誠一郎は急に嬉しそうな顔をして私のコップにビールを注いだ。誠一郎は私との思い出に一緒に旅をしたいのだが、照れて素直にそう言わないのだろう。

　私はレンタカーの営業所でマツダのルーチェを借りた。神戸の教習所で乗ったのがこの車種だったからである。おっかなびっくりで車を運転して家に着くと、玄関の前で誠一郎が大きな荷物を地面に置いて待っていた。誠一郎は白いズボンに白い麻のジャケットを着て、パナマ帽をかぶっていた。体格のよい誠一郎にはその服装がよく似合った。禿げた頭が帽子で隠れて、十ほど若く見えた。

　比叡山へのドライブウエーを走って、途中から琵琶湖に向かった。山道を下りると古い街並みが広がった。町を抜けて湖岸に出ると、波打ち際を国道が走っていた。この道を真っ直ぐどこまでも北に行くのだ、と誠一郎が言った。

いかがわしい感じのするホテルが連なる温泉街を抜けてしばらく走ると、大きな町があらわれた。

「ここの紡績工場に行ったことがある」

「そうですか」

「研究室で作った合成繊維を工業化するという話があったのだ。結局、特許の件が折り合わず、やめになったが」

誠一郎が眠そうな声で言った。

町をすぎると、右手に大きな橋が見えた。琵琶湖の東岸と西岸をつなぐ橋だ。

橋をすぎてしばらく行くと、湖岸に砂浜が広がっていた。

「少しゆっくり走ってくれないか」

誠一郎は、体を前後に揺らし、私の体を避けて視線を湖岸に投げていた。

「どうしたんですか」

「ああ、このあたりは、昔、ボートで来た事がある」

「あっ、誠一郎さんはボート部だったですね」

「正確には水上部、あるいは水上運動部と言っておったな、当時は」

「例の琵琶湖周航ですか」

「ああ、周航でも来た。周航は年に一回だが、遠漕というのがあって、このあたりまではよく来たんだ」

「瀬田川から、ここまで」

「そうだ」

「そんなことできるんですか、すごいですね」

「いや、遠漕というのは、いわばレクリエーションなんだ。楽しいもんだよ」

誠一郎は、自慢げに太い腕をさすった。

道は湖岸を離れて街中に入り、やがて家がまばらになって山が両側に迫ってきた。川に沿った細い谷あいを、道は北に続いていた。

鉄道の線路が突然右手に現れた。駅を過ぎガードをくぐると、左手に続く線路は、いつまでも道路と離れなかった。線路を下に見てもう一度クロスすると、線路はしだいにそれていった。大きな工場が左手にあらわれた。

「あっ、もうすぐですよ」

「そうか、旅館は、駅前だそうだ。そこに車を置いて、歩いて祭りを見に行こう」

誠一郎は、そう言って、ひざの上に載せていたパナマ帽をかぶり直した。

旅館の駐車場は空いていたので、私はほっとした。狭い空間に車を入れるのが苦手だったのだ。

土産物屋の並ぶ駅前の大通りを五分歩くと大きな交差点に出た。そこから右側の道路は車道をはさんで両側の歩道に見渡す限り露店が並んでいた。

「どうです、壮観でしょう」

「すごいなあ、こんな大きな祭りは見たことがない」

「これが神社のところまで続いているんです」

「そうか、さすが、T祭りだ。一度来てみたかった」

誠一郎はそう言って歩道に並んだ店を覗きはじめた。

金魚すくいやヨーヨー釣りの店が目立ったが、輪投げや、コルク銃で景品を落とす店、スッポンの粉末を売る店、多機能ナイフ、ガラス切り、さまざまな食べ物を売る店などもあった。

皿や茶碗を店の前にまで溢れさせた瀬戸物の店で、誠一郎は立ち止まった。

「掘り出し物があるんですよ、こういうところに」

私がそう言うと、誠一郎は積み上げられた洋皿を物色し始めた。

店の主人は腹の突き出た大きな男だった。誠一郎の様子を見て立ち上がり、愛想笑いを浮かべて近寄ってきた。身なりのよい誠一郎を上客であると睨んだのだろうか。

「発送してくれるのかね、品物は」

「もちろん」

「じゃあ、いくつかもらおう」

誠一郎は皿を何枚か選んで主人に手渡した。

「ちょっとした傷があるんですよ、よろしいですね」

「わかってるよ。でなきゃこんな値段で買えるわけがない。裏にちょっと傷があっても、十分に楽しんで使えるからね」

誠一郎はそう言って胸のポケットから財布をとりだして紙幣を抜き出した。主人は押し戴くように金を受け取り、前掛けのポケットから釣りを出して誠一郎に手渡した。

「どうだ、せっかくだから神社によってみたいが」

「ええ、そうですね」

露店の切れた先は広い空間の交差点であり、右手に渋い朱塗りの大きな鳥居が聳えていた。

石でできた橋を渡って砂利のしきつめられた境内に入った。広いせいか、人は多いのだが混み合ってはいなかった。

「境内の奥には毎年いろんなものがくるんですよ」

「サーカスみたいなものか」

「ええ、サーカスなんかだといいんですが」

「見せ物だな、要するに」

「そうです」

「行ってみたいな」

こっちですと言って私は歩き出した。境内のはずれに張られた大きなテントの前では、白い布を巻いたマイクを握って小柄な赤ら顔の老人が客の呼び込みをやっていた。

毒々しい絵の隅に書かれた字を棒で指しながら「字の読める方はお読みください」と言った言葉が、その老人の生きてきた境遇を感じさせた。

「今年は蛇女ですね」

テントの近くで七輪《しちりん》にかざした小魚を小さな子どもに食べさせている母親がいた。頭に手ぬぐいを巻いた母親は、あぶった小魚の頭を自分が食べてから、息を吹きかけて子どもの口に入れてやった。

呼び込みの男は、テントにつけられた小さな窓を棒でつついて開けた。裏から舞台の一部を見るような感じになって、日本髪を結った女の頭が見えた。

「ほうれごらんなさい、右にゆらり、左にゆらり、蛇女のこの哀れな姿、親の因果が子に報い、首から下が蛇になった、ほうれもう一度右にゆらり、左にゆらり……」

「本当に首から下が蛇なのか」

誠一郎は声を殺して尋ねた。

「まさか」

「じゃあ普通の人」

「鮫肌《さめはだ》というのでしょうか、まあ皮膚が少しあれてるんでしょうね」

「それじゃあ、とても蛇女にならんだろうに」

「大蛇を着物の中に入れて、尻尾を着物から外にだすんですよ」

「ああ、そうか。本物の蛇を着物の中に入れるのか。大変な覚悟が必要だな」

「こういうものはどうなんでしょうか。入場料を損したって思うだけのような気がしますが」

「裕造君がそういうなら、敢えて見なくてもいいとは思うが。しかし職業とはいえ、着物の中に大蛇を入れるのは見上げたものだ」

誠一郎は未練がありそうだった。

翌日は、早朝T市を発って、若狭湾に沿った道を西に走った。誠一郎が是非自分の郷里を見て欲しい、と言ったのだ。

私が、若狭の義民、松木庄左衛門にゆかりのある遺跡が見たい、と言うと誠一郎は「もちろんだ」と言って大きく頷いた。

誠一郎が最初に案内したのは、小浜城址だった。

「この城を造るために、京極《きょうごく》氏が年貢を上げたのだ」

石垣を見上げながら誠一郎が言った。江戸時代の初期のことであった。

京極氏は、それまで米のかわりに納める大豆が一俵四斗詰めであったところを四斗五升詰めとした上、農民を築城のための労役に駆り出した。領主が京極から酒井忠勝《さかいただかつ》に替わってからも、年貢は引き上げられたままであったため、若狭二百五十二村の名主が陳情をくりかえした。

代表者たちは捕らえられて拷問にかけられ、ほとんどの者が恭順の意を示し放免された。しかし松木庄左衛門は獄中であくまで引き下げを主張して譲らなかった。藩は年貢の引き下げに応じたが、庄左衛門は郊外の河原で磔《はりつけ》になったのである。

小浜城は今は石垣が残っているだけであったが、石垣の広がりや石積みの堅固さから、城としての風格が感じられた。

「立派なもんだろ、これでも本丸の址だけなんだ」

「もっと広かったんですね」

「この数倍の広さがあったんだ。二の丸、三の丸、北の丸、西の丸もあった。それらを全部取り囲む石垣もあった」

小浜城は、二つの川に挟まれた中州に築城されていた。明治になって火災にあって、城址だけになり、その後、川の拡幅のためほとんどが取り壊されてしまったのだ、と誠一郎は説明した。

「この城を造るために、どんなに農民が苦労したか。農民のうめき声が聞こえてくるようだ」

誠一郎は石垣に手をあてた。

「裕造君も読んだんだったな、この城のことを書いた小説」

「ええ、誠一郎さんから見せていただきました」

「ワシももう少し若ければ、何か書いてみたいのだが」

「歴史小説ですか」

「ああ、そんなもんだ。裕造君、小説書いてみないか」

「いつか書いてみたいとは思っているんですが」

「裕造君の感性は大したものだ。何かいいものが書けるかもしれんぞ」

教養のロシア語クラスが解散する時、文集のようなものを出した。私はそれにエッセイとも小説ともつかないものを書いた。それを読んだ誠一郎がひどく褒めてくれた。文集の編集に加わっていた庄司も「文学部に転部すべきは、僕ではなくて真下のようだな」と言った。庄司は、誠一郎を訪ねてきたイタリア語の教授から転部をすすめられたことがあったのだ。

「もし書くとしたら誠一郎さんのことを書かせていただきたいですね」

半ば冗談で言ったのだが、誠一郎は笑わず驚いたような顔をした。

「そうか、ワシのこと書いてくれるのか」

「ええ、いつか」

冗談だとも言えずに、私はそう答えた。

「そうか、書いてくれるのか」

誠一郎は顔を紅潮させ繰り返しそう言った。

それから私たちは車を置いた駐車場にもどり、市街を南に走った。庄左衛門の墓を訪れるためである。

「お、ここだここだ」

誠一郎が大きな声を出したので、私は車の速度を落とした。

「そこに車、入れられるだろう」

誠一郎は顎をしゃくった。寺の境内のようだが、幹線道路からそのまま入れるオープンな空間だった。

車から降りると、誠一郎は、こっちだ、と言って歩き始めた。敷地の隅に、石で作った二つの墓のようなものが並んでいた。一つは墓だったが、もう一つは石仏のように見えた。墓の前には菊の花がたくさん供えられていた。

「こっちが、庄左衛門の墓だ」

誠一郎が右の墓を指さした。四隅がやや上に反った屋根の下に丸い石のある立派な墓だった。銘はかろうじて松木長操居士と読めた。

「長操、となっていますが」

「うん、長操というのは贈り名なんだ」

「戒名ですか」

「戒名とも少し違う。生前の徳を偲んで後から人々がつけた名前だよ」

誠一郎は帽子をとり、それを脇に挟んで手を合わせた。私も誠一郎にならって手を合わせた。

「処刑された庄左衛門の遺体を引き取るということは大変な勇気がいるはずだが、この寺の住職は敢えてそれをやったのだろう。気骨ある住職だなあ」

そう言って、誠一郎は寺の建物の方に向き直り一礼した。

「近くに、庄左衛門が処刑された地というのがあるが、行ってみるか」

誠一郎はポケットから白いハンカチを取り出し額に当てた。

「車、どうしますか」

「すぐ近くだから、ここに置かせてもらおう」

「わかりました」

誠一郎は先に立って歩き出した。

寺の敷地を出て道路を渡ると、その先は、見事に実った稲の田だった。稲は重そうに揺れ、風の動きを伝えていた。

田の中の細い道をしばらく歩くと、小浜線のガードが見えた。頭がつかえるかと思うくらい低いガードをくぐると、小さな集落に出た。

「もうすぐだ」

誠一郎は私の方を振り返りそう言った。

松木庄左衛門処刑の地は、稲田の中にあった。趣旨を書いた銘板と石碑が建っていた。

「実際の処刑地はわかってないから、有り難みは少し薄いんだがな、まあこのあたりだということだ」

誠一郎はそう言って、石碑に向かって頭を垂れた。

「庄左衛門さんは、河原で磔になったたって聞きましたが、あんまり河原らしくないですね、ここは」

「そうだな、昔は、きっと河原だったんだろうな。ほれ、そこに堤防があるだろう」

誠一郎が帽子を持った手を伸ばした。誠一郎の腕の方向を見ると、アスファルトの道の向こうに草の茂る堤防が見えた。

「上ってみるか」

「ええ」

誠一郎と私は堤防に近づいた。道は付いておらず、誠一郎はどこから上るか迷っているようだった。私は先にたち、ススキやスカンポをかき分けて堤防を斜めに上った。誠一郎が息を切らせながらついてきた。草いきれが心地よかった。

「裕造君、慣れてるな」

「ええ、家の裏が堤防だったもんですから」

堤防を上り切ると、風が吹きつけてきた。夏枯れなのか川は水量が少なかった。

「ここからさっきの城跡が見えそうだな。この川が城のすぐ北側を流れる川なのだ」

誠一郎はそう言って目を細めた。

「おそらく処刑される時、庄左衛門の目には築城中の城が目に入ったはずだ」

誠一郎の言葉は、磔台に架けられた庄左衛門が城を睨む姿を、生々しく私に思い起こさせた。

九月の終わりに、私はD通信社の秘書課からの連絡を受け、入社の手続きをとるため大阪に出かけた。

D通信社の出先機関は大阪城の近くにあった。案内された七階の部屋から、天守閣が正面に見下ろせた。近畿一円で採用が内定した二十数人の学生が、一人一人確認書を課長に提出し、その後、会議室に集められて、改めて会社の概要説明をうけた。

東京で入社試験を受けた時に見た顔が多かったが、初めて見た顔もあった。大学推薦でなく一般公募で内定した人たちかもしれなかった。

ロの字型に並べられた机の向かいに座った男に私は見覚えがあったが、東京での入社試験の時に会ったのではないような気がしていた。どこか別の場所で会ったような気がしたが思い出せなかった。

解散になって、学生が三々五々帰り始めた時、見覚えのあるその小柄な男が近寄って来た。

「いっしょに帰らへんか」

男はそう言って人なつっこい笑顔を浮かべた。男の方でも気がついたようだった。

廊下に出ると、男は、エレベーターに向かう人の流れの中で立ち止まった。

「若いんやから、階段で行こう」

そう言って、男は廊下の端に向かって歩き始めた。あたりに人がいなくなると、男は小さな声で「どこかで会ったねえ」と言ってにやりと笑った。私は、その男が京都の知事選挙の時、大阪から応援に来た部隊の中にいたことを思い出した。

「センちゃんだったね」

私は、男が、一緒に大阪から来ていた学生たちにそう呼ばれていたことを思い出して言った。

「センちゃんは仙太郎という名前からきてるんや、名字は吉武、よろしくね」

「こちらこそ、僕は真下っていうんだ」

「ちょっと面白いもの見つけたんや、後学のため、いっぺん見といた方がええで」

吉武は小声で言って、建物の端にある階段を降りはじめた。土曜の午後のためか、建物はシンとして人の気配がなかった。

二階分降りたところで吉武は廊下の方に手招きした。組合の看板がかかっている部屋の前に掲示板があった。そこには組合選挙に立候補する七人の名前を書き連ねた大きな紙が貼られていた。

候補者の名前の後に、「われわれの候補者は、後ろから定員（五人）いっぱいです」と書かれていた。部屋の中で人の声がしたので、二人は掲示板を離れ、階段にもどった。受付を通って、通りに出るまで、二人は無言のままだった。

少し散歩しよう、と吉武が言うので、私は頷いた。二人は通りを渡って、公園に入った。堀の向こうに石垣が高々と聳えていた。

「さっきの掲示板からも、この中で起こっていること、なんとなくわかるな」

吉武は石垣を仰ぎ見ながら言った。

「ああ、そうやな、会社べったりの組合が、定員いっぱいに立候補者たてて、リベラルな人たちを排除してるんやろ」

「ああ、そや。さっきの紙は選挙管理委員会の発行やったな」

「そんなアホな。選挙管理委員会は中立のはずやろ」

「俺も目をうたごうたわ」

「そうか、組合もひどいことやってるんやなあ」

「しかしなあ、そんな中でも会社の言いなりにならずに、頑張ってる人たちおるんやなあ」

吉武はそう言って立ち止まった。

「君、どうするんや」

吉武が訊いたので、私はドキリとした。入社してからの活動を問われているのだろうか。

「俺は研究所に行きたいけど、ちょっと学力に自信がない。事業部になるかもしれん」

吉武が、配属のことを言っているとわかって、私はほっとした。

「ああ、僕は研究所を希望するつもりや」

「そうか、あそこも、今、大変みたいやな」

「大変って」

「何年か前から、全国的に組合が変質させられて来たけど、あそこの組合はまだ頑張ってるみたいや。会社は名うての組合つぶしの名人を送り込んでるみたいやけどな」

「そうか、そういう状態なんか」

「あんた、もし研究所行ったら、援軍きたるやな」

「ささやかな援軍やな」

そう言って、私は苦笑いした。堀の縁まで来ると、吉武は、自分はここから歩いて帰るのだ、と言って私に駅への道を教えた。

公園から出て大きな交差点を渡ると、見覚えのある駅に出た。私は自分の心が静かに高ぶっているのを感じていた。就職してからも自分が活動を続けることについては、まだ確たる決心がついていなかった。それでも、これまで自分が正しいと考えてきたことの延長で自分が生きていける可能性をさぐってみたい、という思いは私の中にあった。

改札口を抜けると、頭の上からゴトゴトと電車の動く音がしてサラリーマンや親子連れや学生たちが、どっと階段をおりてきて私の周りにあふれかえった。


その日、授業が終わると、校舎の出口の掲示板に人だかりができていた。電気計測の追試の結果が発表されているようだった。電気計測を担当する板橋教授は厳格な人柄で、容易なことでは試験をパスさせなかった。最初の試験に落ちると、追試はだんだん内容が難しくなった。「お情け」で合格させる、ということをしない人だったので、この一教科が通らないために就職を棒に振ったり、大学院の入学が取り消しになる学生が毎年数人いた。

人混みをかき分けて、掲示物にたどりつくと、私の横に赤い丸がついていた。私はほっとした。目を下に滑らせて八代のところを見ると、八代の欄にも丸がついていた。

八代に知らせてやろう、と私は思った。八代は今日は授業に出て来ていなかった。

私が一声かけて部屋に入ると、八代は窓に面した机に向かい、耳にヘッドホンをあてて英会話の練習をしているところだった。私に気づくと、八代はヘッドホンをはずした。

「あんた、通っとったで、計測」

「そうか、ありがとう、知らせてくれて」

八代はほっとした顔を見せた。

「英会話か、僕もやらんとなあ。どっかに習いにいってるんか」

「ああ、A学院に週二回」

A学院は授業の厳しいことで有名な英会話学校だった。

「卒業研究の方はどうや、すすんでるか」

「まあな、送配電の研究なんて地味すぎて、あんまり気がすすまん、適当にこなして、原子力工学の研究室に出入りしてるんや」

八代の本箱には原子力発電の本が並んでいた。C電力からの指示なのであろうか、ずいぶん手回しがいいな、と私は感心した。

「あんた、峰岸から頼まれて、ここにきたんか」

「いいや」

八代はこのごろ民青の会議にも出てこなくなった。班長の峰岸は心配していたが、私が何かを頼まれたわけではなかった。

「何も頼まれてへん、ただ、計測の結果しらせようと思うて」

そうか、と言いながら、八代は椅子を回転させて体ごと私の方に向き直った。

「前にも言うた思うけど、僕な、会社に入ったら、もう活動はせん。普通の人間として生きていくと決めたんや。不思議なもんやな、そう決めたら、僕は人間としての自分の力がえらい気になりだしたんや。そういう目で自分を見つめたら、これから会社に入って、いろんな人と競っていくには、あまりにも役にたつことを身につけてないことに愕然とした。考えてみたら、大学はいってから、活動ばっかりやったからな」

何から言えばいいのか、私はすぐに言葉が出てこなかった。八代は、私が勢いよく反論してくるものと思っていたらしく、拍子抜けがしたようだった。

「あんた、これ入ったんやろ」

八代は、右手の親指をたてて、私の目を見つめた。八代は、私が共産党に入ったかどうかを聞いているのだった。半月ほど前に私は峰岸から共産党に入らないか、と勧められたばかりだった。会社に入ってからも活動するには共産党に入らなければ駄目なのだ、と峰岸は言った。

「いいや、まだ入ってない」

「そうか、あんた、迷ってるんや」

そう言って、八代は勝ち誇ったように笑った。

その日の誠一郎との散歩は、粟田口から円山公園を経て八坂の塔に出る道だった。円山公園はデモの最終地点になることが多かったので知ってはいるつもりだったが、こんなに晴れ渡った秋の日にゆったりとした気持ちでながめると、デモの時とはちがった風情があった。

そこから八坂の塔までは、古い石畳の道の両側に屋敷の続く落ち着いた道だった。

八坂の塔は、寺の敷地が狭いため、道のすぐそばに建っていた。私は塔の美しさに見とれた。

「裕造君、この塔が好きかね」

「ええ、何かひどく心に迫ってきますね」

「そうか、ワシもこの塔は大好きだ」

黒々とした木の肌が、日本の古い建築物の美しさをあたりの空気の中にまで発散させていた。

「このあたりに昔ながらの茶屋があるはずだ。たしか江戸時代から続いている茶屋だ」

そう言って、誠一郎はあたりを見回した。

「ちょっと休もう、くたびれた」

誠一郎はそう言って雲のない空を仰いだ。

すぐに赤い壁の古い茶屋が左手にあらわれた。畳地の長椅子に二人が腰掛けると、前掛けをした老人が茶を運んできた。

「何がいい？」

「おすすめのものはないんですか」

「ある。抹茶とくず餅だ」

「じゃあそれお願いします」

誠一郎は盆を抱え注文を待っている老人に、抹茶とくず餅を二人分頼んだ。

「静かなもんですね」

「ああ、休日になるとたくさん人がくるんだろうけどなあ」

私は、ふといつか誠一郎に尋ねてみたいと考えていたことを思い出した。

「夏にアルバイトをした時、ちょっと珍しい体験をしたんですが」

「何だね」

「ええ、どう言えばいいんでしょう。仲間はずれというのか」

助三郎の勤めているゴム工場でタイヤの成型のアルバイトをやっている時、私は篠田という労働者と顔見知りになった。篠田はでっぷりと太った四十がらみの男で、工場内の雑用をやっていた。その篠田が昼休みに私たちの休憩所にやってきて将棋を指した。翌日、休憩室の入り口には「部外者立ち入り禁止」の張り紙がしてあった。篠田はその張り紙を無視して休憩室で将棋を指そうとしたが、相手をしてくれる者がいなかった。

篠田は長椅子を休憩所の入り口まで運び、それが半分休憩所の外にでるようにした。そして自分は長椅子の休憩所の外の部分に座った。

こうすれば休憩室に入ったことにならない、という理屈なのだろう。その工夫に感心して、定年間際の山口という男が篠田の相手をしたが、山口はその日の夕方課長に激しく叱責された。それ以後、篠田は私たちの休憩室に姿を見せなくなった。

私は言葉を選びながら、その時の様子を誠一郎に話した。

「ああ、たぶんその人は特異な人なんだろうね、たとえば共産党員かもしれん」

「そうかもしれません。でもそういう人だからといって、そんな扱いをしていいものでしょうか」

「それはよくない」

「誠一郎さんが管理していた工場ではそういうことは起こらなかったのですね」

誠一郎は額に皺をよせて難しい顔をした。誠一郎は短い間だが小規模な工場で責任者をやったこともあった。

「いいや、起きていたよ」

「なぜですか、工場長の命令でそういうことはやめさせることができるんじゃないですか」

誠一郎は小さく首を振った。

「それは、もう一工場長の権限を越えた問題なんだ」

「でも工場の中の問題なら工場長の判断権限があるんでしょう?」

「ほかのことはともかく、そういうことは本社の勤労課が目を光らせているし、警察だって彼らの動向には敏感だ。私の力の及ぶところではなかったんだよ」

「ああ、そうなんですか」

そういうことなのか、と私はあらためて共産党員として生きることの厳しさを思った。

珍しく苦々しい顔をしたまま、誠一郎は運ばれてきたくず餅を食べはじめた。


私の卒業研究の指導をしてくれたのは助手の浅井だった。浅井は昔、学生運動に関わっていた、と噂のある人だった。今も研究者の自主的な集まりには参加しているようだった。

私が席を与えられた実験室は、コンクリート造りの工学部の建物の谷間のような所に建っているバラック風の平屋だった。天井が高く、ガランとした殺風景な部屋だった。

しかし初めて自分の席を持って、私はこれまでに感じたことのない落ち着きと喜びを味わった。

私の研究テーマは、磁性体の中に入ったマイクロ波が、静磁波、スピン波、弾性波に次々と変換される様子を、内部磁場との関係で解析するものであった。実験装置は、パルスジェネレーター、小規模な磁場発生装置、センサーとレコーダーという簡単なものであったが、レコーダーのペンがゆっくりと描き出す波形は、磁性体の中で起こっている原子レベルの現象を伝えていて興味がつきなかった。

その夜は大学院生たちが早く帰ったので、実験室には私と浅井だけが残った。浅井は壁際の机に向かって一心に論文を書いていた。私はこの機会に浅井に尋ねてみようと思い、データを整理する手を止めて立ち上がった。

「浅井さんの同級生なんかで、会社に入っている人、どんな具合ですか」

「どんな具合って、みんな中堅のエンジニアになってよう頑張って仕事しとるがな」

浅井は怪訝《けげん》そうに顔を上げ、分厚いレンズ越しに私に視線を投げた。

「ええと、そういう一般の人の話じゃなくて、浅井さんのお仲間というのか、学生時代に特に仲の良かった人というのか」

「なんや、そうか」

浅井は立ち上がってノビをすると、部屋の真ん中にある大きなガスストーブまで歩いた。浅井はストーブに火をつけると、まあこっちにおいで、と言って、魔法瓶を傾け、急須に湯を注いだ。

「僕の時代にも、いわゆる活動家はたくさんおったけど、会社に入ったもんも、ほとんどが元気にやっとるようやな」

浅井は、ストーブの前に腰掛けた私に湯呑みを手渡し、椅子を引き寄せて私の隣に座った。

「研究や生活なんかどうなんでしょうか、思想差別がひどいところもあるって聞きましたが」

「ああ、大企業はそういうところが多いな、そうでないところもあるけど」

浅井の口調が慎重になった。

「僕の知ってる例から言えば、社会を変革するしっかりとした考えをもちながらも、技術者や研究者として立派な仕事を続けている人がほとんどや。みんな仕事の上では会社からも期待されとるがな」

なぜ仕事と思想を両立させているのだろう。

「なぜ、そんなことが可能なんでしょうか」

私は不思議に思って尋ねた。

「はっきりとはわからんけど、会社の中で表立った活動をしてないからやろな。会社も、優秀な技術者を失いたくない、ということはあるやろし。多少怪しいと思っても、見て見ぬふりをすることもあるやろ」

「そうでしょうか、仕事を取り上げられたりすることはないんでしょうか」

「絶対ないとは言えんけどな。僕の一番親しかった男は、開発部門から営業にまわされて労働委員会に訴えて争ってるわ。学校におるときは勉強ばっかりするおとなしい男やったけど、最近たくましなったな。その男ともう一人かな、仕事の面でめぐまれないのは」

「生活が困るということはないのでしょうか」

「困るいうても程度問題や。まあ、大体夫婦共働きやから、大学の先生よりは楽やろ」

浅井の言葉は私の気持ちを楽にしていた。

「D通信社はどうなんでしょう、就職試験では思想チェックもあったんですが」

そうやな、と言って、浅井は腕を組んだ。

「最近のことは知らんけど、何年か前には研究所はえらい自由な雰囲気やって聞いたけどな。組合も民主的で、管理者にも物のわかった人が多くて」

「そうなんですか、そういうところなんですか」

それなら活動もできそうだ、と私は思った。以前吉武から聞いた状況と大分違うが、私は浅井の言葉を信じたかった。

それから一月ほどたったころであった。その日は風が強く、コンクリートの建物が風を切ってうなりをあげていた。電気系学科の図書館から借りた本を脇にかかえた私は建物から出たところで八代とばったりと会った。八代は、おう、と小さく声を出し、すぐに目をそらしかけたが、ふと立ち止まった。

「あんた、大変なところに行くことになったな」

なかば冷やかすような調子で、八代は言った。

「なんのことや」

「知らんのか、あんた、研究所での自殺のこと」

「いいや、D通信社の研究所でか」

「ああ、新聞に載ってたらしいで。隔離部屋や」

だから恐いんや、会社で活動するのは、と八代はつぶやくように言って、ドアを軋ませて建物の中に入っていった。

自殺？　自殺？　隔離部屋で？

研究室にもどったが、私は実験が手につかなかった。

「赤旗」新聞に載っていたのだろうか。この二、三日卒業研究をまとめるのに追われて、新聞を取りに行っていなかった。

私は人気のない実験室を意味もなく歩き回った。共産党員の峰岸なら何か知っているかもしれない、そう思って、私は浅井の机に近寄って電話機に手を伸ばした。

「なんや、珍しいな、電話なんか」

峰岸はぶっきらぼうに言った。

「今日の新聞に、何かすごいこと載ってたんか、僕の行く研究所のこと」

「ああ。そのことか。載ってた、載ってた」

「いやあ、そういうところとはしらんかったな」

「激しく闘いが起こっているところや、いうことやろな。あんたもいい加減な気持ちではあかんで」

「ああ、そうかもしれんな」

私は電話を切った。胸がドキドキして足が震えていた。しかし、「怖がってどうするのだ」、と自分を叱る声が、頭の隅で響いてもいた。

私は、実験室を出て、工学部の自治会に向かった。自治会室に隣接して新聞のポストがあるのだ。細かく区切られたボックスの中から私は今日の新聞を取りだした。

三面記事のページに、写真入りで大きな記事が掲載されていた。

横と縦に並んだタイトルが目に飛び込んできた。

「冷酷な労務支配」

「一技術者の自殺」

「研究テーマまで奪う」

「組合運動に敵意　処分や差別」

私はリードと本文に目を走らせたが、動揺しているのか、文章がまともに頭に入ってこなかった。二度読み直して、ようやく私は事件の概要をつかむことができた。

研究者は三十二歳、この大学の出身者であった。自殺の時期は去年の十一月末と書かれていたので、約二ヵ月前のことである。発表が遅れた理由は「気持ちの整理をしたい」という妻の希望であった、と書かれていた。

この研究者は、国内衛星通信の研究に専念、外国の雑誌にも研究論文を発表するなど注目されていた。

「研究所の組合分会の書記長となり労働者の先頭にたって活動、〝民主的職場、自主的研究の確立〟を強く呼びかけていました」

「この研究者は衛星通信の軍事化、研究データがアメリカの軍事衛星に利用される危険がある、との疑問を日頃からのべていました」

とも書かれていた。

二週間ほどたったころ、峰岸が私の実験室を訪ねてきた。

「おい、こんなもんが手に入った」

峰岸がそう言って置いていったのは、D通信社の研究所の共産党支部が発行するB４判の新聞であった。そこには、ほぼ全面を使って、自殺した研究者への哀悼文と経過、当局への糾弾が掲載されていた。新聞の日付は十二月十五日であった。「赤旗」の記事より一ヵ月以上早かった。

「攻撃の実態」と書かれた項目の中には次のような文章があった。

会社が加えてきた攻撃の実態は、前後四年にわたる行動の監視とあわせ、今年一月以来研究テーマを剝奪し、職場の人から切り離し、一年以上にわたって一室に閉じこめ、部屋を出れば尾行し行動を一部始終監視するといったものでした。また四二年から昇格差別を続け今年には夏季特別手当差別、二月には訓告処分を加えています。部屋の中では「無能力者！」などの悪罵《あくば》をあびせられていたと言われます。こういう監視、しめつけのもとでも彼は友人、同僚に相談をもちかけ、また励まされながら研究企画も行い死の直前まで耐え頑張りぬいてきたと言われています。これらの人権侵害は当然労働組合でもとりあげられ、抗議とたたかいの経過がニュースで報道されてきました……

私は、その新聞を丁寧に折りたたみ、胸のポケットに収めた。

その日は、一日中、新聞を入れたポケットが熱を発しているような錯覚を覚えた。その新聞が私に訴えかけてくるようだった。激しい闘いが行われている最中《さなか》の研究所に、私は身を投じることになるのだ。自分に何ができるか、どこまでできるのか、それは分からなかった。しかし、私は待たれているような気がした。それに誠実に応えようとする気持ちは、自分の中から消えることはない、と私は思った。

第八章　海の見える台地

福島の旅行から帰って一週間近くたった土曜日、久しぶりで奈津と二人で散歩に出た。私たちは両側にミカン畑のある細い道を下って行った。

この半島は、北部は丘陵地帯、南部は波に削られた浅い海底が隆起してできた台地であり、私たちの住むマンションはちょうど丘陵と台地の境目にあった。

坂を下るにつれ、三方に見えていた海が見えにくくなった。

「福島のこと、ゆっくり話してなかったね」

「そうだったわね」

福島から帰ってきた日も、奈津は夜遅く帰宅したので、ゆっくりと話す時間がなかったのだ。

十字路を右に曲がると、道は切り通しの坂となった。道の左右に石垣が続き、右手の石垣の向こうに小さな寺の屋根が見えた。左手には、大きな蘇鉄の葉が八方に広がっていた。切り通しを上り切ると道の両側は竹藪となり、そこを抜けると目の前に一面の畑が広がった。

キャベツは春の収穫に向け小さな苗が植えられたばかりであった。ダイコンは青々と葉が茂り、冬場に向かって、地下の豊かな実りを想像させた。

「農家の人、やっぱり、困っているんでしょうね」

「ああ、困っているけど、僕が想像していたのと少し違った」

「どんな風に」

「果実農家なんかは、売れなくて廃業する人が続出しているのかと思っていたんだけど、廃業せずに頑張っている農家がほとんどだそうだ」

「生活はどうしてるの」

「東電に補償金を出させる運動が功を奏しているんだ。農業団体が書類を作る手伝いなんかして、素早く補償金を出させているんだって」

「そうなの。でも補償金って、ずっと出るわけじゃないんでしょ」

「それが問題なんだ。東電は原発事故の収束にかかる費用を抑えにかかっているから、補償だっていつまで続くかわからない。それから、猪《いのしし》なんかの被害がすごいって聞いたけど、そういうものは補償の対象にならないんだって」

「あっ、テレビでやってたわ、猪とか、イノブタとかすごくふえてるんですすってね」

「線量が高くて、帰宅できない地域には、猪なんかがわが物顔に入り込むそうだ」

宿のスタッフから聞いた話だった。

「人の入らない里山は格好の住処になるんだそうだ。そうして増えた猪が、農作物を求めて周辺の地域に移動してくるから大変なんだって」

奈津の息が荒くなったので、私は立ち止まった。

「休むかい」

「いいえ、少しゆっくり歩いてくれればいいわ」

そう言って奈津は私の前に出て歩き続けた。少し長く歩くと、奈津はわずかに左足を引きずるようになる。私は苦い思いで、奈津が歩く姿を見つめた。奈津は劇場でみつけた会場清掃の仕事を続ける中で膝を痛めてしまった。公演の合間の時間に急な階段を上り下りして客席や通路の清掃をやらなければならなかったので膝の軟骨がすり減ってしまったのだ。

私たちは農地の中を縦横に走る細い道に入り込んだ。

「このあたりの作物は放射能が検出されていないそうね」

「ああ、被害が軽かったんだろうね。福島原発が爆発した直後には、ミカンやハーブからかなりの放射能が検出されたけど」

「私も驚いたわ。原発から二百五十キロ以上離れているのに、こんなところまで放射性物質が飛んで来たのかって」

福島原発からはもっと遠い隣県の茶からも放射性物質が検出された。各地から報告される被害のニュースを聞きながら、私は放射性物質が撒き散らされた地域の広さにあらためて驚いたのだった。

少しやすもう、と言って私は立ち止まった。

起伏のある台地は、木々の先っぽだけが見えたり、集落の火の見櫓《やぐら》の先端だけが見えたりして面白かった。

「このあたりに、お茶を飲ませてくれる店、なかったかしら」

「昔、入ったことがあったね」

「ええ」

「ずいぶん前だったから、なくなってしまったのかもしれないな」

ちょうど、奈津が舞台に復帰する決心をして、そのために歌のレッスンを受けようとしていた時期だった。散歩の途中で突然雨が降り出し、私たちは谷筋にそって作られた道路に出て店に入ったのだ。

「メロンのジュースがおいしかったわね」

「夏だったからメロンのシーズンだったんだな」

このあたりで採れた野菜や果物を売っている店だった。

奥に五つ六つテーブルがあり、そこで簡単な料理を食べることもできるようになっていた。

その時、奈津は、銀行の食堂でパートで働きたい、と私に打ち明けた。大学の先輩と一緒にやっている音楽教室の経営が思わしくないので、自分の歌のレッスン料を捻出するためだった。銀行の食堂に一年いた後、奈津は総菜屋やコンビニなど様々な店で働いた。

「最近、このあたりではメロンやスイカは見なくなったわね。まだ作っているのかしら」

ダイコンの畑を目を細めて眺めながら、奈津が言った。

「つくっているようだけど、昔にくらべれば少なくなったみたいだ。手間がかかるわりには売値が上がらないらしいよ」

奈津が頷いた。

「どうだい、歩けるか」

「そうね」

「痛いんじゃないのか」

「少し」

「じゃあ、バスにしよう」

「せっかく散歩に来たのに、バスなんて」

「無理しないほうがいいんじゃないのか」

「歩かないとますます駄目になるから、少し歩こうと思ったんだけど、今日はやっぱり痛いわ」

「この道を下れば、すぐバス道だ」

私はそう言って、歩きはじめた。バスに乗れば十分くらいで駅に着く。

私たちはゆっくりした歩調で緩やかな坂道を下っていった。

「和彦から珍しく電話があったのよ」

「そうか、元気にやってるのか」

「ええ、割と元気な声だったわ」

新聞社に勤める息子の和彦は、私には電話してこない。私が最近のマスコミの報道の酷さについて言葉を荒らげるのが嫌なのだ。

和彦は編集の仕事をしているわけではなく、販売の部門にいるので、私は和彦を責めているつもりはないのだが、和彦の方では非難されているように感じるのだろう。

「帰るのが遅いって、真紀さんが心配してるみたいよ」

「何時に帰ってくるんだ」

「とにかく終電に間にあわなくってタクシーが多いみたい」

「過労死しないようにしなくっちゃな」

「そうよ、せっかく新聞社に入ったんだから」

谷間のバス道に達すると、眺望がきかなくなった。

和彦が新聞社に入れたのは、大学のクラブの先輩のおかげだった。そのクラブは先輩、後輩の結びつきが強く、就職でも後輩を自分の会社に引っ張るケースが多いようだった。

私は、親が共産党員であることが原因で和彦が就職試験に落ちるのではないかと心配したのだが、幸いにも最初に受けた新聞社に入ることができた。

「あの子、やっぱり販売部門は向いてないかもしれないわね」

「そうだな、販売部門は、販売店の管理だからね。成績の悪い販売店にハッパをかけたり、潰したりするのが仕事だから、まあ荒業だな」

「他の部門に変われないのかしら」

「新聞社ってもともと採用が部門ごとなんで、簡単には替われないいって聞いたな」

「和彦が言ってたの？」

「いや、高校の後輩で新聞社に勤めている人がいるんだ。その人から聞いたんだ」

坂道をおりきると、右手にコンビニがあった。最近できたのだろうか。

「ねえ、このあたりじゃなかったかしら、私たちが入った店」

「そうだと思うが」

「ないわねえ」

「なくなってしまったようだね」

バス停の標識を見つけて、私たちは道の端を歩き続けた。坂道からバス停までの間にあったはずだが、店は見あたらなかった。

「ずいぶん前のことだからね」

「そうね。私たちも歳をとったのね」

バス停に着いて、標識に取り付けられた時刻表を見ると、バスが来るまでに十分以上あった。

「少し待つみたいだ」

私がそう言うと、奈津は頷いてベンチに腰をおろした。


次の土曜日、私は独身寮を訪問した。夏に片倉の家に一緒に行って以来、私は月に二度ほど、笠谷を訪ねることにしていたのだ。「しんぶん赤旗」の宣伝紙をとどけたり、研究所では十分話せないことを語り合うためであった。特に私は、研究所の共産党が果たしてきた役割を笠谷に話すようにした。

「成果主義賃金」や「裁量労働制」の導入に反対して大きな議論を組織したこと、配置転換の交渉で職場の人を励まし、希望に沿うよう交渉したこと、不当な配置転換を元に戻した闘い、管理者の横暴をやめさせて職場の人たちに喜ばれたこと、反共的な管理者特訓をやめさせたことなどである。

民主的な研究所の運営と研究の発展の方向については絶えず提言を行ってきたこと、組合の執行部からは排除されているが、若い役員を励まし、相談に乗ってきたことも話した。研究所にリベラルな組合があった時のこと、その組合が卑劣な総攻撃によって転覆させられた時のことなどは、片倉の持つ資料をコピーして笠谷に読んでもらうようにした。組合の転覆は私の入所直前の出来事だったのだ。

独身寮は相模湾に面した町にあり、コンクリートをふんだんに使ったずんぐりした五階建ての建物だった。

四階にある笠谷の部屋の前に来ると、ドアの向こうから懐かしい合唱曲が聞こえてきた。ノックすると曲は止み、すぐにドアが開いて笠谷がどうぞ、と私を招き入れた。

部屋は、私たちが居た独身寮の倍ほどの広さで、隣室との遮音もしっかりしているようだ。窓際に机があり、部屋の真ん中にはテーブルが置かれていた。二つの壁に作り付けられた本棚には、ぎっしりと本が並んでいた。電力関係の本が多く、目の高さに原発関係の本も何冊かあった。

テーブルを挟んで私たちは向かい合った。

「コーヒーでいいですか」

笠谷が聞いたので私は頷いた。

「今日の新聞には、ぜひともしっかり読んでほしい記事があるんだ」

私はそう言ってリュックの中から「しんぶん赤旗」の日曜版を取り出し、ページを繰った。

笠谷がミルで豆を挽き始めたので、素晴らしいコーヒーの香りが漂ってきた。

笠谷に新聞を渡す時、私は、自分が面白かったと思う記事や、ぜひとも笠谷に読んでもらいたい記事を紹介することにしていた。

「これだ、これだ」

私はページを広げ笠谷に向けた。「秘密保護法案」への反対を呼びかける日本共産党のアピールだった。

「これ、要約だけど、全文が欲しければもってくるよ」

「ありがとうございます」

笠谷は新聞を受け取り紙面に目を走らせた。

テーブルの上に置かれたドリップ式のコーヒーメーカーが音をたてはじめた。

「全文はネットでも読めるって書いてありますね」

「そのようだ。便利になったものだ」

「いや、しかし、本気でこんなことをやってくるんですね、安倍さんは。驚きましたね」

「何が秘密か明らかにしないところがすごいな」

「研究にも影響がでるんじゃないですかね」

「ああ、うちの研究所の中心は通信関係だから『秘密保護法』の対象になるかもしれない。通信衛星の研究もやっているからな」

「学会なんかで発表できなくなると困りますね」

「そうだ。アメリカの学会の発表でタイトルだけ載せてあるものがあるな。軍事技術のため発表できないってことで」

「ええ、見たことがあります。しかし、こんな極端な法案、結局何が目的なんですかね」

「このアピールの後半に書いてあるけど、この『秘密保護法案』は、日本を、海外でアメリカと一緒になって戦争をする国につくりかえることに一番の狙いがあるんだ」

笠谷は頷いてサーバーからコーヒーをカップに注いだ。

笠谷は、頭髪を極端に短くしていた。一分刈りとか二分刈りと言われる髪型である。頭が禿げかかった若者がそうするのは、広い額が目立たなくなるからだ。丸顔で体格のよい笠谷にはその髪型がよく似合った。

「ぜひネットで全文も読ませていただきます」

そう言って笠谷は立ち上がり新聞を作り付けの机に運んだ。

秘密保護法の話題が一段落したので、私はさっき聞こえていた音楽のことを尋ねてみようと思った。

「ところで、さっき私がこの部屋に来た時、合唱曲が聞こえたけど、あれ、シューベルトのドイツミサ曲だろ」

私は笠谷の入れてくれたコーヒーを口にした。

「いやあ、よくご存じですね。合唱やってらっしゃったんですか」

私の前に座り直した笠谷が、驚いたような顔をした。

「ああ、昔、研究所の合唱団に所属していた」

「研究所に合唱団があったんですか」

「ああ、あった。合唱祭やコンクールに出たし、所内で昼休みにコンサートをやったりした」

「そうですか、いいですね」

「あの曲、好きなの」

「ええ、今度歌うことになると思うので、まあ耳から聞いて覚えようかと思って」

「そう、あの曲を歌うのか。笠谷君、合唱団に入っているの？」

「いえ、合唱団ってわけじゃないんです。会社の地域貢献活動の一環として、この独身寮のメンバーがクリスマスに老人ホームを訪ねることになったんですが、その時に歌う曲の候補なんです」

最近、企業のイメージを高めるために、さかんに地域貢献活動が奨励されていた。会社主導で祭りをはじめさまざまなイベントが企画され、地域住民へアピールがおこなわれていた。

「クリスマスにしてはちょっと早いな」

「ええ、寄せ集めのにわか作りの合唱団ですから、少し練習の時間が必要なので」

「でも、あのシューベルトの曲、普通の人はまず歌わない曲だよ。全くの玄人好みというか」

　クラシックに詳しい人でさえもシューベルトのドイツミサ曲は聞いたことがないという人が多い。

「そうなんです」

「あの曲を老人ホームで歌うのはどうかね。もっと親しみ深い曲の方がいいんじゃないか」

「そうかもしれませんね」

「私たちの時も、寮生の合唱好きが集まって福祉施設を訪問したけど、難しい曲は受けなかったな」

　そのころの施設訪問は全くのボランティアだった。

「クリスマスらしいポピュラーな曲は、いくつかやるんです。『神の御子は今宵しも』とか『オー・ホーリー・ナイト』とか。でもメンバーの中に、是非一曲だけでも隠れた名曲をやりたい、という男がいたもんですから」

「まあ、とにかくいい曲だな、あれ」

「そうなんです。みんな最初反対したんですが、CDなんかで聞いてみると、ものすごくいいんです。こんなすばらしい曲を知らなかったことが不思議なくらいです。みんなもポピュラーな曲そっちのけでドイツミサ曲に夢中になってます」

　シューベルトのドイツミサ曲は、ドイツ語の歌詞がもちいられているのでこう呼ばれていた。シューベルトらしい音のつながりの中に人生の良きもの、気高きものへの思いが込められている愛らしい曲であった。

　それまでの教会合唱曲はほとんどがラテン語の歌詞だったが、シューベルトはドイツ語の歌詞に曲をつけた。ドイツ語なので教会では歌われず、一般の音楽会で歌われたようだ。楽譜の出版はシューベルトの死後であった。

「何番を歌うの。一番、それとも五番、二番が好きな人もいるな」

「五番です。一番を推す人もいたんですが」

「そう、何番が好きかでその人の音楽に対する感性のようなものがわかるな」

「五番はいけませんか」

「いや、そんなことはない、五番が好きだという人が一番多い。私も五番が好きだ」

「そうですか、安心しました」

「五番は、男声合唱でやると、痺れるような和音が続く」

「そうでしょうね。でも、手に入る楽譜が混声なものですから、指揮者もどうするか考えてるみたいです。男声合唱に編曲しようとしているのですが苦労しているみたいです」

「私、持ってるよ、男声合唱用の楽譜」

「本当ですか。そしたら、お貸し願えませんか、その楽譜」

笠谷は目を輝かせた。

「ああ、もちろんいいよ。昔、独身寮にいた友人がレコードから写譜したんだ」

「そうですか。そんなことできる人がいるんですね」

「旋律の上にカウンターテナーが入るすばらしい編曲だよ」

カウンターテナーは男声が裏声でテナーの上の高いパートを歌うものだが、上手な歌い手がいると男声合唱に驚くべきふくらみをもたらした。

「そうですか、カウンターテナーが歌える人がいます。メンバーの中に」

「じゃあ、今度持ってくるよ。カウンターテナーの入らない普通の男声合唱の楽譜もあるから一緒にもってくるよ」

「ええ、急ぎますので、研究所でいただけませんか」

「ああ、いいよ、月曜日に持ってくる」

「じゃあ、真下さんの部屋に取りに行きます」

「わかった、いつでも来てくれ」

私はそう言って、コーヒーを飲み干した。

笠谷は、時々私の研究室にやって来た。最近、研究所内で私とつき合うことを躊躇《ちゅうちょ》しなくなっていたのだ。物怖じしない性格のようだ。仕事に自信があるようにも感じられた。

「また来る」と言って部屋を出ると、笠谷がついてきて玄関まで見送ってくれた。

独身寮を後にしてバス通りに出ると、海の方から強い風が吹きつけていた。電線がオウオウと鳴った。通りには、パチンコ屋やスナックのような建物が並んでいた。

バスの停留所に長い列ができていた。列の中には緑色の制服を着た自衛隊員が何人かいた。この近くに、自衛隊の駐屯地と教育機関があるのだ。

バスはきっと混んでいるだろう。私は信号を渡り、緩やかな山道に入り込んだ。この道をたどると研究所の脇を経由して東京湾に面した駅にでる。小一時間の散歩コースだ。

久しぶりに聞いたシューベルトのドイツミサ曲を口ずさみながら私は山道を歩き続けた。私は、同期入社の元共産党員の永井のことを思い出していた。レコードから写譜してくれたのは永井だったのだ。研究所を辞めた後、大学をいくつか替わったようだが、元気でやっているのだろうか。

永井は、ピアノが弾け音楽に長けていた。永井は独身寮の中に小規模な合唱団を組織し、いろいろな催しに合わせてコンサートを開いた。

永井が独身寮の中に合唱団を組織したのには訳があった。

私は、入社後、あるきっかけで研究所の正規の合唱団に入った。私の合唱との出会いは、高校時代のクラス対抗のコンクールだった。その時、合唱のすばらしさに魅せられたのだが、その後歌う機会がなかった。

ある日、研究所の食堂で昼食をとっていると、階下から合唱が聞こえてきた。聞き覚えのある曲だった。「ウ・ボイ」というクロアチアの愛国歌であり、高校の合唱コンクールで私のクラスが歌って好評を博した曲であった。

この合唱曲は私の通った高校の近くにあるK学院大学のグリークラブが、シベリア出兵で救出され神戸に逗留していたチェコ軍の合唱隊から楽譜をもらい、それを秘匿して全国コンクールで何度も優勝したという曰く付きのものだった。

私はその歌声に惹かれて地下への階段を下り、合唱をしている人達に近づいた。歌い終わった時に指揮者の人が声をかけてくれたので、私は列の中に入った。しかし、私はその合唱に加わることができなかった。この合唱団が歌う歌詞は原語であるのに、私が高校で歌ったのは日本語訳だったのである。指揮者の人は「日本語でもいいから、とにかく歌ってみてください」と言った。さすがに日本語では歌いにくく、隣の人に楽譜を見せてもらって、あやふやな言葉で歌ったのだが、指揮者は私を褒めてくれた。

それがきっかけで、私は研究所の合唱団に加わることになった。

永井にそのことを話すと、永井は「まあ、やってみなさいよ」と案外冷めた反応を示した。永井も研究所の合唱団を覗いたことがあるのだが「発声も音楽理念も自分とは合わない」のだそうだ。

私は、その合唱団で数年活動した。他のメンバーはほぼ全員が大学での合唱経験者であったので、私は教えてもらうことばかりだった。ようやく、他のメンバーと同じくらいに歌えるようになったとき、突然合唱団が活動を停止した。地下の練習場所に行って待っていても誰も来ないのである。指揮者と部長に連絡をとり、尋ねたが、二人とも「みんな忙しくて集まらない」と言った。部員の一人が私を呼び出し、「真下君がメンバーにいることを労務が警戒し、活動停止の命令がでたのだ」と教えてくれた。

私は、事情を知らせてくれた人の名前を伏せ、指揮者と部長の双方に抗議し、団の再開を申し入れた。しかし、二人は労務の指示であることを認めず「人が集まらないからしょうがない」と繰り返した。

永井に事情を話すと、永井は憤慨した。

「まあ、そういうことで活動を停止するってことは、芸術に対してその程度の認識なんだよ」

永井はいかにも軽蔑したようにそう言って、

「僕が真下に本物の合唱を歌わせてやる」

と私を励ましてくれた。

永井は寮の中にいる大学時代の知人二人と、独身寮に隣接する家族寮にいる先輩を呼んできて教養室で練習を始めた。永井を含めてその四人は、いずれも素晴らしい音楽的技量を持った人たちであった。

そのメンバーに私を加えて最初に取り組んだのがシューベルトのドイツミサ曲だったのだ。

その後、寮の合唱団には人が加わってきて、クリスマスや寮の行事には小さなコンサートを開くようになり、近隣の福祉施設にも出かけていくようになった。

山道が平坦になり、ガードレールにくくりつけられた縦長の赤い旗が風にはためいていた。不動尊がまつられている寺院である。谷をはさんで、夕日を浴びた研究所の巨大な建物が見え始めた。

翌々週、独身寮に笠谷を訪ねると、笠谷は応接室で話したい、と言った。部屋の中が乱れているのかもしれない、と私は思った。

私たちが独身寮に住んでいたころには、どこの独身寮にも専任の寮監がいて、応接室の来客の様子を窺《うかが》っていたので落ち着かなかった。今は経費削減で、寮監はおらず、安心して話ができたが、やはり個室で話す方が気が楽だった。

「真下さんにぜひお会いしたいっていう友人がいるんです」

それで応接室で会いたいと言ったのだ、と私は納得した。

「ほう、だれだろう。この寮の人？」

「ええ、そうです。私のとても仲のよい同期の男なんですが。ここに呼んでいいですか」

「もちろんいいよ」

私がそう言うと、笠谷はポケットからスマートフォンを取り出して画面に触れた。その友人に電話しているのだろう。

同じ寮にいる人にも連絡をとる時には電話をかけるのだろうか。私たちの時のように、部屋をノックして連れて来る、ということはしないのかもしれない。

「あっ、吉川君、真下さんが今応接室にみえてるから」

笠谷はそう言って、電話を切った。

「だれなの、その人」

「ええ、基礎部門の物性関係の人です」

「なぜ、私に会いたいのだろう」

「私も詳しいことは知りませんが、大学の研究室の教授が、この研究所に居た人で、その人が真下さんと知り合いなのだそうです」

「誰だろう」

研究所から出て大学に職を求める人は大勢いた。私には見当がつかなかった。間もなく応接室のドアが開いて、若者が入ってきた。

「物性研究室の吉川と言います」

そう言って男は手にした名刺を私に差し出した。知的で、いかにも育ちのよさそうな若者だ。

「ああ、よろしく。名刺持ってこなかったんだ」

「はあ、結構です。神岡先生からよくお話は伺っています」

「そうですか、神岡君のところにいた方ですか」

私は懐かしく神岡を思い出した。神岡はもともと私の研究室に居た男であり、超並列計算機ＹＯＵＰＡＣⅢを担当していた。神岡が関西の研究所に移ったので、そのシステムの完成が私にまかされたのである。私の組み立てたシステムは、完成するや否や、神岡の居る関西の研究所に持って行かれてしまった。

ノイズによってエラーが発生するというので私が関西の研究所に修理に行ったことがあった。神岡は、そのシステムが、私に無断で自分のところに運び込まれたことを知ると憤慨し、私に同情した。その後、神岡はＹＯＵＰＡＣⅢが私のところに戻るよう努力してくれたり、「私物です」と言って、脳の活発に働いている部分を測定する簡易な装置を送ってくれたりしたのだった。

「真下さんが、まだこの研究所にいらっしゃると思いませんでした」

そう言って吉川はソファに腰をかけた。

「とても面白い物語を書かれたんですね」

吉川は遠慮がちに私に顔を向けた。

「ああ、あれか」

「私、神岡先生から、一度その物語を見せていただいたことがあって、とても感動しました」

「それはありがとう」

「その時、コピーをとっておけばよかったんですが、そのままになってしまって。それで、もし、あの物語、お持ちなら、お貸し願えないかと思いまして。私の研究にも関係があるものですから」

「神岡先生がやっておられたような研究を、あなたはここでもやっているんですか」

神岡は特別な能力を持つ人々の協力を得て、その人たちと普通の人の頭の使い方の違いを示そうとしていた。神岡は私が組み立てた超並列計算機を使って、脳の鮮明な画像を表示させた。神岡はその研究を大学に移ってからも継続していた。

もともと神岡の研究のアイデアは、私がＹＯＵＰＡＣⅢの応用分野として概略を所内向け資料に書いたものだったが、その資料の発表を井郷部長が許可しなかった。

しかし、井郷は、私の所内資料に書かれた内容を自分のアイデアのようにして神岡に話したようだ。後日話し合った時、神岡は、自分の研究と私のアイデアとの類似を気にしていた。もちろん、私の方はアイデアだけであり、神岡の方は具体的に研究を進めていたのだから「盗用」には当たらなかったのだが、神岡は強い拘《こだわ》りを持っていたようだ。

「ええ、あの研究はとても面白かったんですが、私、今は物性部門にいるので、研究所の仕事としては出来ないんです。まあ暇を見つけてアンダーグラウンドでこつこつやってます」

「そうですか。あの冊子、まだあったと思います。今度持ってきますすよ」

「そうですか、ありがとうございます」

そう言って吉川は頭を下げた。

「何ですか、その物語って」

笠谷が不思議そうに訊いてきた。

「うん、僕が初めて書いた小説だよ」

「へえー、真下さん小説お書きになるんですか、知らなかった」

「いや、恥ずかしいものだ」

「興味がありますね」

笠谷が身を乗り出した。

「あっ、そう言えば笠谷君、絵が上手だったね」

「いえ、上手ってほどではありませんが」

「私は、昔から絵が下手でね。でも、ある時から、非常にリアルな絵が描けるようになったんだ。あの小説にはそういうことも書いてあるんだよ」

「そうですか、是非とも読ませていただきたいですね」

「それじゃあ、今度来た時、君にも差し上げるよ」

「ありがとうございます」

笠谷はそう言って嬉しそうな顔をした。

壁に掛けられた時計を見ると五時を回っていた。

「じゃあ、いつもの資料置いて行くよ」

私はそう言ってリュックの中から大型の封筒を取り出して笠谷に手渡した。中には「しんぶん赤旗」の日曜版が入っていた。

「ところで、ここは自衛隊のラッパは聞こえないの。近くに基地があるはずだけど」

私が訊くと吉川が頷いた。

「今日は、回数が少ないですよ。休日ですから。でも起床と就寝は鳴ります」

「真下さん、お聞きになったことありませんか」

笠谷はそう言って、ラッパの音をハミングした。

「いや、聞いたことがある。もっとも、僕のいた独身寮は東京湾に面していたところで、自衛隊の幹部学校が丘の上にあった。消灯ラッパを聞きながら、自分と似た年代の若者が、あのラッパを合図にいっせいに行動しているのか、と思うと、不思議な感慨にとらわれたよ」

それから私は一時間ばかり独身寮の思い出話をした。二人は興味深そうに聞いていたが、吉川は時々スマホを手にして画面を操作した。連絡が入るのかと思ったが、私の話の中に出てくる古い言葉をインターネットで検索しているのだとわかった。近頃の若い人は、こういう変わった話の聞き方をするのか、と私は驚いた。

家に帰った私は、さっそく本棚を探して数冊の冊子を見つけることができた。ページを開くと、この冊子を作った時のことが蘇ってきた。

私は、人間の思考に関する調査資料を作成したが、それを学術的な論文にするにはデータが決定的に不足していた。神岡の所には実験用の機能的MRIがあったので、それを使う実験計画を立て、室長に提出した。しかし、室長は頑としてそれを認めなかった。

脳のどこが活発に働いているかを明瞭に示すことができる機能的MRIを使った実験は、諦めざるを得なかった。それでも私は、自分の考えてきたことを人に役立つ形で残しておきたかった。

党員に対する研究の妨害に、一矢報いたい思いが募った。どんな形でも自分のアイデアと見解を発表してみようと思った。私は、まだ確証されていない部分も含めて、物語という形にして多くの人に読んでもらうことを思いついた。

物語にする、というのは奇抜な考えだったが、私にはそれなりの動機があった。

私は大学の教養の時にロシア語を勉強したが、その時に触れたロシア文学に魅了されていた。いつか物語を自分でも書いてみたい、という思いがずっと胸にのこっていた。そこで、私は自分のアイデアと見解を物語にしてみたいと思ったのだ。

ちょうど、大学時代に私を可愛がってくれた大家の誠一郎が亡くなった時であり、誠一郎への思いを込めたものでもあった。

学生時代、誠一郎は私の文学的感性を褒め、小説を書いてみたらどうか、と勧めてくれた。私は「いつか誠一郎さんのことを書く」と約束した。誠一郎が生きているうちに、小説を書かねばならぬと思ったが、なかなか実現しなかった。誠一郎と私を登場人物にして書き始めたことはあったのだが、生身の誠一郎がじゃまをして、うまく書けなかったのだ。誠一郎はそのことを気にしている様子もなかったが、私としては申し訳ない思いが残っていた。

遠縁の男の子が京都で大学生活を始めたので、その若者を主人公のモデルにして、誠一郎をその大叔父に見立てて物語をつくってみた。これは案外うまくいった。作品のテーマは、人間の能力の素晴らしい可能性であるが、背景には技術分野におけるアメリカへの従属に対する強い批判がある。

それはこんな物語だ。

第九章　物語　内なる巨人の解放

一九七二年秋、阪神地方の邸宅街
木戸をすり抜けた二人の男は、屋敷の裏手に目立たぬよう止めてあった小型トラックに乗り込んだ。邸宅街はしんとしていて、側溝を流れる水の音だけがかすかに聞こえていた。

車が発車するとすぐに、助手席の若者がささやいた。

「オヤジさん、教えてくださいよ。さっきのごっつい夕ペストリー、何なんですか」

オヤジさん、と呼ばれた五十がらみの男は答えようとしなかった。

「まあ、ええけどな。俺にゃ関係ねえから。そやけど、なんや気色悪いもんやったな。巻いてあったからあんまり見えへんかったけど、普通の図柄とちごうたな」

「黙っとれ」

低い声で言って、年かさの男は片手をハンドルから離し、作業衣のポケットをさぐった。

「今日のことは、誰にも言うたらあかんぞ」

男は封筒を若者の手の中に押し込んだ。

若者は封筒に入っているものの厚さに驚いたようだ。

「あんた、困っとんのやろ」

「はあ、おおきに」

若者は腰を浮かせ、封筒をズボンのポケットにねじ込んだ。

「ただのアルバイトじゃないとは睨んでたんだが、あんた、退学になったんやってな、大学。警察に逮捕されたからなんやろ、退学になったんは」

「誰がそんなこと」

男は火をつけたタバコを深々と吸い、横を向いて煙を吐き出した。

「黙っててくださいよ、警察に逮捕されたことは」

「わかってる。わかってる。そやから、あんたも今日のことは忘れてしまえ」

「ええ、わかりました」

軽トラックは、坂道を右に左に曲がりながら、夜景の美しい街へと下って行った。

一九八五年、アメリカ南西部のある州

エマはかすかな物音さえ聞き逃すまいと耳をすませた。酔っ払った父親の声が通りから聞こえてはこないかと。夕べ、父は帰ってこなかったのだ。こんなことは初めてだった。何かあったに違いない。

エマは、このところの父の変化を思い浮かべていた。

「そう、あの研究所に行きはじめてからだわ」

エマの頭に、赤茶けた砂漠の中にはてしなく広がるM兵器研究所の建物が浮かんだ。

「だからあそこに行くのはやめて、と言ったのに」

父のシゲルは長く失業していた。仕事があれば何でもやる、シゲルはそう言い始めていた。そしてシゲルは研究所から出るゴミの選別作業に出て行くようになった。核兵器研究所のゴミの中には何が入っているかわからない。

東の方の核兵器研究所でプルトニウムが大量に漏

れ出し、それを閉じこめるために地面を丸ごと凍らせる大変な工事をやるのだと聞いたことがあった。

エマは心配だった。もしあの恐ろしいプルトニウムなんかがシゲルの体に入ったりしたら、と思うと気が気でなかった。

研究所に通いはじめてから一月くらいたったころから、シゲルはバカに陽気に帰宅するようになった。「何だか頭が軽くなったんだ」とシゲルは言った。

一週間ほど前のことだった。シゲルがチェスをやろうと言った。父と娘の二人暮らしなので、二人は退屈しのぎに時々チェスをやるのだ。勝負は勝ったり負けたりだったが、実際はエマが手加減をしていた。でないとあっというまにシゲルの駒を全部とってしまうからだ。しかしその日は手加減は必要なかった。エマが全力を尽くしてもシゲルの駒の動きについていけなかった。エマは立て続けに三回負けた。

「チェスを習ったの？」

エマは尋ねた。シゲルは愉快そうに首を横に振るばかりだった。


「おまえ、アンザンを知っているか」

「いいえ」

「日本人はなあ、三桁どうしの掛け算を頭の中だけで一瞬にやってしまうのだぞ」

「すごい、どうやってそんなことが」

「頭にソロバンを思い浮かべるんだ」

「ソロバンは見たことがあるわ、おじいちゃんが持っていたものでしょう。小さな珠がたくさん並んだやつ」

「そうだ、そうだ」

シゲルは目を閉じて頷いた。

「お父さんもやれるの」

「いや、ワシの場合はそれほどじゃない」

シゲルは恥ずかしそうに笑った。

「もう一番やるか」

「ええ、いいわよ。でも、その前にお茶を飲みましょうよ」

エマは立ち上がって、台所で湯を沸かす用意をした。エマの背中でシゲルがチェスの駒をならべる音が聞こえていた。

違う、何かが違っていた。そう言えばあの時、シゲルの顔は右半分と左半分が入れ替わったような変な印象があった。何があったのか、エマにはわからなかった。でも、シゲルに何かが起こったのだ。

玄関の方で電話のベルが鳴った。

「父さんだわ」

エマは勇んで玄関に走った。

電話は警察の死体置き場からのものだった。

京都北白河

池の向かいの居間の方から「孝史君、そろそろ食事だ」と善四郎の甲高い声が聞こえた。

「はい、今行きます」と大きな声で返事をして、孝史はパソコンの画面の左下をクリックし電源を落とした。

部屋から廊下に出ると、夕日が斜めに池に差し込んでいてとても美しかった。孝史は足を止めた。善四郎の屋敷は四角い池を平屋と二階建ての日本家屋が取り囲むような形で造られていた。もともと善四郎の妻の美紗子の父の屋敷であったものを、遺産として善四郎たちが譲り受けたのであった。趣味人であった美紗子の父が自分で設計し、建設業者に細かい注文をつけながら造った建物のようであった。

孝史は、池の中を見つめた。池の水は常に循環させ酸素を吹き込むようになっていたので、薄青い澄んだ水が底まで見通せた。

廊下を半分回ると、焼いた魚の匂いが漂ってきた。

居間に入ると、部屋の真中に置かれたテーブルで孝史を待っていた善四郎が、「さあ、さあ食べよう」と声をかけた。風呂に入ったのか、善四郎の顔はつやつやと輝いていた。

テーブルには、鮎の塩焼きや野菜の煮付け、サラダ、鶏肉のカラアゲなどの皿が所狭しと並んでいた。賄いとしてこの家に通っているお春さんが用意していったものだ。

善四郎は、テーブルの上に並べた二つのコップにビールを注ぎ、一つを孝史に差し出した。

「暑くなったな」

善四郎はテーブルの上に置いてあった団扇を孝史に向けて静かに動かした。

孝史がグラスを空けると、すぐに善四郎はビール瓶を手に取り、孝史のコップにビールを注いだ。

善四郎は孝史と食事をするのを楽しみにしているようだった。お春さんの話では、孝史がこの家に来てから、善四郎はずいぶん元気になったのだそうだ。

「大学の方はどうだ、授業は面白いか」

「そうですね、まあユニークな授業が多いのは認めますが、だんだん時代から取り残されていくような気がして。それに二年になったのに一向《いっこう》に専門の科目が始まりません」

「やっぱり東京の大学の方がよかったかな」

善四郎は悪いことをした、という顔つきになった。

「いいえ、そんなことありません。この町はすっかり気に入っています」

「そうか、それはよかった」

東京育ちの孝史がこの町の大学を選んだのは特に深い理由があるわけではなかった。一年浪人したが、高校時代に仲のよかった連中が通う大学を受験するにはなお不安があったのだ。東京の私立大学もいくつか合格していたのだが、いざこの町の大学の合格通知を受け取ると、一度東京を離れてみたい、という思いが俄然強くなった。

大叔父の善四郎が大学の近くに屋敷を持っていて、只《ただ》で下宿させてくれるというのも魅力だった。善四郎は退官間際に癌で妻の美紗子を亡くし、一人暮らしだったので、孝史が来るのを大いに歓迎したのだ。

「パソコンは使えるようだな」

「ええ、一応。あんまり東京の連中に遅れてはいけないと思って、インターネットはできるようにしたんです。でも、どんな原理でパソコンやインターネットが動くのかはよくわかりません。まあ、経済学部ですから、パソコンはただ使えればいいのかもしれませんが」

善四郎は頷いて鮎に箸をつけはじめた。夕陽が部屋の端を明るく照らす分、部屋が暗く感じられた。善四郎は無駄を嫌う人で、部屋がすっかり暗くならないうちは電灯をつけなかった。クーラーも滅多《めった》につけなかった。

「コンピューターはこれから一生つきあうもんだ。あせらなくていいだろう。それに、今の技術はハードも基本ソフトも全部アメリカ製だ」

善四郎はコンピューターに詳しかった。

「アメリカで新しく基本ソフトが開発されれば、日本の技術者はみんな否応なく今まで学んだことを放り出して、一から新しい技術を学ばなければならないんだ」

善四郎はもともと応用化学の教授をしていたが、コンピューターが安く手に入るようになるとこれに熱中した。人間には出来るがコンピューターには出来ないことを研究し始め、最近は人間の頭脳そのものに興味をもっていた。

「日本の計算機の技術はレベルが高いんじゃないですか」

「ああ、一時、アメリカに追いつくために基礎研究なんかもずいぶんやっていたんだが、今はもう基本的なところはアメリカまかせだな。アメリカの技術を使って、サービスでもうけるためのアプリケーションのプログラム開発が中心だ」

「アメリカが意図的に値段をつり上げたり、技術を渡さないと言いはじめたらどうするんでしょう」

「それが問題なのだ。やっぱり大事な技術は自分の国で持っていないくっちゃな。食糧やエネルギーと同じだ」

「首根っこを押さえられているようなものですね」

善四郎がビール瓶を手に取り、自分のコップにビールを注ぎそうになったので、孝史は慌ててビール瓶を取り返し善四郎のコップを満たした。

「ところで、お祖父さんはどんな人だったんですか」

苦くなったビールを半分残して、孝史はここ数日気になっていたことを口にした。

「お母さんから聞いたことがあるだろうに」

「ええ、少しはありますけど、母はあんまり話したがらないんです」

「そうだなあ、康一郎さんには、いろんなことがつきまとっていたからなあ」

善四郎は兄の康一郎のことを尊敬の気持ちを込めて康一郎さんと呼んだ。兄弟であるが、一回りも歳が離れているので、善四郎にとっては親と兄の中間的な存在だったのだろう。

「何かあったのか」

善四郎はテーブルの上に置いてあった手ぬぐいで顔をぬぐった。

善四郎の頭は見事にはげ上がり、それを取り囲む白い頭髪は短く刈り込まれていた。

「ええ、最近、電子メールでお祖父さんのことを問い合わせてきた人がいたもんで」

「ほう、なぜわかったのだろうか、孝史君が康一郎さんの孫だということが」

「ホームページに載せるものがなかったんで、うちの家系図を載せてみたんです。高校時代に自由研究でやったことがあったから」

「何だろうね。康一郎さんが亡くなってから三十年以上たつ。古い友だちだろうか」

「戦争の時、中国におられた藤川康一郎さんのご家族の方でしょうか、と訊いていましたね、その電子メールは」

そうか、と言って善四郎は一瞬難しい顔つきになった。

「康一郎さんは、戦争の時、ちょっと特殊な任務についていたんだ」

「特殊って、スパイとか」

ちゃかして言ったのだが、善四郎が小さく頷いたので孝史は驚いた。

「本当に？　それは知りませんでした」

「本当なんだ。でももちろん戦争中はそんなこと知らされてはいない。家族も友人も誰も知らなかった。死亡通知まで来て、みんな諦めていたんだが、戦争が終わってひょっこり帰ってきた。それでも、そういう特殊な任務についていたとは知らなかった。本人も言わなかった」

「いつ、わかったんですか」

「マッカーサーの戦犯、軍人の公職追放が出た時だ」

「戦犯はともかく、軍人って、日本の成人男子の何割かが軍人だったわけだから、そんな人たちを全部追放したら大変だったでしょうね」

「その時の軍人というのは、職業軍人のことだ。徴兵されて戦争に行った人たちは含まれていないんだ」

「お祖父さんは職業軍人じゃなかったんでしょう」

「ああ、職業軍人じゃなかった」

「じゃあ、なぜ」

「最初、ワシらもそう思った。何かの間違いじゃないかと」

「公職ってどんな」

「ああ、高校の先生をやっていた」

「そう言えば、母から、大阪の方でちょっとの間、教師をやっていたって聞いたことがあります」

「高校の先生をやっていたんだが、それが急に辞めさせられたというんで、親戚もびっくりした。何かの間違いだろうから、掛け合ってやるという者もおった。康一郎さんに話を聞くと、『たしかに該当する』と言うんだ。皆が納得しないでいると、康一郎さんは学校で渡された書類を持ってきた。書類には『特務機関に所属したことのある軍人・軍属は無条件に追放』と書かれていた。そこに赤い線が引かれていた。康一郎さんが引いたようだったな」

「書類に正直に書いたんですね」

「そうらしいんだ。それで追放になった。康一郎さんの話では、適当に軍歴をごまかして追放を逃れた人もいたみたいだ」

「初めて聞きました、そんなこと」

「まあ、あんまり自慢になる話じゃないしな」

「でも、スパイというのはとても頭のいい人がなると聞いています。お祖父さんも頭のいい人だったんでしょうね、きっと」

「そうだね、康一郎さんは最終的にはとても頭がよくなった。でもどう言えばいいのだろう。少し不思議なことがあったのだ」

「不思議なことですか」

「ああ」

食べ終わった皿を重ね、残ったビールを自分のコップに注ぎながら、善四郎が語ったのは次のようなことだった。

康一郎や善四郎の父の増吉は病院づとめの薬剤師であった。日頃若い医者に威張られるのが面白くなくて、増吉は何とか子どもを医者にしたいと思った。康一郎は長男ということもあって、親の期待も特別だった。小さいころから親も勉強を教えたし、本人も熱心に勉強した。小学校の時には、康一郎はそれこそ「神童」と呼ばれた。

ところが旧制中学に上がり、学年が進むにつれて成績が伸び悩んだ。特に理数系が不得手になっていったのである。増吉は康一郎に向かって「二十歳すぎればタダの人だな、お前は」と皮肉を言った。

康一郎は決して勉強を怠けていたわけではなかっ

たが、それにもかかわらず成績はだんだん下がっていったのである。

理数系が極端に不得意では医者になることは難しかった。康一郎は医者になることを諦め、理数系の試験のない私立大学の予科に進み、その後文学部で歴史を研究する道を選んだ。

大学に入る少し前から、康一郎の変化に家族が気付いた。以前は込み入った話になるとしばしば康一郎は「僕はそういう難しい話は苦手でね」と話題に参加しなくなるのだったが、そのころから、康一郎はどこまでも話を諦めなくなった。複雑な話にも、頭が混乱を起こさなくなったのだ。そして数学や物理の演習問題と格闘している弟たちにしばしばアドバイスするまでになった。

増吉は驚き、再び医学部を受験するようすすめたが、康一郎は拒否した。その時はもう康一郎は歴史の勉強にすっかり魅せられていたのだ。

戦争が激しくなり、康一郎は大学卒業と同時に徴兵されて陸軍に入った。そこで頭の良さをかわれ、特務機関に勤務することになったようだ。


教室の後の方では、下を向いてぼそぼそと話す教官の声がよく聞こえなかった。特にこの教授はくせのある関西弁で授業をするので、孝史にはいっそう聞き取りにくかった。クラスメートが関西弁で話しかけてくるのは気にならないが、授業を関西弁でやられると違和感があってしょうがなかった。時折、電源を切り忘れた携帯電話の軽快な呼び出し音が聞こえてきた。

どうせ教科書に書いてあることの要約のようなものだ。そう思って、孝史は声を聞き取るのをあきらめた。自分の書いた本を生徒に買わせる教官の場合、たいてい講義より本を読んだ方がよくわかった。ノートをとる必要もなかった。緑色の黒板に乱暴に書かれた「少子化のもたらす社会的影響」という字を見ながら、孝史はぼんやりと自分の家族のことを思い浮かべていた。

孝史が小学校二年の時に父と母が離婚した。突然孝史の姓が変わったので、クラスメートに何と説明しようかと悩んでいたが、誰も訊いてこなかった。担任の教師が「訊かないように」と言ったようだ。

父は母と離婚した後すぐに再婚した。相手の女性は音楽家だった。医者である父がカナダのバンクーバーにある大学に単身で滞在していた時、知り合った人だそうだ。その人と結婚したいために父は母と離婚したようだ。孝史と妹は母親のところに引き取られた。

その頃から、妹が本格的にピアノをやりはじめた。母は父の再婚相手に対抗するつもりだったのかもしれない。母は音楽については全くの素人だったが、執念だけを武器に闘い続けた。狭いマンションの一室を改装して防音装置をつけた。ピアノの先生を三回替え、今は音楽大学で教えている先生についている。おそらく月謝も高いはずだ。妹の大学受験をひかえて、母の頭の中には妹のことしかない状態だった。

今年の夏休みはできるだけアルバイトをやって、この町にいる期間を長くしよう、と孝史は思った。家に帰っても面白いことはなさそうだった。東京の友だちには会いたいと思ったが、金のかからない方法で彼らと会うにはどうしたらいいのかわからなかった。それに、東京の街を歩きまわることに魅力を感じなくなってもいた。千年続いた都の街並みがあちこちに残るこの街に、孝史はすっかり魅せられていたのだ。この夏は、普段行けないところを歩いてみたかった。

そんなことをぼんやりと考えているうちに授業が終わった。

次の授業が休講になったので、孝史はいつもより早くグラウンドに着いた。そこではアメリカンフットボール部の練習試合が行われていた。プロテクターやヘルメットが激しくぶつかる音や笛の音が聞こえてきた。

孝史は目を練習試合に向けたまま、グラウンドの端にある斜面に向かって歩いて行った。

「おい、今日は日陰の多い涼しいコースにしようやないか」

ポプラの大木の下で準備運動をしていた清水が声をかけてきた。

「そうだね、あついからな」

孝史はポプラの木陰で素早く着替えをすませた。孝史の所属するランニング同好会は大学の正式のクラブではないので、部室はない。グラウンドの片隅で適当に服を脱ぎ、鞄といっしょに置いておくのであった。

グラウンドは、いつも正式の陸上部やアメリカンフットボールなどが占領しているので、孝史たちは三々五々、もっぱら郊外のコースを走るのである。

「ほな、行こか」

孝史の後から来た一年生の河合が着替えたのを見計らって清水が声をかけた。

清水は走り出しながらストップウォッチの付いている腕時計をセットした。孝史と河合も清水についてグラウンドの出口の方に走りだした。

グラウンドを出て左に折れ、金網沿いに走ると、薄緑色に塗られた木製の通用門があり、それをくぐると静かな住宅街を経てバス通りに出た。中央分離帯には欅《けやき》の木が、歩道には銀杏の木がずっとむこうまで続いていた。

すぐに大きな交差点に出た三人は、足踏みしながら信号の変わるのを待った。

清水は、交差点を左に進んで、疏水の分線沿いに走った。やがて疏水は緩やかに右にカーブして、山裾の名刹に向かう大きな道から分かれた。細い道の右手には、ぽつりぽつりと観光客相手のしゃれた店が現れた。細い疏水にはところどころに小さな橋がかかっていた。橋の向こうには山裾に向かって道が続き、寺の屋根が木々の間に見え隠れしていた。

まもなく河合は大きく遅れて、振り返っても姿が見えなくなった。

清水はこの街で生まれ、本人の言葉によると高校では「開校以来の秀才」と言われたらしいが、ネチッとしたところがあって孝史は苦手だった。しかし、清水と一緒に走るとよいこともあった。清水はランニングコースの中に巧みに史跡を組み入れた。そして小休止の時には息をはずませながら、史跡の由来などを解説してくれた。

つい先日は、平安京が築かれた当時の内裏跡から、都の南の入口である羅城門跡近くまで駆け抜け、東寺の境内で休んだのだが、その時も、清水は、東寺と西寺が羅城門の両側に配置され、西寺はその跡だけが残っているのだ、と教えてくれた。孝史は、東寺の黒々とした五重塔を見上げながら、このような塔がもう一つ西の空に浮かび、二つの塔の間に羅城門が聳《そび》えている様子を想像して陶然となった。

一緒に走った一年生が「今日走ったところが朱雀《すざく》大路でしょうか、ずいぶん狭かったですが」と訊くと、清水はそんなことも知らないのか、という顔をした。

「朱雀大路は幅八十メートル以上ある大きな通りで、両側に柳が植わっとった。そやけど、まあお仕着せで造った都市というもんは、なかなかうまいことといかへん。朱雀大路の西側、つまり内裏から見て右側は湿地が多くて住みにくい。だんだん左京の方に人が移ってきて、中心がずれはじめた。戦乱も続いたし、朱雀大路が畑になったこともあったんや。今の千本通りが朱雀大路の位置にあるけど、まあぁんなもんやなかったはずや」

と清水は教えたのだった。

道が疎水の分線からはずれ、小さな門をくぐってそのまま境内に入った。緩やかな坂道の参道を大きなステップで下っていくと立派な門の脇に出た。

濁った緑色の疎水がゆったり流れる所まで来て、清水は立ち止まり、うつむいて「休憩」と叫んだ。

熱気が全身を包んだ。軽い吐気がした。孝史は腰に手をあて、下を向いて吐気がおさまるのを待った。二分も休むと、呼吸が元にもどっていった。

「おい、ここ何か知っとるか」

清水が顎《あご》を緑の水に向けて言った。

「疎水の本線だろ、琵琶湖から水を引いてる」

「ああ、そうや。けどただの本線と違う。幅がえらく広いやろ」

「そう言えば、そうだね」

疎水の幅が異様に広くなり、真ん中には噴水があって八方に水をちらしていた。

「ここは昔の船だまりなんや」

「船だまりって？」

「ここから蹴上《けあげ》までレールを敷いて、船を運んだ。その傾斜が急すぎて、船が行き来できんかったんや。その船の待合い場所やがな」

「疎水って船が通ってたのか」

「ああ、疎水は、飲料水と水運、それに水力発電を兼ねた画期的なもんやった」

「そうか、すごいな」

「なんせ、日本で初めての水力発電やで。それで京都の街に市電を走らせた」

清水は得意げに言った。清水の話はたいてい京都の自慢で終わった。

「さあ、もう一走りするか」

清水はそう言って、疎水に沿った道を走り始めた。疎水の向こうに美術館の大きな建物が見えてきた。

二人が大学のグラウンドに戻った時は五時を回っていて、夕方の微風が涼しく感じられた。

カナカナカナとヒグラシの鳴き声がグラウンドに響いていた。ポプラの木の下にもどると孝史は地面に倒れ込んだ。夏草の香りが疲れた体にすがすがしかった。

しばらくして起き上がると、あたりには清水と河合の荷物の他にも数人分の服が脱いであった。後から来たメンバーがランニングに出ているようだ。できたばかりの同好会で、規則らしい規則もなく、一人で走るよりは連れがあった方がいい、くらいに考えている者たちの集まりであった。

着替えをしながら清水が「おい、ヴィーナスが来るぞ」と言ってクラブハウスの方に顎をしゃくった。グラウンドの南端にあるクラブハウスからヴィーナスと呼ばれる加奈子がこちらに歩いてくるのが見えた。

「やっぱり、ごっつええプロポーションやな」

清水がため息をついた。加奈子がヴィーナスと呼ばれるのは、体つきがミロのヴィーナスに似ていたからだ。頭が小さくて足が長く、日本人離れした体型をしていた。背は孝史より頭一つ高かった。ミロのヴィーナスに付いていたであろう腕よりも立派な腕を加奈子は持っていた。

加奈子は工学部の四年生で正式の陸上部員だった。種目は円盤投げであり、この大学の陸上部でただ一人、全国的な学生選手権である「インカレ」で入賞する選手だった。円盤を投げる姿は優美で力強く、加奈子が練習を始めると、グラウンドで練習している者皆が動きを止めて彼女の方に視線を向けた。

「おい、おまえのところに来るぞ、きっと」

清水はそう言って足下の石を蹴飛ばした。

「モテる男は違うな。あんたには、女性の母性本能を著しく刺激するところがあるんやろな」

「頼りないってことかな」

「ヴィーナスがあんたを見る目つきはたまらんな、

いっぺんああいう目で見つめられてみたいもんや」

そう言って清水は手を振り、孝史から離れていった。

加奈子が近づいてきた。加奈子は着替えを済ませており、薄青いレースのワンピースがよく似合った。孝史は緊張した。

「ねえ、藤川君」

「何でしょうか」

「ここに座っていい」

孝史が返事をする前に、加奈子は孝史のとなりに腰を下ろした。

間近にみると優美さよりも大きさに圧倒された。腕など、痩せている孝史の足ぐらいありそうだ。

「私、今日、神戸の実家に帰るの。もう授業はないから」

加奈子の声は案外可愛らしかった。加奈子はグラウンドで一緒になる同好会のメンバーにしばしば声をかけてきたが、特に孝史には頻繁に声をかけた。

「ああ、そうですか」

「しばらく会えなくなるのよ、私たち」

「そうですね」

「さびしいわね」

「ええ」

「ねえ、それで、ちょっとしたプレゼントがあるのよ、あなたに」

加奈子は後ろに隠し持っていた小箱を孝史の前に差し出した。

「こまります、そういうものは」

「遠慮してもらうほどのものじゃないのよ」

「でも」

「開けてみてよ」

孝史が蓋をあけると、携帯電話のようなものが発砲スチロールに半ば埋もれていた。小さな窓といくつかの黒いボタンが並び、何かを計る機械のようであった。

「プレゼントにしてはずいぶんと実用的なものですね」

「そう、こういう無機質なものの方がいいかと思って、最初は」

加奈子は「最初は」のところに力をこめた。

「何ですか、これ」

「藤川君、ＧＰＳ（ジーピーエス）って知ってる？」

「いいえ」

「『Global Positioning System』の略なの。衛星を使った位置決めシステムなのよ」

「カーナビなんかに使われるやつですか」

「そうそう」

「どのくらいまで正確にわかるものなんですか」

「本格的なものは数ミリかしら」

「そんなに」

「でもこれは簡易型だから二、三メートルかしら。今まではアメリカの政府がわざわざ精度おとしていたんで、数十メートルの誤差があったの」

加奈子は太い腕を大きく広げた。

「ＧＰＳだけを使った安物のカーナビだと車が道から外れて見えたりしたわ」

「これ、アメリカの軍事技術そのものじゃないですか」

「いいじゃない、利用できるものは利用すれば」

「そうでしょうか」

「それにね、これただのＧＰＳじゃないのよ」

加奈子は灰色の小さなＧＰＳを手に取り、孝史の方に体を寄せた。

「市販品じゃないみたいですね」

「そう、うちの研究室で作ったの、これ」

「貴重なものなんですね」

「そうでもないわ、器用な人がいて、こういうもの、研究室のあっちこっちに転がっているの」

「こんな研究やってるんですか、そちらの研究室では」

「測量に使うからね、ＧＰＳは」

孝史は加奈子が土木工学を学んでいることを思い出した。

「このボタンを押すとね、特定の周波数で位置情報を発信するのよ。だからその周波数を知っててチューニングすれば、このＧＰＳの位置がわかるの」

「そういうこと勝手にやっていいんですか」

「アマチュア無線を使うのよ。私、免許もってるの。ずっと発信しっぱなしにすると電池がなくなるから、一時間とか三十分おきに発信するモードにするといいわ」

「要するに、僕がこのボタンを押すと、僕の居る場所があなたにわかる、ということでしょうか」

「アッタリー。私のパソコンに入っている地図の上にあなたのいる場所が赤い点になってあらわれるの。私、あなたのことが心配でしょうがないの。お父さん居ないって言うし、あんまり家にも帰りたくなさそうだし。あなたを見てると、弟のような気がして、何かしてあげたくなってたまらないのよ。あなたが危険な目に遭っているときは助けてあげたいし」

「ありがとうございます。ご心配いただいて」

「それにこれを使えば、あなたと世界が共有できるの。あなたが山に登るときは、私は高い峰を思い浮かべ、あなたが海にいるときは波の音を聞く。すごいことじゃないかしら」

そちらの方に重点がありそうだ、と孝史は思った。

「これ、胸のポケットに取り付けられるようになってるの」

「すばらしいプレゼントですね。それって、でもプライバシーの侵害じゃありません？」

「やっぱり駄目かしら」

「ええ、そういうの困ります。絶対」

「いいアイデアだと思ったのにね。やっぱり駄目みたいね」

「だめですよ」

加奈子はため息をついた。

「これ、発信機能を停止させれば普通のＧＰＳとして使えるから。あげるわ。このままでも使えるし、パソコンとつなげば地図の上に自分の位置を表示させることもできるから。位置を地図上に表示させるソフトはＧＰＳメーカーのホームページからダウンロードできるわ」

「面白そうですね、ちょっとお借りしていいですか」

「ええ、もちろんいいわよ。そして気が向いたら時々発信してね」

「そのことはお約束できませんが」

「まあ、いいわ、それは」

加奈子は、ヨイショ、と声を出して立ち上がり、孝史の方を振り返りながらクラブハウスへ歩いていった。

大学から帰った孝史は、すぐに風呂に入った。風呂好きの善四郎は、自宅の風呂を一日中温水が循環するものにしていたので、孝史も好きなときに風呂に入ることができた。

　善四郎と二人で夕食をすませた孝史が、部屋に引きあげてメールのチェックをすると、夏休みが近くなって、友人から予定を問い合わせるメールに混じって、藤川康一郎の家族か、と問い合わせてきたKawaokaという人物からのメールが届いていた。

　孝史はおそるおそるそのメールを開いてみた。

「御返事がないということは、藤川康一郎さんのご家族と判断してよろしいですね。ところで藤川康一郎さんの絵をごらんになったことがおありですか？　すばらしい絵をたくさん描かれたのですよ」

　ただそれだけの簡単なメールである。

　祖父が絵を描いたということは母から聞いたことがあった。しかし康一郎の描いた絵を見せてもらったことは一度もなかった。

　書斎に善四郎を訪ねると、善四郎は畳の上で仰向けになって本を読んでいた。部屋は暗く、枕元のスタンドが橙色の光を善四郎の頭に投げていた。

「どうした、孝史君」

　善四郎は体を回転させ腹這いになって顔を孝史に向けた。

「またメールが来ました。康一郎さんについての」

「そうか」

　善四郎は本を閉じて畳の上に置き、手を伸ばして灰皿を引き寄せた。

「今度は何だって」

「ええ、藤川康一郎さんの絵を見たことがあるかって」

「何だか立ち入ったことを訊いてくる人だな」

「おじいちゃんが絵を描いていたことは母から聞いたことがあります」

「ああ、康一郎さんは近所の子どもに絵を教えていたことがある」

「お祖父ちゃん、絵の勉強したことあるの」

「いいや、絵の学校に行ったことはなかったな」

「専門の学校を出たわけでもないのに、習いに来る人がいたんですか」

「まあ、戦後すぐのことで、社会も混乱していたから、近所の子どもに教えるくらいのことはできたんじゃないかな。あんまりたくさんの子どもに教えてたわけじゃないと思う。でもそのころ変なことがあった」

「変なことって」

「子どもに絵を教えるかたわら、康一郎さんは自分でも絵を描いた。戦争の絵だったな」

「戦争中に有名な画家が描いたような勇ましい絵ですか」

いいや、と言って善四郎はタバコの煙を吐き出した。煙は部屋の中をゆっくりと移動し、窓の近くまでいくと急に動きを早めて闇の中に流れ出ていった。

「悲惨な絵だったな。日本軍が悲惨な行軍をしている絵や、日本の軍隊が中国の人々を虐殺している絵だった。それが物凄い迫力で描かれていた」

「絵を描くことで気持ちを整理したかったんでしょうか」

「さあ、どうなのだろう。康一郎さんはそれを売るために描いたようだった。子どももいたし、私もまだ康一郎さんのところにやっかいになっていた。まあとにかく生活していかなければならなかったからな」

「買ってくれる人がいたんですね」

「そう、それもかなり高くな。芸術品としての価値よりも、そこに描かれていた人や物が重要だったようだ。まあ、悪い言葉で言えば『ゆすり』かな。虐殺に関係した旧日本軍の軍人のところに絵を売りつけに行ってたんじゃないかな」

「そういう人は処罰されたんじゃないですか、戦後の裁判で」

「裁かれたのは一部の人だ。中国にいた多くの軍人が、自分の胸だけにしまっておきたいことをかかえていた」

「でも、写真ならともかく、絵なんてのはいくらでも想像で描けるでしょうから、『ゆすり』なんて成立しないんじゃないですか」

「そうだな。でも、康一郎さんの絵はあんまりリアルで生々しかったから、脛に傷を持つ連中は、それが公表されるのを怖れたんだろうな。康一郎さんは人物が特定できるように顔や体の特徴は意識して詳しく描いたようだ」

「そういうことをやって危なくなかったの」

「ああ、康一郎さんが殺されかけたことがあった。一晩帰ってこない日があって、次の日の朝、全身に打撲をうけ、体を引き摺るようにして家にたどりついた。その数日後、家の中が何者かによって荒らされた。目的は康一郎さんの描いた絵だったろうが、それだけじゃないようだった。絵が入りそうもない小さな引き出しまで調べた形跡があった」

「何を探してたんでしょう」

「たぶん、彼らは写真かネガを探していたんだろうな。康一郎さんがそういうものを持っていて、それを写して描いていると思ったんじゃないかな」

「写真とかネガはあったんでしょうか」

「それはわからん。しかし、そのことがあってから、康一郎さんはぷっつりと絵を描かなくなったんだ」

「何だか恐い話ですね」

「ああ、そうだな」

「母がお祖父ちゃんのことをあんまり話さないのは、そういう事があったからでしょうか」

「そうかもしれん」

善四郎は灰皿にタバコを擦りつけ立ち上がった。

「絵が一枚だけある。見るか」

善四郎は部屋の入口近くにあるスイッチをひねって天井の照明をつけた。照明は白熱灯で暗かった。

壁際の書棚の中から巻いた画用紙を取り出し、善四郎は丸まってもとに戻るのを防ぐため絵を逆向きに巻き直してからそれを机の上に広げた。

学生服姿の善四郎が神妙な顔をこちらに向けていた。鉛筆で描いただけのスケッチ風の絵だったが、ぎこちなさの全くない堂々とした描きっぷりだった。

「これ、善四郎さん？」

善四郎の丸い肩越しに孝史は絵を覗き込んだ。

「ああ、そうだ」

「すごくハンサムだったんですね」

「老人をからかっちゃいかんよ」

そう言いながらも、善四郎はまんざらでもない顔つきをした。

「これ、いつごろ描いたんでしょうか」

「それが不明なのだ」

「でもモデルになったんでしょう、善四郎さん」

「いや、モデルになった記憶がないんだ」

「じゃあ、お祖父ちゃんはどうやってこれを」

「たぶん写真だと思う」

「そうですか、写真からこんな見事な絵をつくるんですか」

「ところで、この絵には不思議なところがあるんだ」

善四郎は右上にある薄黒い部分を指さした。それはわずかな間隔を置いて、細く短い棒が並んでいるように見えた。

「何でしょう」

「濃い鉛筆というのは、いったん描くと、普通の消しゴムではとれない。何が描いてあるのかよく見たんだが、どうやらそれは指の跡のようだ」

「そう言えばそうですね」

「ああ、描いている時に手に付いた鉛筆の粉がそこに付着したんじゃないだろうか」

孝史は左手の指を三つのうっすらとした跡に重ねようとした。

「指だとしたら、開き具合が変ですね」

孝史は今度は右手を伸ばして跡に重ねようとした。

「そう、これは、こうしないと駄目なんだ」

善四郎は絵を机から取り上げ、上下を逆さまにして机の上に戻した。孝史が左手の指を置くと、くすんだ棒状の跡のいくつかにぴったりと重なった。

「お祖父ちゃんは、左手でここを押さえていたのでしょうか」

「たぶん、そうだ。画用紙の左に写真を置いて、左手で画用紙の端を押さえて描いたんだろう。ちょうど押さえやすい位置についてるもんな。これが何を意味するのか、私はずいぶん考えたのだが、康一郎さんは絵を逆さ向きで描いたんじゃなかろうか、と一応の結論をだしたんだ」

「逆に描くってずいぶん難しいでしょうね」

「それがそうでもないのだ。孝史君、ちょっとやってみるか」

「ええ」

「じゃあここに座ってくれ」

「わかりました」

善四郎は立ち上がって、部屋の隅にある仕事机のところまで歩き、机の上の書類をがさがさとさぐった。すぐに善四郎は紙と鉛筆を手にもどってきた。

「この絵を写してみてくれないか」

孝史の横に座った善四郎は、康一郎の描いた絵を左奥に押しやり、新しい紙を孝史の前に置いた。

「僕、絵はとても下手なんです。それでもいいですか」

「その方が好都合だ。うまい人だと違いがわからないから。まあ、出来は気にせずリラックスして描いてくれればいい」

わかりました、と返事をして孝史は鉛筆を握りしめた。

「いいか、まず、康一郎さんの描いた絵をよく見るんだ」

「ええ」

「逆に見ると、ずいぶん違って見えるだろう」

「たしかにそうですね。見慣れた顔なのに形が不明確になりますね」

「そうなんだ。さてと、どこから描いてもいいが、目だ、鼻だ、と意識せず、ただの線だと思ってなぞるようにしてくれ。そうして線と線の位置関係に気を配るんだ」

線だ、ただの線だ、と自分に言い聞かせながら孝史は鉛筆を動かしていった。

「できあがるまで、逆向きにしちゃいかんよ」

「でも、何となく不安ですね。うまく描けてるのかどうかも全然わかりませんから」

善四郎は、テーブルの向こう側に回り込んで目を細めた。

「うん、うまく描けてる、その調子だ」

戻ってきた善四郎は再び孝史の隣に座った。

「こんなところでしょうか」

髪、目、耳、鼻、口と進み、最後に学生服の胸のあたりを描いて、孝史は鉛筆を机の上に置いた。

「さあ、見てごらん」

善四郎が紙の上下を逆にした時、孝史はあっと声をあげた。これまで自分が決して描くことのできなかった伸び伸びとした線が善四郎の顔を見事に形作っていた。最後になってあせったのか、学生服の部分はやや小さくて顔とのバランスをわずかに崩していた。

「いやあ、驚きましたね。こんな絵は描いたことがありません」

「そうなんだ。私もやってみて驚いたよ」

善四郎は孝史の描いた絵を手にとって見つめた。

書斎から自分の部屋に戻ると、消し忘れたパソコンの画面が暗闇に光っていた。赤や黄色のパイプが複雑に折れ曲がりながら画面を埋め尽くしていく様子が映し出されていた。ディスプレー画面の焼け付きを防ぐためにスクリーン・セーバーと呼ばれる画面に切り替わっていたのである。

マウスを動かすと画面が電子メールにもどった。送受信のボタンをクリックすると、「メール・サーバーに接続中」の表示があらわれた。右下に「メールをチェックしています」続いて「1通の新着メッセージ」という文字があらわれた。「受信トレー」をクリックするとkawaokaという差出人の「ご存じですか」というメールが届いていた。開封するかどうか迷ったが、孝史は、封筒のマークをマウスでクリックした。

「あなたのお祖父さんが、昔、法外の報酬をうけて家庭教師をしていたことをご存じですか。ご家族の方の中に何かその時の記録をお持ちの方はいらっしゃいませんか」という文字が目に飛び込んできた。

夏休みに入る前の最後の授業はフランス語だった。この学校の授業の中で一番面白いものだった。

孝史は第二外国語としてドイツ語を選択していたが、せっかく他の外国語も只《ただ》で教えてもらえるのだから、と思ってフランス語の授業にも顔を出していた。正式の単位の取得にはならないが、教室は空いていて、咎《とが》められることもなかった。最初は文法ばかりで面白くなかったが、途中から小説をやるようになって俄然面白くなった。

教えてくれるのは教養の先生でなく文学部のフランス語学科の若い先生だった。恩師であるI氏が翻訳出版した、というアナトール・フランスの出世作を丁寧に訳していった。自分の訳と、I氏の訳を比べるようにして解説してくれるところがよかった。I氏の訳は正確ではなかったが、小説の面白さを際立たせるようなところがあった。

「おい、夕飯つきあってくれんか」

授業が終わると、窓際の席にいた長井が孝史の机のところにやってきた。長井は医学部に籍を置き、やはり「もぐり」でフランス語の授業を受けていた。語学は得意らしく、ドイツ語とロシア語は一年の時にほぼマスターしたので、二年になってフランス語を始めたのだそうだ。長井は、フランス語の授業を受けている東南アジアからの留学生と話すことがあったが、英語が口からほとばしり出る感じであった。

「どうしたの、珍しいね」

「ああ、親父が出てくるんだ」

「それなら、親子水入らずでいいじゃないか」

「それがな、親父は、だれか友だちを連れてこい、と言うんじゃ」

長井は岡山の出身だったので「じゃ」とか「じゃろ」とか老人のような言葉を使った。

「医学部のクラスにたくさん友だちがいるだろうに」

長井とはフランス語のクラスでいっしょになるだけだったので特に親しいわけではないのだ。席が隣になることがあるので、授業後連れだって構内の食堂に行ったことがある程度だった。

「それがなあ、今日はみんな都合わるうてなあ」

「そうじゃないんじゃないの。あんまり親しい友人は親父さんに会わせたくないんじゃないの」

「まあ、そういう面もある」

「親父さん、友だちからいろんな情報聞きだそうってわけか」

「そういうこともあるけど、俺のことが心配なんじゃないかな、友だちがいなかったりするといけないと思って」

もう他の学生はみんな出て行って、教室の中には孝史と長井だけが残った。

「ずいぶん気をつかってくれる親だね」

孝史はあきれる思いだったが、うらやましい気もした。

「俺、高校まで友だちらしい友だちもおらんかったから、それで親父が心配して。俺ちょっと精神的に落ち込むことがあるタイプじゃからのう」

長井が声を潜めた。

「わかった。行くよ。それで、僕は何を話せばいいの、親父さんと」

「学校の授業の様子とか、学校の雰囲気とか」

「でも君と共通なのは、このフランス語の教室だけだけどね」

「まあ、ええんや、それは。親父は、この大学にかかわる話が何か聞ければそれで満足なんやから」

「だけど気詰まりだなあ」

「まあ、頼むよ、二時間ほどでええんじゃから」

「そういう話なら、こちらも何かいいことがなくっちゃね」

「だから夕飯はただで」

「ああ、ありがとう。でも取引といっちゃ何だけど、この際教えてもらいたいことがあるんだ」

「何？」

「あんた、ちょっと特殊な勉強法やってないか、語学に関して」

「企業秘密じゃがのう、そういうことは」

「そう言わずに、この際教えてよ」

「俺はなあ、日本の外国語教育は根本的にまちごうとる、と思うてる」

「まあ、そういう話はよく聞くね」

「しゃべれるようになったり、ネイティブと同じスピードで文章が読めるようになるには、ちょっと違ったやりかたがあるんや」

「じらさないで、聞かせてくれよ、その方法」

「じゃあ、まず英語からいくぜ。英語の場合には、まあ学校で何年もやっているから、普通の文章なら単語の読み方がわからん、いうことはなかろうが」

「ああ、そうだね」

「俺がやったのは、まず中学の教科書を三冊用意する。一年から三年までのリーダーじゃな。やさしいやつ」

「からかってるのか」

「いやいや、大真面目じゃ。その三冊の教科書を、毎日十分ずつ声を出して読むんじゃ」

「そんなこと、中学の時に誰でもやってるだろう」

「俺が高校時代にやったのは、ただひたすら、お経を唱えるように教科書を読みあげるんじゃ」

「そんなこと飽きちゃうんじゃないか、毎日やったら」

「そうそう、その飽きるというのが非常に大事なんだ」

「どれぐらい続けるの、そのお経」

「半年」

「死んでしまうぜ、退屈で」

「そうや、頭の中で何かが死ぬんじゃ、一時的やけど。そのかわり何かが目をさます」

「わけのわからんこと言うなよ」

「そうかのう」

「それで、半年やるとどうなるの」

「世界が変わる」

「またそういういい加減なことを。そんなことで世界が変わるわけないだろう」

「いいや、世界が変わる、言い方を変えれば自分が変わる」

「僕、やっぱり、今日の夕食、下宿で食べるわ」

そう言って孝史は鞄を肩にかけ教室を出ようとした。

「ほんまやって、俺にはそれ以外の勉強法はあかんかったんや」

長井が後を追ってきた。

「半年もたつと、物凄いスピードで英文が読めるようになるんや。文章の方から頭の中に飛び込んでくるような感じや」

「中学の教科書っていうのが、何となく気に入らないな、高校のでもいいんだろ」

「いいや、あかんのや、俺もいろいろ試してみたんや。やさしい英文で頭使わんのがええんや。どう言えばええんやろ、それが英語だとか、文章だ、とか意識せんで、ただの音のつながり、いやそれさえも考えずひたすら唱える、読むんとちがう、唱えるんや」

文章であることを忘れてひたすら……孝史は、似たようなことをどこかで聞いたような気がした。どこだったろう。そうだ、この前、善四郎が絵を逆さまにして描く方法を教えてくれたときだった。善四郎は「目だ、鼻だと意識せず、ただの線だと思って……」と言った。今、長井が言ったこととどこか似ている、と孝史は思った。

「わかった、信じるよ。僕もいつかやってみる」

長井の英会話の様子を思い出して、孝史は長井の話がでたらめではないだろうと思った。

孝史の高校には、外国人の教師もいたし、一応会話の授業もあった。学校の近くに英会話学校もあり、そこに通っている友人もいた。英語を学ぶ環境では、孝史の方がはるかに恵まれていた。

しかし、実際に会話を始めると、長井の英語力はまわりを圧倒した。長井は高校まで岡山の内陸部の小さな町にいたと言っていた。外国人と話し合う機会があったとは思えない。やはり、やさしい教科書をお経のように唱えることが有効なのだろう。

「ほかの外国語も同じなのか」

「そうやな、ほかも大体同じやけど、英語以外の言葉は文字と読み方の対応がまずできんといけんじゃろ」

「まあ、そりゃそうだ。お経を唱えようにも、経文が読めんではなあ」

「それで、教室では、それればかり注意するんじゃ。単語がまあ読めるようになったら、もう半分こっちのもんやから。あとは、やさしい教科書を見つけることやなあ。英語とちごうて、中学程度の教科書いうものがなかなか手に入らんけど、まあ俺の学部は東京から来たもんもけっこうおる。そういう連中は、本人とか兄弟に小学校や中学校でドイツ語やフランス語なろうとるもんがおる。そいつらに頼んで教科書貸してもらうんや。さすがにロシア語をやってきたもんはおらんから、これはやさしいロシア語入門の本を買った」

「それから」

「それをまたお経のように唱えるんや。そうしたら半年でまた世界が変わる。長い文章もいっぺんに頭の中に入ってくるし、フランス語もドイツ語もロシア語も口から自然に飛び出してきよる」

「それはすごい」

「これぐらいでええか」

「ああ、ありがとう」

正門に来ると、長井はこれからアルバイトがある、と言ってバス通りに向かって行った。


繁華街に近い駅で待ち合わせ、孝史と長井は川沿いの料亭街に向かった。昔風の料亭の前には水がまかれ暖簾《のれん》のかかった小さな入口の奥に長い石の通路が続いていた。

長井の父が待っていたのは、鴨川を見渡す和室だった。孝史たちが部屋に入るとすぐに仲居さんがビールと料理を運んできて机の上に並べた。

長井の父は、人のよい田舎のおじさんという感じであった。顔は日焼けし前歯には金のかぶせ物がしてあった。父親は、田舎で小さな店をやっていると言って名刺を出した。

「すみません、名刺がありません。藤川孝史と言います。語学のクラスでご一緒させていただいています」

孝史はそう言って頭を下げた。

「なんの、学生さんで名刺なんかもっとる人なんかおりゃせんが」

長井の父親はそう言ってビール瓶を手に取り、孝史と長井のコップを満たした。孝史はビール瓶を受け取り、父親のコップにビールを注いだ。

「お言葉から推測すると、東京のお人かのう、藤川さんは」

「ええ、大学に来るまで東京でした」

「そうですか、東京はワシも仕事でたまに行くことがありますのや」

「はあ、そうですか」

さあ、さあ、と長井の父は手を広げ、孝史に料理を食べるよう勧めた。いただきます、と声を出し、裕造は刺身に箸をつけた。

「二年になると、学校も忙しうなるんでしょうな」

「いえ、まだ教養の授業ですから大したことないです」

「そうですか、この子は医学部に行ったのに、ちっとも医学の話をせんもんで、ひょっとしたら、親に内緒で学部を替わったんじゃなかろうか、と思うとりました」

「いえ、二年生はまだどの学部も専門は始まっていないと思います。うちの大学は専門が始まるのが遅いんです」

「そうですか、それで安心しました。同じ町から田舎の医者の学校に行ったもんがおりましての。その男の母親の話では、二年生になると医者の勉強が始まって、いっぱしの事をいいよる、と聞きましたもんで」

長井は、父親と話すのが億劫《おっくう》なのか、あまり口をきかなかった。ビールを二杯飲み、皿に少し箸をつけた後、トイレに行くと言って席をたった。長井はなかなか帰って来なかった。孝史は話題に困った。

「長井君、小さい頃から頭がよかったですか」

孝史はありきたりの事を訊いた。よくぞ訊いてくれた、とばかりに父親は顔を輝かせた。

「それが、あんた、小さい頃は全然でなあ」

「そうですか、大器晩成なんですね」

「あれは、口をきくのが遅うて、遅うて。もう私も家内もえろう心配しましたわ」

「アインシュタインもうんと遅かったそうです、口をきくのが」

「まあ、アインシュタインさんと比較されても困りますがのう。今になってみれば、焦ることなかったようなもんですが、その時は気が気じゃありませんでしたわ。はるばる岡山の病院にも連れていきました」

「いつごろ普通に口がきけるようになったんですか」

「幼稚園に入る少し前でしたかのう」

「そりゃすごいですね」

孝史は、自分が口をきいたのは一歳の誕生日だった、と母から聞いたのを思い出した。

「そいで、学校にあがっても、あんまりしゃべらん子でのう。もごもご言うてばっかりで。成績もようないし、もうこれは算盤でも仕込んで、跡取りにしよう、言うとりましたんじゃ。ただ絵だけは上手じゃったのう」

「そうですか、僕は絵はだめでしたね。絵の先生から『おまえの絵は頭で描いてる』と言われました。長井君ひょっとして、逆向きに描いたんでしょうか」

孝史は、善四郎が教えてくれた絵の描き方を思い出していた。

「いいえ、あの子は絵をなかなか描きださんのじゃ。最初は景色でも建物でもじっとみとってなあ。それで描き始めると、もう景色も建物も見んのです。だから描くのがえろう速かったですわ。それに妙に写実的でな。子どもらしい絵じゃなかったですなあ」

「やっぱり子どものころから違ったんですね」

「ワシの女房の親戚には、変わったのがおるんじゃ。あの子の伯父は、人の話をそのまま繰り返すことができましたし、祖父は有名な将棋指しでしたわ。これがえらい変わりもんで、ワシら相手だとわざわざ目隠しして将棋を指しましたわ。それでもワシら勝てなんだ」

「遺伝なんでしょうね、あの頭のよさは」

「どうなんじゃろうね、ワシはあの子の変わったところが心配でして。伯父も祖父もあんまりええ死に方はしとらんけえに。まあ、普通の医者になって戻ってきてくれればええ、と思うちょりますけん」

「彼はいい医者になると思いますよ、真面目だし」

長井のことをよく知らなかったので、孝史は後ろめたさを感じながら言った。

「そうですか、それを聞いて安心しました。どうぞあいつと仲良くしてやってください」

そう言って長井の父親は瓶に残ったビールを孝史のコップに注ぎ、深々と頭を下げた。


夏休みに入ったので、善四郎と孝史は琵琶湖の北に位置する日本海に面した町を訪ねることにした。康一郎の息子の妻であった芳子の住んでいるところである。善四郎はそこで釣りをしたいのだ、と言った。善四郎は孝史と旅行をするのを楽しみにしているようだった。


琵琶湖の西側を走る列車を使うと、京都からその町まで二時間余であった。

駅前から出るバスは海水浴客で混んでいた。善四郎はシルバー席に座ったので、孝史はバッグを善四郎に預け、善四郎の前に立った。

大通りが尽きてバスが左に曲がると道が狭くなった。漁師町なのだろうか、軒の低い小さな木造の家がバスの窓すれすれに続き、家の間の細長い隙間から、海が切り取られて見えた。

バスの終点が海水浴場の入口であった。ざわめきとともに海水浴客が海岸への道を去ると、善四郎と孝史が取り残された。

「確かこっちだと思う」

善四郎は帽子で顔を扇ぎ、その帽子で松林の奥を指した。

「来たことあるんでしょう」

「ああ、二度ばかりな。しかし、その時は芳子さんが迎えに来てくれたから。今日も来てくれると言ったんだが、大丈夫だと断った」

善四郎は杖をつきながら先にたって歩きだした。

「芳子さんを豊彦おじさんに紹介したのは善四郎さんだそうですね」

「紹介というほどじゃないが。後悔しとるんじゃ、じつは」

芳子は、善四郎の研究室で秘書をしていた。たまたま訪ねてきた豊彦がすっかり芳子に惚れこんでしまって、二人は結婚することになった。民間の研究所に勤めていた豊彦は、アメリカの研究所に客員研究員として招かれたが、渡米して二年たったころに突然行方不明になった。芳子から連絡をうけて善四郎がアメリカに飛び、警察にも出向いて調査を依頼した。豊彦は山の中で死んでいた。それから十年以上たつ。芳子は実家のあるこの町にもどっていた。

「豊彦さんというのは、変わった人だそうですね」

「そうだなあ。子どものころはそうでもなかったが、中学に行くようになってから奇行が目立ったな。ずっと女の人には興味がなかった。一生独身かと思ったんだが、突然芳子さんに惚れ込んだ。まあ、あんまり幸せな結婚ではなかったようだから、私も責任感じてね」

積み重なった松の落葉の上を歩くと、ポキポキと葉の折れる音がした。先を歩く善四郎の背中を、葉の間から漏れる丸い光が次々と滑っていった。

古い松林の中には立ち枯れて葉が幹と同じ茶色になっているものがあった。斜めに差し込む光が、松の幹を赤々と照らし出していた。林の中の道は所々で海岸の方に分岐していた。

「あ、あそこだ、あそこだ」

善四郎が、そう言って孝史の方を振り返った。見ると、松林のはずれに、黒々とした昔風の木造の二階家が建っていた。

「ごめんください」

引き戸を開けて善四郎が声をかけると、いらっしゃい、と澄んだ声が暗い奥から聞こえた。すぐに芳子が走り出てきた。

「おじさま、ようこそいらっしゃいました。孝史さんもようこそ。暑かったでしょうに」

芳子はそう言って膝をつき頭を下げた。

挨拶がすむと、芳子は善四郎の旅行鞄を持ち、先にたって階段を上った。

二階の部屋には、真新しい畳の匂いが満ち、開け放たれた窓から入ってくる松の香りがそれに混じっていた。

松林の向こうに、やわらかい緑色の海が見えた。あれが日本海の海の色なのだろうか。真夏の太平洋の濃紺の海とはずいぶん色がちがっていた。両側に山が迫り、はるか遠くの湾の出口はかすんでいた。

酒の入った長い夕食が済んでも、善四郎はなかなか腰をあげなかった。芳子と大事な話があるようだった。孝史は「疲れたから」と言って先に二階に上った。いつ敷かれたのか、部屋には白いシーツの二組の布団が並べられていた。やがて階下から低い話し声が聞こえてきた。

階段を軋ませて善四郎が二階に上ってきたのは、十一時を過ぎたころだった。

「さあ、今日はもう寝るか」

善四郎は薄い上掛けをはねのけて布団の上に横になり、頭の上で手を組んだ。いつになく浮かぬ顔をしている。

「電気、消しましょうか」

「ああ」

孝史は立ち上がり、蛍光灯の下についた細い紐に手をかけた。

「全部消しますか」

「どうする、孝史君は真っ暗な方がいいか」

「僕はどっちでも大丈夫ですが」

「じゃあ、小さいのをつけておいてくれ」

二度紐を引くと、橙色の暗い明かりがついた。

一眠りしたが、善四郎の寝返りをうつ気配で目がさめた。善四郎は眠れないようだった。

「何かあったんですか」

「何のことだ」

「いえ、何だか善四郎さん元気がないようだから」

善四郎は孝史の方に顔を向け、そうか、と言った。

「実は、芳子さん、結婚するんだ」

「そりゃ、よかったじゃないですか」

善四郎のヒソヒソ声にあわせ、孝史も声を潜めた。

「さあ、どうなんだろう」

「どんな人ですか、相手は」

「保守系の市会議員だそうだ」

「歳は」

「十くらい上じゃないのか」

「ずいぶん離れていますね」

「愛情のある結婚には思えんね」

「じゃあ、なぜ」

「芳子さんは役所でリストラにあっただろう。今の勤め先はパートだし、いつまで働けるかわからん。生活の見通しがたたん。この家だって借家だからな。相手は相手で、議員というのは夫人なしではやっていけないものらしい。選挙の時とか、なにやかやとあるのだろう。半年前に奥さんを亡くしたばかりだそうだ。まあ、その男には病気の母親がいる。せわをする人がほしいんだよ、きっと」

階下で物音がした。芳子も眠っていないのかもしれなかった。

「ところで、あしたいっしょに釣りに行くか」

善四郎は話題を変えた。

「ええ、いいですね」

「石鯛がつれるんだ、港の近くで」

善四郎は仰向けになり、大きな溜息をついた。

翌朝、孝史は階下の善四郎の声で目が覚めた。

「いいや、そんなことは頼んどらん、何かのまちがいじゃろう」

相手の声が聞こえないところをみると、電話のようだった。

善四郎は首を傾げながら階段を上ってきた。

「どうもおかしいな、古書屋が見積もりに来たそうだ」

留守中、お春さんに家をまかせてあるのだが、変わったことがないか電話をしたのだろう。

「そんなことがあったんですか、これまで」

「いいや、一度もない。誘いの電話があったりしたことはあったが、売るつもりはないんで全部断った。古書屋の方でもそういうことはわかっとるようで、売りに来る人はいても買いに来る人はおらん」

「何か目当てのものがあったんでしょうか。プレミアのついた本とか」

「どうなのだろう、あつかましくワシの書斎にまで入ってきたそうだ」

「何でしょう」

善四郎はふと目をあげ「あれかもしれんな」と言ったきり黙った。

休日でないためか、防波堤には釣り人の姿はまばらだった。先端の白い灯台の根元まで来て、善四郎は腰をおろした。孝史は横浜で父と釣りをしたことがあったので仕掛けの付け方などは知っていた。父親が孝史に教えてくれた数少ないことの一つだった。

「石鯛は長期戦になる」

そう言って善四郎は竿を後ろに引き、軽く振り下ろした。ビュッと音がして糸は遠くまで飛んだ。

「善四郎さん、うまいんだね」

孝史もキャスティングしたが、力を入れて投げた割には遠くに飛ばなかった。

二人で並んで腰を下ろすと、善四郎は静かな調子で話し始めた。

「孝史君を変なことに巻き込んだかもしれんな」

「康一郎さんのことですか」

「ああ、そうだ」

「誰かが何かを探しているんですね」

「ああ、そのようだ。どうやら相手は危険な連中らしい。こうなった以上、孝史君に話しておいた方がいいだろうな」

「ええ、お願いします」

「豊彦君の死に方が普通じゃなかったことは聞いておるじゃろう」

「ええ、行方不明になって、死体が山の中で発見されたそうですね」

「自殺か他殺かわからんまま曖昧《あいまい》になってしまったな。致命傷じゃなかったが、体に打撲傷があった。それから目をやられていた。その直後に、私たち兄弟の家と芳子さんの家が荒らされたんだ。荒らされたと言っても主に書類関係だが。康一郎さんの日記とか、豊彦君の日記なんかがすっかりなくなっていた。研究ノートもなくなっていたそうだ」

「善四郎さんの家も？」

「いや、ワシはちょうどドイツに留学していた。女房といっしょにな。日本の留守宅は不思議に何ともなかった。ワシは婿養子で、中林姓を名乗っていたから、気がつかなかったのかもしれない。養子に行ってからはワシは女房に遠慮して藤川家との接触はできるだけ避けてきたから、まあそれで目につかなかったのかもしれん」

「それにしても、ずいぶん酷いことをやってくる人たちですね」

「ああ、豊彦君の遺体が発見された一週間後くらいに、日本人の二世が射殺された。ワシは、これは豊彦君の事件に関係があると睨んどるんじゃ」

孝史は背中にゾクリと寒気を覚えた。

「善四郎さんが、康一郎さんの弟だとわかってしまったのは、僕のせいですね」

「まあ、いずれ決着をつけねば、と思っていたところだ。しかし、どうして家がわかったんだろう。どこかで名前から住所を調べたのかな」

「僕は、庭から撮った比叡山の写真や大文字山の写真をホームページに載せました。二つの山がああいう風に見える位置というのは決まってしまいますからね。あの家の位置がわかってしまったんじゃないでしょうか」

「まあ、いい。何も逃げ隠れする必要はないんだ」

「どんな人たちなんですか、康一郎さんに関心を寄せているのは」

「はっきりとはわからん、しかし背後にはかなり大きな組織があるようだ」

善四郎が声を潜めた。

突然、善四郎が大きな声を出した。善四郎は竿を引き上げ、それを下ろす瞬間にリールを巻き上げる動作を繰り返した。

「かかったぞ」

「孝史君、タモ、タモ」

足元にあった大きな手網を手にして目を凝らすと、水の表面を右に左に泳ぎながら近づいてくる魚の影が見えた。


芳子が豊彦の同僚であった股村といっしょにアメリカ西海岸近くにあるN兵器研究所を訪れたのは、日本での豊彦の葬儀が終わってから二週間後であった。

芳子の渡米は、現地で世話になった人々への挨拶が主な目的であったが、豊彦の死因について何か手がかりでも得られれば、という思いもあった。豊彦が行方不明になった時、芳子は日本にいた。芳子の母が危篤だったので、病院に詰めていたのだった。

股村の話から、芳子は豊彦が失踪の直前に、マクレランという人物に接触していたことを知った。マクレランはMファンドという財団の理事をしている男だった。Mファンドは、優秀な学生のために高額の奨学金を提供していたが、それは卒業後、N兵器研究所に来て働くことが前提になっていた。マクレランは、とびきり優秀な学生を見つけるために全米を渡り歩くスカウトの役割を果たしていた。

股村と豊彦の働いていたS大学にもマクレランはやってきた。大学院に入ったばかりのミラーという学生をスカウトするのが目的だった。ところが、マクレランはミラーよりも豊彦に興味を抱いたようだった。ミラーへの面接は半時間で切り上げ、あとは連日、豊彦の研究室に入り浸った。

これは奇妙なことだった。豊彦は優秀な物理学者だったが、マクレランが勧誘する対象にはならないはずだった。豊彦は四十に近かったし、何よりもアメリカ国籍を持っていなかった。N兵器研究所で正規の研究者になるにはアメリカ国籍が必要であったのだ。また豊彦はS大学で准教授待遇であったので、金に困っているわけでもなかった。勧誘とは別の目的でマクレランは豊彦に接触したようだ。

「ねえ、本当にこんなところに研究所があるの」

芳子は心配になって股村に声をかけた。

道の両側は果てしない赤茶けた荒地だった。ボールのように絡まった枯れ草が風で飛ばされてあちこちでくるくると地面を転がっていた。

「地図ではもうすぐだ」

ハンドルを握った股村は、まっすぐに前を見たまま言った。

「寂しいところね」

「ああ、そうだね」

やがて、鉄条網が張り巡らされたフェンスの中に、背の低い建物の群れが現われた。周りには何もない。その建物だけが、荒地の中に静かに建っていた。芳子は、自分がこの建物から拒絶されているように感じた。

研究所の受付には青いシャツを着た中年の男が二人並んでいた。股村がマクレランとの面会を求めると、口に髭を生やした黒人の男が電話をとった。

「待っててください、すぐに来ます」

そう言って口髭の男はソファを指さした。

二人がソファに座って待っていると、黒っぽい背広に身を包んだ華奢《きゃしゃ》な感じの男がやってきた。股村はマクレランの顔を覚えていたので、「彼だ」と芳子にささやいた。股村はマクレランに挨拶し芳子を紹介した。マクレランは芳子が豊彦の妻だと聞くと、深刻な顔つきをして哀悼の意をあらわした。

マクレランは受付の棟続きになっているカフェテリアに二人を案内した。受付もカフェテリアも鉄条網の外にあった。鉄条網の内側では、銃を手にした数人の男がぶらぶらと歩き回っていた。

「何かわかりませんでしょうか、夫の行動について。私はどうにも納得ができないのです。最近夫にお会いになったそうですね。何か変わったことはなかったでしょうか」

「確かに私はミスター・フジカワに会いました。でもそれはフジカワが不幸な事故にあう一週間も前のことです」

運ばれてきたコーヒーには口をつけず、マクレランは眼鏡を外し、ツルを唇に当てながら言った。眼鏡を外すと、マクレランは案外ハンサムだった。

「しかし、あなたの仕事は大学院生のリクルートのはずだ。フジカワに興味を持ったのはなぜだ。三日もフジカワの研究室を訪ねたではないか」

股村が癖のある英語で問いかけた。

「オー、それは、私がフジカワの研究に興味を持ったからです」

「フジカワの研究は、光ファイバーの基礎研究だ。核兵器の研究所に勤めるあなたが興味を持つのは不自然だと思うが」

「そんなことはありません。兵器研究所といっても、ここは基礎的な研究もやっているのです。それに軍事的にも光ファイバーによる通信は非常に興味深いものです。核爆発が起こっても、光ファイバーは金属の通信線と違って電磁パルスの影響をうけないのです」

「フジカワとは別のことを話したのではないか」

股村の言葉に、マクレランの目が不気味な光を放った。

「私たちが何を話したか、フジカワから聞いたのか」

マクレランの声が高くなった。

「いや」

股村は強く否定した。

「夫が亡くなったのと同じ頃、この研究所にいた日本人の二世がなくなったそうですね。そのことについて教えてほしいのです。何か夫の死と関係があるような気がするものですから」

この研究所にくる途中で立ち寄った小さな町で、芳子はその情報を掴んだのだった。

「あの男は、たまたまこの研究所にゴミの分別に来ていたんです。研究所とは関係ありません。酒癖の悪い男のようでしたから、喧嘩にでもまき込まれたのでしょう」

「研究所では、その方の死因などはつかんでいないのですか」

「さきほども言いましたように、彼は職員ではありませんでした。特に研究所が責任をもたなくてはならないようなものでもありません」

マクレランはきっぱりと言った。マクレランを呼び出すアナウンスが聞こえてきた。

「何しろ忙しくてね。すみません、今日はこれで」

そう言ってマクレランはカフェテリアを出て行った。

研究所の駐車場にもどり車に乗り込むと、股村が言った。

「何か知っているな、あのマクレランという男は」

「あなたもそう感じた？」

「ああ」

「何だか恐いわね、あの人」

「マクレランは最近、天才たちのリクルートに成功していない、という噂を聞いたことがある。本当に自信のある連中は、シリコンバレーに行ってしまうからだそうだ。それに代わる何かを、マクレランは藤川君から聞きだそうとしたんじゃないかな」

「日本の若い研究者を兵器研究所に連れてくる方法のようなものかしら」

「いや、そういうことじゃないような気がする」

「わからないことばかりね」

「どうしようか、さっきの日本人二世のところに行ってみるか。娘さんが何か知っているかもしれない」

「家がわかるかしら」

「ああ、多分。町外れにある教会の裏手だということだったな」

「じゃあ悪いけど行ってくれる」

「ああ、もちろんだ」

股村はハンドルを大きく回し、標識の矢印が示している方へと車を走らせた。

日本人二世の家はすぐにわかった。垣根のところに細長い板が突き出ていて、そこにローマ字でシゲル・イシカワと書かれていたのだ。

通りに車を止めて、二人は玄関に立った。

エマは青ざめた顔で出てきた。二人が日本人であり、芳子が最近夫を失ったことを知ると、エマは二人を家の中に招き入れた。

エマの話を聞いても、芳子には二人の死の間に共通点があるようには思えなかった。シゲルは銃弾で頭を撃ち抜かれた即死であった。どこかに監禁されていた様子もなかった。ただの偶然だろうか、と芳子は思った。

「日本の方ならわかるでしょうか。私にはわからないのですが」

そう言ってエマは部屋の隅に行って小さな紙片を手にしてもどってきた。

「お父さんが持っていたものですか」

「ええ、父がなくなってから机の中から見つけたんです」

何かのコピーのようだった。元はもっと微妙な濃淡があったのだろうか。白と黒にはっきり分かれた紙面は、その中に何かの形を認めることはできなかった。

「何かしら」

「いや、僕にもわからない」

股村は首を振った。エマは悲しそうにその紙片をたたんでエプロンのポケットに入れた。

帰国後、芳子は善四郎にシゲルの話をした。エマの持っていた妙な図柄のことを聞いて、善四郎には思い当たるところがあった。

マクレランは自分の部屋に戻っても落ち着かなかった。Mrs. Hujikawa が来たことをMファンドのS理事に伝えなければならないと思ったのだが、自分の手落ちを叱責されそうなので、どう言いつくろうべきかを考えていた。一通りのストーリーができたので、マクレランが電話に手を伸ばした。その時、ノックの音が聞こえた。マクレランはドキリとして手を引っ込めた。

「どうぞ」

マクレランはつとめていつもと変わらぬ張りのある声をだした。

「失礼します」

そう言って入ってきたのは、ビル・ポーターだった。マクレランが苦労して東海岸の大学から見つけてきた男だった。

「どうしたのかね、ビル」

「ええ、ちょっとお話があります」

「まさか、辞めるってんじゃないだろうね」

「はあ」

やはりそうなのか、とマクレランは溜息の出る思いだった。

「まあ、とにかくかけなさい」

マクレランは平静を装って部屋の隅のソファにビルを誘った。

「何が不満なんだ」

「ええ」

「給料か」

「そうじゃないんです」

「同僚とうまくいかないのか」

「いいえ、そうしたことじゃないんです」

「マイクと話したのかね」

「ええ、まあ」

マイクはビルと仲のよかった男で、三ヵ月前にこの研究所を辞めていた。

「まさか、マイクといっしょにベンチャーやろうってんじゃないだろうな」

マクレランは語気を強めた。

「まだわかりません」

「あんなもの、うまくいくかどうかわからんぞ」

マイクはこの研究所にいたときに開発した、コンピューターの自動設計プログラムを売り物にするビジネスを立ち上げようとしていた。

「ええ、でも、私、ここが嫌になったんです」

「なぜ」

「私、ここが核兵器そのものの研究をしていることを知らなかったんです。あなたもきちんと説明しなかったし」

「核兵器の研究は、この巨大な研究所の一部だよ」

「でもいやなんです」

「まあ、そうあせるな」

「実際には、基礎研究らしきものも結局核兵器開発につながっているような気がします」

「まあ、無慈悲な共産主義が世界を支配しないためにはやむを得ない防衛措置だよ」

「そうでしょうか」

「と言うと」

「本当は、軍事産業が儲けるためにやってるんじゃないでしょうか。僕たちのやっている研究って」

ビルは上目遣いにマクレランを見上げて小さな声で言った。

「とにかく、今辞められては困る、少なくとも半年は勤めてもらうよ」

「ええ、一応私の意志は伝えましたよ」

「本当は給料が不満なんじゃないか、それなら私が所長にかけあってやるぞ」

「いいえ、それは違います」

ビルはきっぱりと言った。

「わかった、気が変わるのを期待しているよ」

「いえ、気が変わることはないと思います」

ビルは立ち上がり、うなだれて部屋を出ていった。S理事への報告事項がまた一つ増えたな、とマクレランは憂鬱になった。とにかく報告は済ませてしまおう、そう思ってマクレランは電話に手を伸ばした。

「私だが」

相手の声は重々しかった。

「フジカワ夫人が来ました」

「いつだ」

「今しがた。フジカワのいた大学の同僚も一緒でした」

「知っているのか、彼女は」

「いいえ、少し疑問を抱いている程度です」

「じゃあほっておけ」

「わかりました。夫人は死んだ二世のことを知っていました」

「そうか、二世の娘と会った様子だったか」

「いいえ、噂を聞いた程度のようです」

「まあ、いい。二世の娘のところにも網をはっておく。心配するな」

「何をしたらいいでしょう、私は」

「何もしないでくれ、それが一番いい」

電話の向こうの声には冷たさが感じられた。受話器を握るマクレランの手に汗がにじんできた。

「私も全力をつくしたつもりです」

「わかっている。とにかく何もするな。この問題はもう我々のレベルで動かすことのできない状態になっている。いや、もともとそういう性質の問題だったのかもしれない。分を越えてはいけないからな、一財団が」

「わかりました」

「もう、切ってもいいか」

「いえ、もう一つ報告があります」

「何だ」

「ビル・ポーターが辞めたいと言っています」

「理由は」

「はっきりとはわかりません。ベンチャーに走った同僚に引っ張られているんだと思います。それに核兵器の研究に根本的に疑問を感じ始めているようです」

「あいつにいくら金をかけたと思ってるんだ」

「申し訳ありません」

「研究だけに夢中になるように仕向けられんのかね」

「やっておるんですが、何しろ頭のいい連中ですから、いったん疑問を持ち始めると徹底して考えるようです」

「採用基準に問題があるんじゃないのかね」

「そうでしょうか」

「陽気で深刻に物事を考えないタイプがいいな」

「そう言われましても、相手はほとんど天才と呼べるような連中ですからね」

「わかった、とにかくこれからは採用の経過をもっと詳しく報告するように。最終決定する前にワシのところに書類がとどくようにするんだぞ」

「はあ、わかりました」

マクレランはハンカチを取り出して、額の汗をぬぐった。


夕方まで釣ったので、善四郎が石鯛を五匹、孝史は石鯛は二匹だったが、大きなアジが二匹釣れた。

「上出来だ、これだけ釣れれば」

善四郎は満足げだった。善四郎が帰ろうと言ったので、孝史は立ち上がって釣りの道具をしまい、クーラーボックスを肩にかけた。漁を終えた船が、赤灯台と白灯台の間に次々と入ってきた。

防波堤の根元は船着場になっていた。紐のついたバケツを海に投げ、海水を汲み上げて甲板を洗い流す漁師の姿が、まだ日の残る船上に黄色く輝いていた。二人は船着場の縁を歩いて魚市場に達し、そこを抜けて両側に軒の低い家が連なる狭い道に入り込んだ。

「善四郎さんにまだ言ってなかったんですが」

「なんだ」

「あれから、またメールがあったんです、不思議な」

「どんな内容だった」

「康一郎さんが、昔、法外な報酬で家庭教師をしていたことを知っているかって、それからその時の記録なんかが残っていないかって」

「やつらの狙いがはっきりしたな」

そう言って善四郎は目を光らせた。

「家庭教師をやってたんですか、お祖父ちゃんは」

「ああ、それが不思議なんだ。康一郎さんは例の絵の件で殺されかけてから、すっかり体を悪くして、まともに働くことができなくなった。それで週に二、三回だけ神戸の方に家庭教師に出るようになった。それも夕方出かけて十時ごろには帰ってきた。さぞ生活が苦しかろうと兄弟は心配したんだが、案外金を持っていた」

「ええ、それも母に聞いたことがあります。お祖父ちゃんが亡くなった時、かなりのお金が残っていたって」

「それが、例の絵を売ったお金だったのか、それとも家庭教師をした報酬だったのか、よくわからんのだ」

サッカー部の部員たちであろうか、ユニフォームを着た一団が隊列を組み、かけ声をあげながらやってきた。すれ違う時に強い汗の匂いがした。グラウンドでは奇妙な声を出して、野球部が練習をしていた。孝史は、ふと大学の友人の長井の通ったのもこんな高校だったのだろうか、と思った。

「メールには、法外な報酬をとって、と書いてありました。でも不思議ですね。お祖父ちゃんは高校では歴史の先生だったでしょう」

「ああ、そうだ」

「歴史を習いたがる生徒なんているんでしょうか。数学や英語ならともかく」

「そうだな。歴史を教えていたんじゃないだろうな、何か特別なことを教えたんだろう、きっと。歴史じゃ法外な報酬なんてもらえっこないからな」

「何か特別なことって」

「それはわからん。しかし、彼らがさがしているのは、その特別のことらしいのだ」

「お祖父ちゃん、何か書き残したの」

善四郎は小さく頷いた。

「日記？」

「日記もあった。康一郎さんが亡くなった時、兄弟にも形見分けがあった。古い日記は、兄弟のことが出てくるので、少しずつもらった。ワシに回ってきたものの中に変なものがあった。大学ノートだったが、読めない字で書いてあるんだ。『善四郎が一番学があるから』という理由でこっちに回ってきたんだが、大学関係のいろんな人に相談しても読めないんだ」

「読めないって？」

「ああ、文字であることは確かなんだが、どこの国の文字でもないそうだ。まるでミミズの這ったような字だった。『蚯蚓《みみず》の書』なんて言った人がいたな」

「昔の文字でしょうか」

「どうなんだろうね」

「お祖父ちゃんは語学が得意だったの」

「多分な。特務機関というのは、語学ができないといかんだろうな。しかし、そんなにいろんな言葉を知っていたかどうか」

「今、善四郎さんの家にあるの、それ」

「いいや、預けてあるんだ」

「大丈夫なの」

「大丈夫じゃないだろうな」


善四郎の歩みがわずかに遅くなった。

橋の上まで来ると、海から涼しい風が吹いてきた。川はその辺りから急に幅が広がって海に続いていた。善四郎は立ち止まって白いズボンのポケットからタバコを取り出した。


その日も少年は朝早く目覚めた。このごろ睡眠時間が少なくても全く平気なのだ。少年は庭を散歩しようと思った。小山一つをかかえる広大な庭には、四季折々に様々な花が咲き乱れる。

剪定鋏《せんていばさみ》を手に花を物色している父の蔵六の姿が目にとまった。蔵六は顔が大きく、背が低く太っていた。蔵六は金貸しとして成功した男だったが、金もうけの始まりはトラック一台を借金で手に入れ、産業廃棄物を回収して回ったことからだった。

「信用できるのは金だけだ」

これが蔵六の生活信条だった。

「おはよう」

「おはようございます」

少年は大きな声を出した。

「先生の方は、今月で一応終わりなんやそうや。それでえんやな」

「うん、先生から聞いてるよ」

「みごとな効果があったやろ」

「ああ、ありがとう」

息子の言葉に蔵六は満足そうに胸をそらせた。

「それから、先生から教えてもらったことは誰にも言わんように。先生との間でそういう約束になっとるから」

「うん、わかっとる」

誰に教えるもんか、と少年は思った。

少年の通う私立の高校は、もともとスポーツの強い学校として有名であったが、少年が入学すると同時に経営者が替わって、受験を売り物にする学校に変貌しつつあった。成績順にクラスが編成され、近隣の学校から受験で定評のある教師がスカウトされてきた。数学の担任もそうしてスカウトされてきた人物であった。授業はほとんど演習形式であり、問題が解けないと晒《さら》しもののように一時間中黒板の前に立っていなければならなかった。

少年はその屈辱に耐えかね、懸命に数学を勉強した。少年はもともと数学は得意ではなかったが、帰宅後のほとんどの時間を数学の演習問題に当てることによって、何とか翌日の予習をおこなうことができた。

数学の教師は、生徒が友人のノートを借りることを恐れた。そして生徒が黒板の前で演習問題を解く時には、教科書だけを持って行くように命じた。

「予習していれば、何も見なくても解けるはずだ」

と教師は言った。演習に当たる順番は予測不可能であった。長く当たらないこともあれば、連日当たることもあった。教師はわざと順番を狂わせ、生徒が毎日全部の演習問題を解いてこざるを得ないように仕向けていた。

少年は予習を欠かしたことはなく、解けない問題は休み時間に数学のできるクラスメートに聞きに行って理解するようにつとめた。

しかし、少年は黒板の前に立って問題を解こうとすると、ふと思い出せなくなることがあった。前の日に苦労して解いた問題がなぜか解けなくなるのだ。前日さんざん躓《つまず》き、一時間もかけてやっと解いたような問題に当たると、黒板の前でまた引っかかってしまうのだ。

教師は演習問題に当たった生徒が黒板の前に出ている間にそれらの生徒の机を回り、ノートをチェックした。演習問題がノートに解かれているかどうかを調べるのであった。教師は少年のノートを見て怪しんだ。ほとんど毎回ノートには演習問題の解答が書かれている。それにもかかわらず少年は黒板の前で問題を解きあぐみ、あげくの果てに席にもどってきてノートをのぞき、また黒板の前にもどって行った。

「だれかのノートを写したのだろう」

教師は憎々しげに少年に迫った。

「いいえ、自分で解いたんです。でも黒板の前に立つと緊張して思い出せなくなるんです」

「そんなことはあり得ない」

と教師は言下に言った。少年にはもう手の打ちようがなかった。

少年は、ある日父親の蔵六に自分の悩みを打ち明けた。蔵六は、大きな顔にわざと深刻そうな表情を作ったが、内心は子どもに頼られるのがひどくいい気持ちだった。どんなに金をかけても、この上ない家庭教師を探してみせるぞ、と思った。

蔵六の見つけてきた足の悪い男は、具体的な教科は何一つ教えなかった。勉強のやり方を教えるわけでもなかった。少年に不思議なことをやらせたのである。

「君が一番好きな写真を一枚持って来なさい。どんなものでもいい。ただし何度見ても飽きないようなものがいい」

青白い生気のない顔つきで男は言った。少年は、自分の部屋にもどり、中学時代に学校の記録会で撮った走り高跳びの写真を取り出した。バーすれすれに少年の体が浮かび、手と足はそれぞれバーのこちらとあちらに分かれ、顔はこちらを向いていた。記録的には大したことはなかったが、クラスメートが撮ってくれた写真の出来はすばらしかった。

「この写真を隅々まで記憶しなさい。記憶したと思ったら、これを見ないで描いてみなさい。はじめは多分、ずいぶん違っているでしょう。そうしたら、もう一度写真を見て記憶するのです。写真を見ながら描いてはいけません。見る時は見る、描く時は描くようにしなければなりません」

抑揚のない口調だったが、確信に満ちた言い方だった。

騙されたつもりで、少年は一月の間、ひたすら写真と自分の頭の中の映像を比較し、隅々まで記憶しようとした。そして絵を描くことが正確に記憶することを助けるのを発見した。鉛筆で描いた体の感触は、思い出す時に隅々を照らす光のような役割を果たした。一ヵ月たって、正確な絵が描けるようになったころ、男は言った。

「一番よく描けたと思うものを選びなさい。そしてそれを何度も頭の中に思い浮かべるようにしなさい。隅々までよく思い浮かべるようにするのです。もちろん何度でも絵を見てもよいのです。もう写真は見てはいけません。絵だけをみるようにしなさい。頭の中で自然にその絵が浮かんでくるまで何度でも繰り返すのです」

少年はまた騙されたつもりで自分の描いた絵を頭の中に描き続けた。自分の描いた絵をタッチも含めて隅々まで思い描くことができるようになったころ、男は風変わりな画用紙を持ってきた。白と灰色ともう少し濃い灰色の小さな点が紙面を埋め尽くしていた。

「これをよーく見てご覧、何か見えるだろうか」

少年は目をこらした。最初は紙の襞《しわ》かシミのように見えた部分が、ふと人の横顔に見えたような気がした。一つが見えると、その隣にも上下にも人の顔らしきものが見えはじめた。大きいものも小さいものもあり、向きもさまざまだった。

「人の顔が見えるようです」

「そうか、最初から顔が見えるか、えらいな」

表情を変えずにそう言って、男は画用紙を折って大事そうに鞄の中にしまった。

「いくつ見えたかな」

「五つくらい」

少年は自信がなかったので少なめに答えた。

「そうか、この次は三十見えるかもしれんな」

男は苦しそうに咳をした。咳はなかなか止まらなかった。

そのころから、少年は前日解いた演習問題の解き方を忘れなくなった。特に勉強をしたわけでもないのだが、他の教科の成績も上がっていった。

「たったこれだけのことで、なぜ」

少年は、これまでの屈辱の日々を苦々しく、そして勝ち誇ったように振り返った。

京都に戻った翌々日、孝史は山寺に住職を訪ねることになった。

預けたノートを、自分の手元に置く方がよい、と善四郎は考えた。住職に迷惑がかかってはいけない、と思ったのだ。険しい山道の奥にある寺を訪ねることは、心臓が強くない善四郎には無理だったので、孝史がそのノートを取りに行くことになった。寺は北のはずれにある観光スポットから谷間を二キロばかり奥に入ったところにあった。

登り口のあたりでは晴れていたのだが、山道を十分ばかり上ったころ、あたりが霧につつまれた。

一つの木でも、こちら側は緑の葉が見分けられたが、向こう側の枝葉は色を失い、輪郭だけになった。

雨が降っているわけではないのに、梢から水滴が滴り落ち、それが葉にあたって音をたてた。その音に耳をすませると、人の足音のようなものが聞こえた。誰かくるのだろうか。孝史は足を止めて、もう一度耳をすませた。水滴が葉にあたる音がかすかに聞こえるばかりだった。

気のせいだったのだろうか、そう思って、孝史は再び霧の中を歩き始めた。ひたひた、と足音がやはり聞こえる。孝史が止まると、その足音も止まった。

つけられているのだ。つけている人物の正体を見たい、と孝史は思った。

孝史は前に向かって走り、急に向きを変え、山道からはずれて岩陰に身を隠した。

急ぎ足の音が近づいてきた。二つの影が目の前を通り過ぎて行った。霧の中ではっきりとは見えなかったが、二人とも均整のとれた敏捷そうな体つきの男のように思われた。

孝史の胸は激しく音をたてていた。何が起こるかわからない。ひょっとしたら彼らに殺されるかもしれない。

孝史は胸のポケットからＧＰＳを取り出した。何かの役にたてば、と思って持ってきたのだ。孝史は、電源を入れ、一時間ごとに発信するモードにセットした。ＧＰＳを胸のポケットに収めると、孝史はズボンのポケットから山の地図を取り出した。

このまま谷に沿った道を行けば、彼らが引き返して来るかもしれない。孝史は、地図の中に引かれた点線の尾根道を見つけた。この霧だ。連中は寺を見逃すかもしれないし、自分がその寺に行くと思っていないかもしれない。小さな道が峰を越えてバス道路と合流した先には、まだいくつも寺がある。自分がＭ庵を目指しているかどうかはわからないはずだ。そう判断して、孝史は木立の中に入り込んだ。

濡れた藪《やぶ》を手でかき分けながら進むと、半時間ほどで霧の中にぼんやりと寺が見下ろせるところに出た。孝史は木の枝につかまりながら崖を降り、寺の前に飛び出した。寺はシンとして物音がなかった。

石垣を駆け上がり、小さな門に着いた孝史は、足音を忍ばせて入口に近づいた。

「和尚さん」

と声を殺して呼びかけると、中からうめき声が聞こえた。急いで玄関に続く畳の間に入ると、坊主頭の小柄な男が手足を紐で縛られて横たわっていた。口はガムテープでふさがれていた。

「どうしたんですか」

孝史は和尚に近寄って、口をふさいでいるガムテープをそっとはがした。和尚はフーフーと口で息をした。孝史は和尚の上半身を起こし、手の紐を解こうとしたが、手が震えてなかなか結び目はほどけなかった。ようやく手の紐を解くと、和尚は手首をかわるがわる撫でて「足の紐を解いてくだされ」と言った。

手は自由になったのだから、自分で解いてもよさそうなものだが、と思いながら、孝史は和尚の足の上に身をかがめ、紐の結び目を見定めようとした時、首筋にちくりと軽い痛みを感じた。虫にでもさされたのだろうか、と思って首に手をやると、硬く細長いものが手に触れた。それが何であるのかは見えなかった。細長い物はすぐに引き抜かれ、和尚の手の中におさまった。注射器のようだった。突然、孝史の意識が薄れ始めた。薬を注射されたのだ、と孝史は思った。

気がつくと頭が重かった。二日酔いよりももっと気分が悪かった。一体ここはどこなのだろう。体が動かない。縛られて床に放り出されているようだった。

胸のポケットのＧＰＳはなくなっていた。かすかに海の匂いがした。

「ドゥ・イット……ドゥ・イット」と低い声で外国人が何かを迫っていた。うめき声の間に「ノー、ノー」と言う善四郎の声が聞こえた。孝史はまるで自分が拷問を受けているかのように思えた。

「善四郎さん」

孝史が叫んだ瞬間、ドアが開いて眩しい光が差し込んだ。次の瞬間、孝史は後頭部に激しい痛みを感じた。遠くでパトカーの音が聞こえたような気がした。孝史は再び気を失った。


ぼんやりと二人の顔の輪郭が浮かび、それが急速にはっきりしていった。善四郎と加奈子の顔だった。

「ここはどこなんですか」

孝史が口を開くと、二人の顔が安堵でゆるんだ。

「病院よ、神戸の」

起き上がろうとすると、後頭部がガンガン痛んだ。

「まだ無理しないで」

椅子に座った太った男が命令調で言った。

「あっ、これは私の父なの。医者なの一応」

「一応とは何だ。これでも院長だぞ」

そう言って加奈子の父は孝史の手首をつかんだ。脈を測っているようだった。それから加奈子の父は白衣のポケットから小さな懐中電灯を取り出して孝史の目を調べた。

「血液検査の結果は、普通の麻酔薬だけが検出されとる。打撲の方も気になるからあとで脳波を調べる」

そう言って、加奈子の父はノッシ、ノッシと歩いて部屋を出ていった。

「善四郎さんは大丈夫だったの」

「ああ、何とかな」

善四郎は腕を孝史の前に差し出した。紐できつく縛られたのだろうか、手首の回りに跡がつき紫色に変色していた。

「どうして助かったの、僕たち」

「この娘さんのおかげだ」

善四郎が言うと、加奈子は太い首をすくめた。

「ＧＰＳのおかげよ」

加奈子の話では、ＧＰＳが二度孝史の居場所を知らせたのだそうだ。一度目は京都の山の中、二度目は神戸の埋め立て地にあるホテルの前だそうである。

「初めてパソコンの画面にあなたのいる場所が表示された時は、ホント感激したのよ。山の中だからハイキングにでも行っているんだと思ったの。そしたら今度はいきなり神戸の埋め立て地なのよ。もうびっくりしちゃった」

「あのGPSなくしちゃったんだ」

「そうかしら、あなたの胸のポケットに入っていたけど」

「いや、縛られて床に転がされていた時には、ポケットに入っていなかった」

「そうかもしれないわね。でも私が警察と一緒にホテルの中に入った時、おじさまもあなたもベッドの中ですやすや。GPSもポケットに入ってたわ。私、警察の人に叱られちゃった」

「善四郎さん、確か何かを白状するように責められていたんじゃないですか」

「そのはずなんだが、どうも記憶がはっきりせん。彼らが変な薬を私に注射したようだ」

「とにかく、GPSがホテルの前を指していたから、わたしはあなたがホテルにいると思ったのよ。それで大急ぎで車で埋め立て地に行ってみたの。でもそのホテル、お客なんか居そうもない変なホテルなの。私、あなたに何かあったんじゃないかと心配になったの。裏に回ってみると、明かりのついているのは九階の端の部屋だけだったわ。私、受付で宿泊を頼んだの。もちろん受付の人は変な顔をしたわ。私、普段着だし、荷物も別になかったから」

「レスラーが来たと思ったかもしれませんね」と言いかけて、孝史は言葉を飲み込んだ。

「九階の見晴らしのいい部屋をお願いします、と言うと、九階と八階は全部ふさがっています、って言うの。ますます怪しいと思ったわ。ホテルの人もグルじゃないかって気がしたわ。私、じゃあ空いているところでいいですって言ったの。そしたら二階の部屋のキーをよこしたの。いったん二階の部屋に入って、私、エレベーターで九階に上がって、一番東の部屋をノックしたの。黒い服を着た男がドアを開けて、しげしげと私を見たわ。私、英語で『この部屋は私がリザーブしたはずです』と言うと、その男は無言で手を横に振ってすぐにドアを閉めたの。低いけどうめき声なんかも聞こえたような気がしたわ。私、もう気が動転しちゃって、部屋に帰ってからすぐ警察に電話したのよ」

「いやあ、本当にありがとうよ、お嬢さん」

「でも、ホテルの玄関に警官が現れて、私、九階の部屋に案内したら、部屋は静かで、おじ様と藤川君がすやすやとベッドで眠ってるじゃない。私、あっけにとられたわ。警察は怪訝な顔をするし。でも藤川君の首には注射の後があったし、おじ様の手首にも縛られた痕があったから、警察も普通じゃないってことは認めたの。どこかの病院に運ぼうということになったので、私の父の病院の名前を出すと、責任者らしい人が『それでいいだろう』と言ったわ」

「彼らは警察が来るのを察知して、巧みに逃げたんじゃろうな」

「ええ、埋め立て地だから先の方にボートなんか用意していたんじゃないかしら」

「だんだん思い出してくるようだ。そうだ、彼らはワシに『蚯蚓の書』を突きつけて、これがどんな意味を持つものかと言わせようとしたな」

「何ですか、その『蚯蚓の書』というのは」

「私の兄、つまり孝史君のお祖父さんが書きのこしたものだよ。それを彼らがねらってたんだ」

「けっきょく解らなかったんだね、善四郎さん」

「ああ、解らなかった。私を痛めつけてもそれを読ませることができないことが彼らにもわかったようだ」

「その『蚯蚓の書』はどうなったのかしら」

「やつらが持ち去ったようじゃな」

「彼らが解読するんだろうね、きっと」

「ねえ、おじ様、私の高校時代の担任の先生は暗号解読に凝っていて、その筋では有名な人なのよ。惜しかったわね、原本があれば何とかなったんじゃないかしら」

「そうか、それじゃあちょっとやってみるかな。お嬢さん、紙とペンを貸してもらえんかな」

「ええ、看護師さんの詰め所で借りてきます」

そう言って加奈子は部屋を出ようとした。

「できれば、大学ノートの大きさの紙があるといいな」

善四郎が加奈子の背中に呼びかけた。わかりました、と加奈子がドアを閉めながら言った。

「善四郎さん、何をやるつもりなの」

「まあ、見ていなさい」

善四郎はいたずらっ子のような笑顔を見せた。

加奈子が大学ノートとボールペンを持ってくると、善四郎はそれを受け取った。

善四郎は窓際にある小さなテーブルに付いてノートに何かを書き始めた。

「わあ、すごいすごい、おじ様」

加奈子が驚嘆の声をあげた。孝史の頭の位置からは善四郎の書いているものがよく見えなかった。

「私だったら、字でもこんなに覚えていられないわ」

「いや、ワシも字ならこんなに覚えていることはできんよ。字だと思わないから覚えていられるんだ、多分な」

「それにしてもすごいわ」

「ワシにもこれくらいのことはできるんじゃよ」

善四郎は孝史の方に歩きながらそう言って胸をそらせた。

善四郎の見せたノートには、横に切れ切れに引かれた線にぶら下がるように曲線が続いていた。サンスクリット文字を横に並べると上辺に切れ切れの直線が見える。それに似ていたが、その下にぶら下がるようにして描かれた線は、アラビア文字のようにも見えた。

もちろん孝史にもその文字は読めなかったが、どこか親しみやすいものであるように思えた。孝史は手を伸ばしてノートを受け取り、数ページにわたる文字とも絵ともつかぬものを繰り返し見た。ボールペンで書いたため、文字の跡が紙の裏側に残っていた。盛り上がった字の跡を縦に読んでみるといっそう親しみを感じた。

「鏡文字」

ふと、孝史の頭にその言葉が浮かんだ。字を覚え始めたばかりの幼児が鏡に映ったように左右が逆になった字を書くことがある。それを鏡文字と呼ぶことは、心理学の授業で習ったことがあった。レオナルド・ダ・ヴィンチも鏡文字を使った。

「ねえ、これ縦に読むんじゃないだろうか。それから左右が逆だと思う」

孝史は興奮して上半身を起こした。

「そうか、左右が逆か」

善四郎はノートを傾けて眺め、左手の指で文字をなぞりはじめた。

「ちょっと待ってね、車からパソコン取って来るから」

そう言って加奈子は部屋を飛び出して行った。

すぐに息を切らして帰ってきた加奈子は右手にノートパソコン、左手には平べったい板状のものを持っていた。

「それをスキャナーで読み込んで、パソコンで加工してみるわ」

加奈子は、窓際の小さな机の上にパソコンを置くと、善四郎が慣れた手つきでパソコンとスキャナーを繋いだ。

孝史はベッドから降りて加奈子の大きな肩ごしに画面を覗き込んだ。

スキャナーの白いカバーを跳ね上げるとガラスの面があらわれた。加奈子は大学ノートを開きガラスの面に押し当ててカバーを閉じた。マウスを操作すると、すぐにスキャナーがジー、ジーと音をたて、画面にはノートに書かれた文字が縦書きであらわれた。

「まず裏返しね」

そう言って、加奈子が画面の上の方にある回転を表す小さな絵をクリックし、長方形に開いた窓の中から左右反転を選んだ。

「これ、日本の文字じゃないだろうか」

孝史が言うと、加奈子は大きく頷いた。

「これが邪魔ね」

加奈子は、文字の左側に引かれた細い線を四角で囲みながら次々と消していった。直線を消すと、それに繋がれていた文字が解き放たれ、急に読めそうな気がしてきた。

「縦と横の比がおかしいわね。わざと圧縮して書いたのね、きっと」

「なおせるのかね、お嬢さん」

「ええ、大丈夫です。縦を一・五倍にしてみましょうか」

加奈子がマウスをクリックし続けると、縦に引き伸ばされた文字列があらわれた。

「これで読めるわよ」

加奈子が勝ち誇ったように振り返って孝史の顔を

見た。

「どうやら昔の文字で書かれているようだな」

善四郎が身を乗り出した。

「ええ、文字はあんまり今のものと変わらないんですけど、崩し方というか続け方というか、それがずいぶん違います。普通の人には読めないでしょうね」

「あんた、読めるのかい」

「ええ、何とか読めます。高校時代、私、古文書研究会に入っていたんです。このあたりは古い家が多いから、そういうところを訪ねて、蔵の中の文書をコピーさせてもらったりしたんです。戦国時代の武将の手紙なんてのもありました。本物かどうかわかりませんでしたが」

「じゃあ、読んでもらえるか」

「ええ」

加奈子はノートに文字を書きつけながら読み始めた。

原文は高校の古文で習うような文体だったが、加奈子が現代文に直し、区切りをつけて読みあげてくれた。加奈子は読めない部分は「解読不能」とか、「バッバッ」とか言った。

「人間の記憶力の良し悪し、思考力の違い、それにいわゆる頭の良し悪しなどは××××××

一行解読不能
いわゆる天才と言われる人と普通の人の間に大して差があるわけではない。天才にもいろいろあるが、ここでは私は特に科学上の天才たちと普通の人たちとの比較をしているのである。

これは長年にわたる私の体験から得られた結果を基にしており、決して頭の中で考えた絵空事ではない。またどこかの本に書いてあったことや、誰かが研究していたことの応用でもない。敢えて言えば、戦争中に私はたぐい希《まれ》なる頭の持ち主たちを身近に観察することができたことが幸いしているかもしれない。

二行解読不能
また私は、人生の途中で頭脳の機能が大いに変化した人の噂をもとめ、つぶさに調査した。私が興味を持ったのは、人生の最初から頭がよかった人たちではない。また徐々に頭角をあらわす大器晩成型の人間でもない。二十代の半ば以降に、それまでの人生とは隔絶した頭の働きを示すようになった人々が私の調査の対象であった。このような例は希であったので、私はこういう人たちに会うために大変な苦労を重ねた。そしてそれらの人々に一体何が起こったのかを聞きだすことができた。

　一行解読不能

　私の予想通り、それらの人々にはほぼ共通の体験があった。

　三行解読不能

　そこから導き出した結論について、私はやはり書き残しておかなければならないと思うようになった。

　ここに書き記すのは主に日本人に適した方法である。それは、この書が外国××××××××を考慮してのことである。その前に、私たちの頭の働きの奇妙な性質を述べておきたい。

　偶然気がついたのだが、私の中には素晴らしく大きな体をしたもう一人の自分が住み着いている。この巨人は普段眠っているか、縛られた状態で不器用に仕事をするくらいのことだが、何かのきっかけで解き放たれると、大変なことをしでかす。またこの巨人の持つ揺るぎない記憶の膨大さは驚くべきもので、古今のすぐれた記憶術は、この巨人の持つ記憶力をわずかに拝借する手続きにすぎない。

　この巨人を解放する方法を生まれつき会得しているか、もともと解放された巨人を頭の中に宿しているのが、天才と言われる人々である。

　しかし、後にこの巨人を解放する方法を知り、それをやり遂げることができた人々も決して天才に劣ることはない。なぜなら、天才は天から与えられたものをそのまま使うだけだが、訓練は巨人を上手に長く解放する方法をどこまでも強めていけるからである。

　縛られているこの巨人を解き放つ方法は一つではない。×××××××××巨人を縛っている縄を断ち切ることから始まる。この縄の主は、できもしない課題を自分ができると思いこんで、仕事を巨人に渡すことを拒んでいる。頑迷な縄の主に、ある種の仕事は巨人に任せるべきであることを強制的に×××教えてやることが××××××飽きるほど繰り返すと縄の主は音をあげ課題を巨人に譲るか、あるいは共同作業を申し出るようだ。繰り返しの練習により体が覚えて忘れなくなるという現象も、同様の原理×××巨人は、いったん引き受けると驚くべき忍耐強さでこれをやり遂げようとする。

たくさんの方法を試みる必要はない。自分のやりやすい二、三の方法が会得できれば十分である。要は、巨人を解き放つことなしには決して実行できない課題を自分の頭に課すことである×××××

今目にしているのと同じような鮮明さで映像を思い浮かべることができれば、それは巨人が十分に解放されていることを示している。また記憶力の飛躍、思考の持久力増大も巨人が解放された時の特徴だ。

鮮明な映像を思い浮かべるのは、どうやら巨人がもっとも得意とする仕事であるようだ。

単純であるが鮮明な映像を思い浮かべるためのトレーニングは、巨人を解放するためのトレーニングの中でも最も容易で親しみやすいものである。

鮮明な映像を頭に描くトレーニングの困難は、思い浮かべた映像が正確なものであるかどうかを判定することが一般には難しいことにある。思い浮かべたものが正確であったかどうかを判定することができるいくつかの例外的なものがある。終着のわかっているゲームを経時的に映像として思い出すことなどは、正しく映像を思い浮かべたかどうかを判定できる希な例である。

写真のようなものを見て、頭に同じ映像を焼き付ける方法はあまりうまくいかない。理由はよくわからない。多分、一般に写真にはあまりにも多くのものが写っていて、初心者にとってそれを正確に記憶することが困難なためであろう。たとえたった一つのものが写っていたにしても、その陰影、質感など、初心者がそのまま頭に描くには複雑すぎるのである。

トレーニングはもっと単純なところから始めなければならない。

一行解読不能

ここでは、日本人に親しみ深い「そろばん」を用いた方法を記しておく。そろばんの中でも暗算は世界的に見ても注目に値する。足し算、引き算はもちろん、複雑な掛け算、割り算もすべて頭の中でやってしまうことができるなど、西洋人にはとうてい真似のできないことである。

足し算の暗算においては、たとえば百八十五といった数字を足しこんでいくと、規則的な珠の配列が一定期間ごとにあらわれ、イメージを浮かべたまま、暗算が正しかったかどうかを判定することができる。

足し算からはじめ、掛け算へと進む。信じられないかもしれないが、すぐに少ない桁数では物足りなくなるので桁数を増やしていく。貪欲な巨人が要求しているようだ。

早く計算する必要はない。計算が目的ではないのだから。あくまでも頭の中に鮮明なそろばん珠が思い浮かぶようにするのが目的である。暗算の達人にならずとも十分に巨人を解放×××××××××××××

しかし、計算の速度は自然に速くなっていく。そろばんの経験者が暗算をやるときに見せる手の動作はおこなってはいけない。手が数字を覚えていて、映像が貧弱なまま計算がすすむことになるからだ。また実際の手の動きの何十倍も速くすすむはずの頭の中の計算を手の動きが制限することになるからだ。

ここに示した図も、特に日本人によくわかるものを選んだ。この図の中に五十の顔を見つけることができれば、その人はもう周りに自分より頭のよい人を見出すことが××××××××見つけることができれば、どの国の一級の研究機関に勤務しても十分に通用する素質を持ったも同然××××××××

重大な注意点がある。あまり幼少のころから巨人を解き放つ訓練をすると人格に悪い影響があるかもしれない。理由はわからない。成人してからでも十分巨人を解き放つ方法は有効××××××頭の中に、巨人を理解し監督できる部署が十分発達してから巨人を解放するのが無難なようである。

以下解読不能」

「スペリーの発見より十年は早いな。それにずっと実践的だ」

加奈子の声が途切れると、善四郎は溜息まじりに言った。

「スペリーって右脳と左脳の研究をやった人？」

「ノーベル賞もらった人ですね、私も知ってるわ」

スペリーの有名な実験のことは孝史も本で読んだことがあった。六〇年代の初めにおこなわれた脳分割患者に対する実験が、右脳と左脳の機能の違いを明らかにし、右脳が空間感覚をはじめとする様々な重要な脳の働きを司っていることを解明するきっかけになったのだった。

「康一郎さんが巨人と言っているのはおそらく主に右脳に関係する脳の働きのことだな。右脳と左脳の機能の違いは、康一郎さんはもちろん気が付いていなかった。康一郎さんが生きている時にはそういうことはまだ世の中に知られていなかったからな。しかし、康一郎さんの考えた実践的に右脳を活性化する方法は、今でも画期的な意味を持っているはずだ」

「だから、彼らはこれを欲しがったんですね」

「そうらしいな。どうやら、康一郎さんはチェッカブル・イメージの概念を知っていたようだ」

「チェッカブル・イメージって何でしょうか」

「これは右脳をトレーニングする時の重要なポイントとして最近注目を集めている概念なんだ。頭に鮮明なイメージを浮かべることが右脳の活性化に非常に関係があるのだが、イメージというのは一般に白黒がはっきりせん。それが正しいかどうかチェックが難しいんだ。右脳をトレーニングするためには、チェックできるイメージを見つけることが先決じゃ。これがなかなか難しい。しかし暗算などは見事な例じゃ。自分の思い浮かべたイメージを中断せずに正しいものに向かって修正していくことで、イメージを思い浮かべる力は強まっていくんだ。それから、右脳トレーニングが、空間的な感覚や創造性を高めるという話は今では知られているが、論理的な思考にも大いに威力を発揮するというのは、康一郎さんの発見だな。それから右脳は膨大な記憶を易々と蓄えられることの発見も康一郎さんの功績だな。最近、右脳はすばらしいデータ・ベースを備えているのではないか、と言われはじめた」

すごいわね、と溜息をついて、加奈子はあらためて画面に目をこらした。

「最後の部分は、多分、あれは豊彦君のことだろうな、ずいぶん早くから豊彦君はトレーニングしたんじゃないだろうか」

「そう言えば、母は、お祖父ちゃんが時々豊彦さんを散歩にさそったって言ってました。親子の散歩なんて珍しくないのかもしれませんが、母がいっしょに行こうとすると、お祖父さんが恐い顔で怒ったそうです」

「ところで、おじ様、この最後に書いてある図ってどういうものかしら？　何かついてたのかしら、この後に」

「それが問題なのだ」

善四郎は太い首の後ろに手を回した。

「あれはなかなか描けん。線ではなくて濃淡の点で構成されていた。絵だが、何が描いてあるのかわからん。見ているとイライラするようなものだった。でもとにかく描いてみるかなあ」

善四郎は首をひねりながら迷彩模様のような絵を描きはじめたが、満足できるようなものはできないようだった。加奈子は善四郎の描いた絵をじっと見ていた。何かを思い出そうとしているような目つきだった。

昼食後、孝史の脳の精密検査がおこなわれた。結果は異常なしだった。結果を聞いて善四郎はひどく安心した様子を見せた。善四郎は気がゆるんだのか、ベッドの上に横たわり大きな鼾《いびき》をかき始めた。

それを見て、加奈子は孝史にささやいた。

「ねえ、ちょっと私と外出しない」

「どこへ」

「友だちのうち。そんなに遠くじゃないわ。車で行けばすぐよ」

「こんな時にですか」

「さっき、おじ様が描いていた絵、私、見たことがあるの」

「本当ですか」

「ええ、それが友だちの家なの。さっき電話してみたら、そっと来てくれれば見せることはできるそうなの」

「何でそっとなんですか」

「門外不出の書というかタペストリーというか。まあ家族以外の人間には見せないことになってるのよ」

「でも、前に見たんでしょ」

「ええ、それは子どものころ。その友だちの家でかくれんぼしていて、たまたま奥まった部屋の重い扉を開けたの。とっても重かったわ。まあ私だから開けられたのかもしれないけど」

「何か見えた？　そのタペストリーの中に」

「いいえ、何も」

「行ってみようか、その家に」

「一緒に行ってくれるの？　私、嬉しいわ」

加奈子の目が輝いた。

加奈子の運転する車が園部というその友人の家に着いたとき、孝史は啞然《あぜん》とした。

「これ、本当に一軒の家なの？」

「そうみたいよ」

木々に埋もれて向こうまで見えないが、門から左右に広がる塀の大きさは並のものではなかった。加奈子は車を塀にそって進め、目立たないところに止めた。

園部裕子に案内されて加奈子と孝史は三階の奥まった部屋に入った。小さめの洋風の部屋だったが、普段は使っていないのか黴《かび》臭い匂いがした。

「ここなのよ」

裕子が部屋の隅にある大きな引き戸に手をかけた。重そうな一枚板でできた戸が軋みながら開いた。覗き込むと、一メートルくらい先に壁があり、その壁いっぱいに大きなタペストリーが掛かっていた。

「入ってて。私、ちょっと飲みものとってくるから」

加奈子と孝史は中に入った。裕子はまた苦労して戸を閉めた。

二人はタペストリーを見上げた。真っ暗な海の中に血の色をした無数の島が浮かんでいるように見えた。どれも奇妙な形の赤い島の中には大小の黒い斑点があった。一つの島に注目すると、それは急に大きく見え、今度は血の海の中に黒い島が散らばっているように見えた。

「人の顔だわ、能面のように見える」

「どこに」

「左上の二つ縦にならんだ黒い点が目よ」

「そうかな」

「その下は恐い顔だわ。阿修羅《あしゅら》っていうのかしら。遠目でぼんやり見るようにするのよ」

「あっ、僕にも見えてきた、でもそれは、もっと大きな逆さの顔の一部にも見えるね」

　孝史は頭の奥が痺れていくような不思議な感覚に襲われた。普段使っていない頭の部分がさかんに動いているといった感じだった。閉めきった空間はとにかく暑くて長く居られなかった。孝史は引き戸を開けて外に出た。加奈子がついてきた。

「どうだった？　見えたかしら」

　裕子が、コップに入れた冷たそうなカルピスを盆からテーブルに移しながら聞いた。二人は同時にコップを手に取り一気に飲みほした。

「ええ、見えたわ。不気味な能面のようなものが」

「ねえ、もしよかったら、これどうしてここにあるか教えてもらえないでしょうか。実は僕のお祖父ちゃんが原図を作ったものだと思うんです」

「そうね。私も、これについては詳しいことは聞いてないの。母の話では、祖父が大変なお金をつぎ込んで作ってもらったみたい。家宝にするつもりだったようね」

「特注だったから高いんだろうか」

「それだけじゃなくて、秘密を守らせるためにたくさんお金を使ったみたい」

「ねえ、あなたのお父さん、昔、家庭教師についていたことありませんか？」

「ええ、聞いたことがあるわ、そのころうちに住み込んでいたお手伝いさんから。でもそれは短い期間だったみたい」

「ひょっとしたら、その家庭教師が僕の祖父かもしれない。祖父は何か特別なことを教えていたらしい。だれもが持つ潜在的な力を引き出すような方法のようなものらしいんだ」

「私、思い当たることがあるわ」

　裕子が目を輝かせた。

「何なの」

「父と母は中学の同級生だったの」

「そうなんですってね」

「そのころ、母は父のことなんか、バカにしてたみたい」

「どうして」

「だって母の方が何でもよくできたんですもの」

「ねえ、裕子のお父さんって弁護士だったでしょう」

「そう」

「弁護士って、いろんなことを記憶しなければならないわよねえ」

「そうなの、母も『いったいどこであの人変わったのかしら』って首を傾げていたわ」

「年齢からすると、お父さんが中学か高校の時、僕の祖父が教えたんだと思います」

「そう考えるとつじつまが合うわね。でも急に頭をよくするなんてこと、できるのかしら」

加奈子はそう言って、コップに残った氷を噛み砕いた。

「さあ、それはまだ僕にもわからない」

「あのタペストリーは、父が司法試験に受かった記念に、おじいちゃんがあつらえたみたい」

「秘密にしなくちゃいけなかったんだろうか」

「たぶん、あなたのお祖父様との約束があったんじゃないかしら」

「これ、いつごろできたの」

「私の生まれる五年くらい前かしら」

「じゃあ、うちのお祖父ちゃんはもう亡くなってるな」

「そうすると約束じゃないみたいですね」

裕子は首を傾げた。

「大変なお金をかけて秘密にするということは、やはり凄く効果あるのかもしれないな」

表でクラクションの鳴る音が聞こえた。

「ねえ、兄が帰ってきたみたい。ちょっとここにいてはまずいわ」

「それじゃ、そろそろ失礼するわね」

「裏から出てくれない」

「ええ、わかったわ」

加奈子は手を胸の前でひらひらと振った。

屋敷の裏の木戸を出て、車のあるところに戻った。車を発車させようとした加奈子が頭を抱えた。

「何だか頭が痛いの」

「奇妙な絵を見つめすぎたからだよ」

「天才になる前兆じゃないかしら」

加奈子は冗談めかして言った。

「運転、代わろうか」

「あなた、運転免許証持ってきてないでしょう」

「まあ、そうだけど」

「大丈夫、それにここは坂が多いから、案外難しいの」

「じゃあ、まかせるよ」

大きな交差点を過ぎて、プラタナスの街路樹が美しい通りに出た時、加奈子の足元に置かれたバッグから携帯電話の着信音が聞こえた。加奈子は車を道の端に止めてから、バッグを開け携帯電話を取り出した。

「えっ、模様が消えた？　どういうこと、それ」

「私たちが行ったすぐ後なのね」

「行った方がいいかしら、私たち」

「ええ、わかったわ。とりあえず病院にもどるわ」

携帯をバッグにしまうと、加奈子は車を発進させた。

「何だって、模様が消えたって」

「そう、私たちが帰ってから、彼女もう一度あのタペストリーを見に行ったんですって。そうしたら、へんな臭いがして、タペストリーの模様が全部消えていたんですって」

「不思議な出来事だね、誰かが忍び込んで薬品でもかけたんだろうか」

「そうだとすると、すごいプロフェッショナルの仕業ね」

「僕たち、裕子さんの家に戻ったほうがいいんだろうか」

「今は家中混乱してるから、来てくれるなって言ってたわ。とりあえず病院に戻りましょうよ」

「ねえ、あのタペストリーを持ち去らずに、模様を消したということは、彼らにはあのタペストリーは必要じゃない、ってことだよね」

「そういうことになるかしら」

「ということは、かれらも解読をすませた、ってことだね」

「そんなに簡単に解読できないと思うわよ、私、古文書解読ではかなりのものなのよ」

「しかし、僕たちが、あの家に行ったのを彼らは知っていた。ということはずっと僕たちを監視していたことになるし、盗聴だってやってたかもしれない」

「だとしたらどうなのよ」

「もし、彼らが解読をすませたか、あるいは僕たちの会話を盗聴していたとして、それが十分彼らの役に立つものだとしたら、それを独占したがらないだろうか？」

「ひょっとしたら、あれを知っている人間を亡き者に……」

「かもね」

「恐いわ、私」

「まさか、でもとにかく善四郎さんが心配だ」

「そうね、急がなくちゃ」

加奈子はアクセルを踏み込んで車のスピードをあげた。


病院の駐車場に車を止めると、二人は転げるように病院の中に駆け込んだ。ピンク色の制服を着た受付の女性が何事が起こったか、というような顔をして二人を見送った。

「階段の方が早いのよ」

エレベーターに駆け寄ろうとした孝史の腕を加奈子が引っ張った。加奈子が先に立って階段を上り始めると、鉄製の階段がユサユサと揺れた。

ドアを開けて二人は部屋になだれ込んだ。善四郎はまだベッドの上で寝ていた。

「まさか死んでるんじゃないだろうね」

孝史が息を弾ませながらベッドに近づいた。

加奈子は大急ぎで善四郎の脈をとった。医者の娘だけあって、脈のとり方は慣れているようだ。

「大丈夫みたい」

加奈子はほっとした表情で孝史の方を振り返った。

「お、おー」

と声をあげて善四郎が目を開いた。

「おお、こりゃすっかり眠ってしまったようじゃ」

善四郎はベッドの上に起き上がった。禿げた頭を取り巻いた白髪が乱れていた。

「実はね、僕たちタペストリーを見に行ったんだ」

「何のことだ」

「お祖父《じい》ちゃんが、書き残した絵みたいなものがあったでしょう。中に人の顔が見えるってやつ」

「ああ、ワシがどうしてもうまく描けなかったやつだな」

「あれと似たものが、この近所にあるって彼女が言うから」

「それは凄い、見てきたのか」

「ええ、この壁いっぱいくらいあって、迫力満点でした。僕には断末魔の苦痛にゆがんだ顔が見えました。中国での虐殺に関わる図なのかもしれませんね」

「でも、どうしてそこにあったんだ」

「お祖父ちゃん、昔、神戸で家庭教師していたんでしょう」

「ああ、そうだ」

「たぶん、その時教えていた生徒が、あの絵を再現したんだと思う。そのお父さんが大金を出してタペストリーにしたみたい」

「いや、ワシもぜひ見てみたいな」

「それが、私たちが見たすぐあとに、何者かが薬品をかけて図柄を消したそうです」

「何という事を」

「どうやら、僕たちはまだ監視されているようです」

善四郎は、そうか、と言って考え込んだ。

「どうしたら、みんなの安全が守れるかな」

「やっぱり警察に連絡した方がいいでしょうね」

加奈子は心配そうな顔をした。

「とりあえず、ホームページかなんかで公開してしまうか。そうすれば、世の中の人が知ってしまうから、私たちを襲っても何の役にもたたないからな」

善四郎が言い終わらないうちに、加奈子は窓際の小さな机のところに行ってノートパソコンのキーボードを叩き始めた。ノートに書き取った「蚯蚓の書」の訳文をパソコンに入力しているのだ。

加奈子の逞《たくま》しい手が撫でるようにキーボードの上を行き来した。

画面上に二つの窓が開くと、加奈子は左側にあらわれたファイルを右側に移す操作を繰り返した。孝史と善四郎は加奈子の肩ごしに画面を覗き込んだ。

「じゃあ、確認」

加奈子はｅのマークをデザインした小さな絵をクリックした。いきなり、加奈子のホームページがあらわれた。二つに区切られたページの左側の一番上に「藤川康一郎氏の論文を掲載しました」と書かれた赤い文字がよく目立った。その文字をクリックすると、加奈子の訳した日本語があらわれた。

「次はメールね」

加奈子はマウスを動かし、画面にあらわれた矢印を小さな封筒の形をした絵のところに持っていって、クリックした。

「面白い物が手に入ったので、私のホームページに載せておきます。とびきり頭がよくなる方法、とでも言えばいいのかしら。まだ私もためしてないんだけど、興味津々です。とりあえず見て！　加奈子」

加奈子はそう書いてから、画面にあらわれたアドレス帳のメールアドレスを次々に宛先の欄に放り込んでいった。加奈子は「送信」のマークをクリックすると、大きく息をついた。

「これで少なくとも私の友だちはあの文書を読むと思うわ。もう秘密でも何でもないわね」

「僕も送ろうかな」

「ええ、使って、これ」

「ああ、ありがとう」

孝史はキーボードを叩きはじめた。

「ねえ、これ、僕のメールアドレスにして送れないかな」

頭の中に覚えている宛先を次々とタイプしながら、孝史は訊いた。

「このメールシステムはそういうことはできないの、だからこうするしかないのよ」

そう言って加奈子はマウスを取り上げ、素早く送信ボタンを押した。

「あっ、そんなことしたら、君のメールアドレスから送ったことがわかるじゃないか」

「いいじゃないの、緊急なのよ、今は」

「わかったよ、どうせもう送られてしまったんだから」

孝史は加奈子からマウスを取り返し、メールの画面を閉じた。

病院の屋上からは六甲山がよく見渡せた。孝史と加奈子はしだいに色彩を失いつつある稜線を見上げていた。稜線につらなる小さな建物からは、白い明かりが漏れていた。

「さっきのメール、反応があったんですか」

孝史は手すりに腕をのせ、気になっていることを口にした。

「ええ、あったわよ。高校の友人からの返事が多かったわ。大学で心理学なんか専攻している人もいるから興味があったみたい。あなたの方のメール、あれ誰なの。長いメールだったみたいね」

「ええ、ナガイってやつからです」

「大学の人？」

「ええ、フランス語のクラスで一緒のヤツ」

「やっぱり経済学部？　その人」

「いいえ、医学部です」

「じゃあ、頭いいのね、きっと」

「ええ、医学部の中でも特別だそうです。それから語学がすごいんです」

「何て言ってた、その人」

「自分はそういうトレーニングはやったことがないけど、自分の頭の中では、あそこに書いてあった巨人が活躍しているような気がする、って言ってました。それから、自分がやってきた語学の特殊な勉強法は、巨人に仕事を引き渡すための手続きだったような気がするって。彼も右脳と左脳のことは知っていて、左脳が牙城としている言語関係の仕事の一部を右脳に引き渡すにはすごく時間がかかったのではないか、って。何せ半年も中学の英語の教科書をお経のようにとなえるんですから。やさしい文章でないといけなかったのは、複雑な文章の苦手な右脳が覚えるためだったんだろうって書いてきました」

「おもしろいわねえ」

「レオナルド・ダ・ヴィンチが、壁のシミをいろんなものに見立てるトレーニングをしたというのを、彼の伝記で読んだことがあるそうです」

　加奈子が頷いて手すりにもたれかかると、手すりがしなった。二人は慌てて手すりから離れた。


　神戸から京都に向かう快速電車に乗り込むと、孝史と善四郎は二つ並んだ席に腰をおろした。どこまでも続く白い街並みが、後へ後へと飛んでいった。善四郎は居眠りをしていた。

　大阪を過ぎてしばらくしてから、善四郎は目を開け、小さな声で孝史に話しかけてきた。

「大変な目にあわせてすまなかったな」

「いいえ、そんなことはいいんです。私にも責任がありますから」

「まあ、一件落着だ」

「でも、なんだかまだよくわからないところがあります」

「何でも訊いてくれ、これからも何かが起こるかもしれん。ワシの知っていることはみんな伝えておかんとな」

「結局、豊彦伯父さんは誰に殺されたの」

「ああ、これは推測だが、豊彦君は殺されたわけではないと思う。豊彦君が康一郎さんから教えられた『巨人』を解き放つ方法をどうしても知りたいと思った連中が、豊彦君を人里離れたところに監禁して責め立てたんだろうな。隙を見て豊彦君は逃げ出して崖から落ちたんだと思う。まあ、これも殺されたと言えば殺されたことになるんだろうが。その後、彼らがあんなに康一郎さんの書いたものを探しまわるということは、豊彦君から得た彼らの知識が十分じゃなかったことを示しているんだろうな」

「同じ頃、日本人の二世が亡くなった話があったけど」

「あっちは多分、殺されたんだろうな。気の毒に。その人はきっとテストに使われたんだ」

「テスト」

「そうじゃ、豊彦君が部分的にあかした『巨人』を解放する方法を、やつらが試してみたんじゃ」

「うまくいったんですね、きっと」

「そう、やつらが驚くくらいにな。彼らはわざわざ、高等教育を受けていない人を選んだんだろうな。その方が効果が計りやすいと思ったんだろうて。もう一つの理由は、その人が日本人の二世で、豊彦君があかした方法を試してみるには好都合だったんだろうな」

「殺さなくてもいいのに」

「そうじゃな。多分、その二世の人は、自分の変化が嬉しくて、あちこちに触れまわったんじゃろ」

「そういう風に公になることが、彼らには都合がわるかったんでしょうね、きっと」

「そうだ、むごいことをする連中じゃ」

「お祖父ちゃんを酷い目にあわせたのと同じ連中でしょうか」

「どうかな、ワシは違うように思うけどな」

「そうですか」

「今度のことは、いっそう大きな動きであるように思えてならん」

「彼らのねらいは結局何でしょうか」

「こう考えることはできんだろうか。日本のような国に、あるいは世界のどこかに、大量にいわゆる科学の『天才』が出現することは、アメリカにとってこの上なく危険なことなのだよ。途方もない金をかけて、アメリカは世界中から天才たちを集めている。重要な科学・技術を独占するのと同じくらい大事だと考えているんだろうな」

「でもなぜ、今頃」

「アメリカでも最近右脳のトレーニングが本格的に始まっているんだ。幼児教育もあれば、ビジネスマン向けのものもある。創造性を高めるという目的のものもある。だんだん右脳トレーニングのもたらす威力が認められてきた。そこで康一郎さんのやったことが見直されてきたんじゃないのかな、アメリカのどこかで。それに長年わからなかった康一郎さんのノートの在《あ》り処《か》もわかったから」

「康一郎さん、ずいぶん日本人にしかできない方法にこだわっていましたね」

「ああ、そうだね」

「愛国心でしょうか」

「それはどうなんだろうね。こんなことを聞いたことがある。アメリカとの戦争だったから、特務機関の人たちは骨の髄まで反米的な心情を植え付けられたそうだ。ああいう人たちはどういう状況に置かれるかわからん。一人で荒野をさまようかもしれん。いろいろな誘惑の中で自分の任務を全うしなければならない。拷問にあうかもしれない。どんな目にあっても、自分の帰属を忘れないように特別な訓練をやったんじゃろ」

「あっ、僕何かの本で読んだことがあります。一種のマインドコントロールだそうです」

「そうだ。生涯それを抜くことができないほどの強い力で訓練されたようだ」

「戦争が終わって、日本人がアメリカになじんでいった時も、康一郎さんはアメリカの悪口ばかり言っておった。おそらく、自分の発見した方法をアメリカに取られてたまるか、と思ったんだろうな」

「本当に天才がつくれるんでしょうか」

「それはわからん、しかし天才と普通の人の間に越えがたい溝があるわけでもないようだな」

「善四郎さん、あんな字が何も見なくても書けるんだから、かなりすごくなったんじゃないの」

「あれには、種がある。『蚯蚓の書』は大事でしかも危険なものという感じがしていたので、ワシは密かに何度も書き写して練習し、万一あの書が失くなってもワシの頭の中に再現できるようにしておいたのだ」

「なんだ、そうだったんですか」

「加奈子さんの前で見栄をはってしまったんだよ」

そう言って善四郎は額に手を当てた。

「しかし、あれを覚える時、ワシは不思議な体験をした。ちょうど音楽のメロディーを再現するような感じだった。いくつかの音のつながりが次の音を容易に思い出させるように、いくつかの絵のような線のつながりが次の線を楽に思い出させたんじゃ」

「そうですか、それも新しい発見ですね。人間の力ってまだ解明されてないところがあるんですね。いつか、誰もがモーツァルトやダ・ヴィンチになれる日が来るかもしれませんね」

「普通の人が天才に近づく方法が普及すれば、人類の不平等の一つが解決されるということかもしれん」

善四郎はそう言って窓の外に目を向けた。列車が京都に近づいたようだ。晴れ渡った空に見慣れた山並みが見え始めた。

「加奈子さんはいい娘さんじゃないか」

「そうですね、あんな人だと思わなかったです。それに命を助けてくれたんですからね」

「改めてお礼に来ないといかんな」

「ええ、そうですね。でも神戸の町もいいところですね。坂が多くて、少し上に上ると、海が見えて」

「昔、そう、随分昔だ。あのあたりに実家のある学生がワシの屋敷に下宿していた。性格のよい男でワシは自分の息子のように思って可愛がった。いい男だったが、自分の利益を優先させる男じゃなかった。東京に出て通信会社に入ったが、どうしているかな」

そう言って善四郎は大きな溜息をついた。

第十章　再　会

大学時代の「戦友」である八代と会う約束をしたのは、東京駅近くのホテルのラウンジであった。八代がその場所を指定したのだ。

私は時間より早く着いてしまった。どうしようか迷ったが、中で待つことにした。

黒いスーツを着たウェイトレスが窓際の席に案内してくれた。ラウンジは空いていた。ウェイトレスが注文をとりに来たので、何も頼まないわけにもいかず、値段を気にしながら私はビールと簡単なつまみを頼んだ。

コップに注いだビールを飲みながら、私は窓から見えるビルの群を眺めた。私は、八代と会うことになった経過を思い出していた。

八代の住所や電話がわからなかったので、同窓会の幹事をしている原島に電子メールで問い合わせると、折り返し返信がきた。

八代の住所、電話とメールアドレスの他に、近況まで送られてきた。C電力の関連会社をリタイアしたと記されていた。

「失礼ですが、真下さんじゃありませんか」

その声に振り返ると、そこには八代が立っていた。大学卒業以来会ってなかったのだが、一瞬で八代とわかった。頭はすっかり白くなっていたが、八代の特徴のある目と鼻は昔のままだったのである。

「おー八代か、変わってないな」

「あんたは変わってるよ」

「ああ、髪がなくなっているからな」

八代は私の向かいに腰を下ろした。さっきのウェイトレスが注文をとりに来た。

「頑張ってるみたいだな、あっちの方」

「あっちの方って何だよ」

「社会的活動だよ」

卒業以来会っていないのに、どうしてわかるのだろう。

「なんだ、知ってるのか」

「このごろはネットで何でも調べられるからな」

「そうだったのか」

「いや、俺も何気なくあんたの名前を入れて検索してみたんだ。D通信社の幹部の名簿にもないし、学会の役員にもなってないみたいだから、元気なのかって思ってなあ。そしたら憲法九条を守る署名なんかにあんたの名前が出てたから、まだやってるんだとわかった」

「あんたの連絡先がわからなかったから、申し訳なかったな」

「いや、会社に勤めとった時は、真下に連絡とられてもこっちも困る。特定者やろうから、あんた」

特定者、という言葉は久しぶりに聞いた。かつて、D通信社でも共産党員を指す時に労務関係者が使っていた言葉だ。八代も会社ではそういう言葉を使っていたのだろうか。

「今はいいのか」

「あんまりよくないけど、まあ一応会社とは切れたからな」

私は、八代と何を話せばよいのか、ふとわからなくなった。こういう時は家族のことを訊くのがよいのかもしれない。

「あんたんとこ、子どもさんは」

「ああ、男と女が一人ずつ」

八代の顔が崩れた。

「この建物、うちの息子の設計でね」

八代は自慢げに言った。八代がこの場所を選んだのはそういう理由だったのだ。

「ほう、息子さん建築家か」

「うん、独立してるわけじゃなくて、設計会社に勤めてるんだ」

ウェイトレスがビールとオードブルを盆に載せて運んできた。私はビールを追加で頼んだ。

「この辺りのビルを設計するなんて大したものじゃないか」

「ああ、この辺りの土地を持っている会社があるだろう」

「大財閥だな、日本の」

「そうそう、その関連会社なんだ」

「じゃあ、大きな会社なんだろうな」

「大財閥の持っている土地に立つビルの建替えの設計をやってる会社だ。まあ、土地を借りてるからビルの方も、おまかせ、みたいな感じになってて、けっこう自由で面白い仕事ができるみたいだ」

八代は嬉しそうに話した。

「あんたのところは」

「うん、一人息子がいる」

「お勤めか」

「ああ、新聞社だ」

「その筋の新聞社なのか」

「いや、普通の新聞社だ」

「そうか、よく入れたな、あんたの息子が」

「そうだな、ラッキーだったたな。大学のクラブの先輩が引っ張ってくれたみたいだ」

そうか、よかったたな、昔と違うのかもしれんな、と言って八代は頷いた。八代はD通信社の入社試験に落ちた時のことを思い出しているのかもしれない。入社試験はこの近くにあるD通信社の本社で行われた。

「ところで、俺に聞きたいことがあるんじゃないのか」

八代が私の目を覗きこむようにして言った。

「ああ、原発のことを少し教えてもらえれば、と思ってな。東電の発表することは当てにならんし、まあ研究者としては、危険なことは人々に知らせる責任があると思うもんだから」

「そうか、何が聞きたいんだ」

「まず、あんたのところのH原発が停止になった理由が、アメリカからの圧力だ、という話が出ているけど、それについてのあんたの見解を聞きたいのだが。もちろん個人的な見解でいいんだ」

テレビの番組の中で、元ジャーナリストで原子力安全委員会の専門委員の人が、H原発停止はアメリカからの圧力によるものだ、と発言して大きな反響を呼んだ。アメリカがH原発の停止を要求したのは横須賀基地が風下にあるからだそうだ。

「まあ、ノーコメントだな、それは」

ノーコメントということは、その可能性が高いという返事なのだろう。もし違えば「違う」とはっきり言うはずだ。

「いかにも不自然な突然の停止だった。やっぱり圧力なんだろう、アメリカの」

「まあ、俺だって、学生時代には安保条約についてはけっこう勉強した。就職してから、そんなこと忘れてたけど、原発に少し関係するようになってから、『対米従属』という言葉を実感したよ。福島の原発事故以降、アメリカの動きは目覚ましいな。一般には報道されないけど」

八代の口調が少し変わってきた。

「うちの原発は、まああんたが想像するような理由で止まったけど、これは全くの例外だ。日本の原発をゼロにしようと思ったら、物凄いものと闘っていかなければならないんだぜ」

「ああ、それはわかっている」

私は、研究所の先輩である共産党員の片倉が「日本の原発を廃止しようとする動きに対しては、アメリカは全力でそれを阻止してくるだろうな」と語ったことを思い出した。

「じゃあ、もう一つだけ、教えてくれないか、例のトリチウムだ」

トリチウムは三重水素と呼ばれる水素の同位体で放射性物質だった。東電が汚染水処理の切り札にしているＡＬＰＳ（多核種除去設備）を使っても、トリチウムだけは残ると言われてきた。しかし、トリチウムは事故以前から、どこの原発でもそのまま海に流してきた、と主張する学者たちが現れた。原発を運転し続ける限りトリチウムを海に流し続けることになるので、この主張は再稼働に反対する有力な根拠にもなりうるものだった。

「まあ、せっかく会ったのに、冷たい返事ばかりしても申し訳ないから、一般には知られてないけど、話しても差しつかえないこと、一つだけ教えてやるよ」

八代は声を低めた。

「トリチウムはこれまでどこの原発でも海に流し続けてきた。取り除くことができない、あるいは取り除くための設備を作ってこなかったから、まあ当然海に流すことになったんだ。もちろん規制値以下だが」

「しかし、規制値以下と言っても、トリチウムを取り除く気がないなら、規制値だって怪しいものだ。原発から出るトリチウムの量を計算し、規制値の方をそれに合わせているんじゃないのか」

八代はシーっと言って人差し指を唇にあてた。

「まあ、そこら辺は俺のようなものにはわからん。放出しているトリチウムが多いか少ないかは、あんた自分で判断してくれ。とにかく今止まっている原発が再稼働すれば、とたんにトリチウムを海に放出し続けることになるんだ。加圧水型の原発は沸騰水型の原発より十倍くらいトリチウムを放出している」

　そう言って八代は、原子力施設運転管理年報という政府刊行物に類する文書の存在を教えてくれた。

「原発のことは、これ以上聞かんでくれ。うっかり喋るとこっちが危ない」

「わかった、わかった。じゃあ、原発じゃなくて、これまでの生活だ。あんた、電力会社でどんな生活してたんだ。大変だったろう」

「まあ、電力会社というのは、聞きしにまさる労務管理やった。ものすごいスパイ網もあった」

　八代はオードブルを口に運んだ。

「まあ、あんたに話せることは少ないけど、ちょっと面白いことがあった。面白いってことはないな。俺にとっては苦い思い出でもあるんだが」

　八代はそう言って話し始めた。

　俺が入社して数年たったころだったかな。本社にいるときだった。俺が尊敬している先輩から妙なことを言われたんだ。二人きりになったときだった。その人は遠回しではあるが、選挙で共産党の候補に投票してもらえないか、と言った。もちろん共産党という言葉は使わなかった。候補者の名前を言ったのだが、俺はその人が共産党から出ていることを知っていた。俺は驚いて、聞き返した。その人は、慌てた様子で口ごもりながらも、もう一度、その人の名前を口にした。

　その時、俺がとっさに考えたことは、これは罠だということだった。その人は地元の国立大学の出身で、私たちの間では将来、この会社を背負って行く人ではないかと噂されていた。

　俺が罠だと思ったのは、この会社の労務が、よくそういう手を使うと聞いていたからだ。たとえば、怪しいと睨んだ人が、「赤旗」新聞なんかを購読していないかどうかを確かめるために、「赤旗」の配達員を装って「新聞が届いてますか」と電話をかけることがある、と聞いていた。

　それで、俺は、その先輩に「聞かなかったことにします」と返事をした。先輩は驚いたように俺を見つめたんだ。今、考えると、罠なんかじゃなくて、その先輩は俺を見込んで「この人なら大丈夫そうだ」と感じてくれたんだろうな。それから、その先輩はそういう話は一切しなくなった。その人は本社でまあ偉くなったけど、その人の実力からすれば、もっと偉くなってもいい人だったな。

私がビールを注ごうとすると、八代はウイスキーにする、と言ってウェイトレスを呼んだ。

「さあ、もっと楽しい話をしよう。何十年ぶりかで会ったんだから」

八代は、そう言って、自分のリタイア後の生活を話し始めた。二つのカルチャーセンターに通っているのだそうだ。

八代はほとんど食べ物を口にせず、ウイスキーをあおった。私もビールを飲み続けたが、酔いは回ってこなかった。

「さあ、そろそろ帰ろうか」

私がそう言うと、八代は体の動きを止め私を見つめた。

「おまえはー偉い、偉いなあ」

ろれつの回らない言葉で、八代が言った。

「偉いって何が」

「信念を曲げずにこの歳まで頑張って」

「まあ、仲間に恵まれたんだな、僕は。それに、弾圧の中で闘って生きていくって、どんなに大変なことかと思ってたけど、実際にやってみたら、そんなに恐ろしいことじゃない。愉快なことや楽しいことの方が多かった」

「でもなあ、俺だって、あんな会社の中で、何とか良心的に生きようとしてきたんだ、お前だけが偉いんじゃないいんだぞ。まあ、わかってくれなくてもいいんだが」

「わかってるよ」

「本当にわかってるのか」

「ああ、わかってる。だからこれからも俺とつき合ってくれ、昔みたいに」

そうか、と言って八代は立ち上がって手を差し出したが、体がふらついて仰向けに倒れた。

「おい、大丈夫か」

私は八代を抱き起こし、腕をつかんで立たせた。

「さあ、帰ろう」

私がそう言うと、八代は大きく頷いた。レジで支払いを済ませてもどると、八代は床の上に座り込んでいた。八代の脇に頭を入れて、体を支えるようにして歩き始めると、八代が耳元で囁いた。

「こんな風にして、病院に連れていってもらったことがあったな」

一緒に自治会活動をやっていた時に、「全共闘」の学生の投石を背中に受け、八代が動けなくなったことがあった。その時、同じクラスの活動家の今津といっしょに目立たぬように大学の裏口から出て、八代を病院に運んだ。今津はその後、Z重工の関連会社の重役になった男だ。今はリタイアして「子ども会」をやっている。

「苦労ばっかり多くて、結局、大して偉くなれんかったな」

八代はため息をついた。

「まあ、偉くなった方じゃないか」

「会社での人生がこんなもんだとわかっていたらなあ。何も知らなかったからな、あのころは。ただ貧乏な生活に対する恐怖感みたいなものばかりが頭にあった」

会社に入ったら活動をやめると決めた時のことを言っているのだろう。

「結局おまえの方がいい人生を歩んだようだな」

「そうか、そう思うならこれからでも遅くないぞ」

私がそう言うと、八代は大きく首を横に振った。

「奥さん、大事にしろよ」

エレベーターの前に来ると、八代は大きな声を出した。

八代と話をした数日後、私は自宅から庄司に電話をかけた。八代のことを報告しておきたいと思ったのだ。私は八代の教えてくれた本の事を話した。

「そうか、八代が原子力施設運転管理年報のことを教えてくれたのか」

「あんた知ってたのか、その年報にトリチウムのことが載ってるらしい」

「ああ、その本のことは知っている。でも、八代が教えてくれたことには意味がある。分厚い大きな本なんだぜ」

「八代なりに気をつかってくれたんだろ、僕に」

「まあ、よかったな。関係回復の第一歩だな。俺の方もあんたに刺激されて、昔の『戦友』に連絡とってみた」

「そうか、それはよかったな」

「思わぬ反応もあった」

「どんな」

「出世コースを歩いてリタイアした男に電話して、思い切って『しんぶん赤旗』を勧めたら、『毎日のやつ、読んでるよ』って言ったなあ。自宅配達じゃないようだな。どうやって読んでるんだろう。それから、別の男だけど、これも会社でそこそこ偉くなったんだが『大きな声じゃ言えないが、これでも籍はあるんだ』と言ってたな。今も党員だということだろう」

「そうか、いろんな形でつながってるんだな」

「まあ、いい話ばかりじゃない。あんた、まだそんなことやってるのか、中国を見ろ、中国を、という男もいた。その男と、今度会うことにした」

「そうか、よかったな。さすが庄司、難しい男と会うんだな。僕も、八代とはこれからもつき合っていきたいと思ってるんだ」

「みんな安倍政権には非常に危機意識を持っていたよ。さっきの中国嫌いの男も含めて」

庄司の声が高くなった。

「そりゃ、今の情勢見れば危険が目の前に迫っていることはみんな感じるはずだ」

「いよいよ反ファシズム統一戦線じゃないか、っていう男もいたよ」

「昔、勉強したな、反ファシズム統一戦線は」

学生のころ、ヨーロッパにおける反ファシズムの闘いについて勉強した。社会科学の文献や文学作品で学んだのだが、ファシズムに立ち向かう国民の勇気と連帯に感動した。

「ところで、また、福島の温泉にいかないか」

「この前のところはなかなかよかったじゃないか」

「そうか、またあそこにしよう。正月明けに、あの温泉に行ったんだが、とても面白いことがあったんだ」

「何だ」

「それは、向こうに行ってから話す。お楽しみだ」

「わかった」

「じゃあ、メールで日程の調整をしよう。宿の予約は任せてくれ」

そう言って庄司は電話を切った。


その日、独身寮を訪れた私を、笠谷は自分の部屋に招き入れた。行くことを知らせてあったせいか、部屋の中は整っていた。

「今、お茶をいれますね。何がいいですか」

「ああ、ありがとう、でも何があるの」

「コーヒーか紅茶ですが」

「じゃあコーヒーをもらおうか」

笠谷は戸棚からコーヒーの豆の入った缶を取り出した。

「いつもすまんな、インスタントでいいのに」

申し訳ないと思って私はそう言った。

「ええ、インスタントは置いてないんです」

笠谷はそう言ってアルミ缶からコーヒー豆を掬って電動ミルに入れた。笠谷がスイッチを押すとモーターが唸り、シャリシャリと豆を砕く音が聞こえてきた。

「『内なる巨人の解放』ものすごく面白かったです。あれ、やってみましたよ、逆さまにして描くやりかた。絵を描く上で自分が自然にやっていたことが理論化されているように思いました」

笠谷は粉になったコーヒーをフィルターに移しながらそう言った。

「そうか、何かの役にたってくれれば、こんなに嬉しいことはない」

「吉川君も面白かったって言ってました。よろしく伝えてくださいとのことでした」

「彼、今日はいないの」

「今日は出かけています」

「仕事？」

「いえ、彼、晴海埠頭に行ってます」

「船に関係してるの」

「ええ、彼女が調査船に乗ってるみたいなんです。船が着いたんで出迎えです」

「調査船って？」

「ええ、海洋科学の研究をするための大学の調査船なんですけど」

「福島沖で海底の泥を採取して放射性物質を分析しているニュースをテレビで見たことがあるな」

「ええ、多分その船だと思います」

「彼女の話では、第一原発の沖では異常に放射性物質の濃度が高いところが所々にあるようなんです。その原因がわからない、って首を傾げているそうです」

「そうか、吉川君の彼女はそんなことやってるのか」

「ええ、吉川君は、彼女が放射性物質を扱うのをひどく心配してるんですが」

笠谷は、サーバーからカップにコーヒーを注ぎ私に手渡した。

「ああ、ありがとう」

私はカップを受け取り、一口飲んだ。上品な苦みが口の中に広がっていった。

「それから、これは吉川君から聞いたことなんですが、彼女が『秘密保護法』のこと心配しているみたいなんです。発表できなくなるんじゃないかって」

「ああ、発表できないだけでなく、調査そのものもできなくなるかもしれないな」

「おかしなものが決まってしまいましたね。真下さんたち随分反対なさっていましたが」

私たちは、連日のように門前でビラを配ったり、集会への参加を呼びかけたりした。

私は、法案が通ったあの日、日比谷野外音楽堂で開かれた集会に奈津といっしょに参加した。デモは深夜に及んだので、奈津の実家に泊めてもらった。

奈津の実家には長男の和彦も泊まりに来ていた。野外音楽堂の集会に参加したと話していた。新聞社に勤める者として見過ごすことができない、という気持ちになったのだそうだ。

「私たちの研究所でも大いに関係あるよ」

「とにかく通信関係の研究は全部あぶないですね」

「しかし、野外音楽堂の集会は心強かった。弁護士会を代表する人が、もし、この法律で訴えられる人が出たら、千人の弁護団を組織して闘うって言ってたな。闘いはこれからだよ。そんなに簡単に実行できないはずだ」

「そうですよね。あんなものに怯えて暮らさなくちゃいけないなんて馬鹿げてますもんね」

笠谷はそう言って頷いた。

「組合でも本当は秘密保護法に反対して、何か行動すべきですね。僕たちの研究にも大いに関係してくるんですから」

「そうだね、笠谷君たちが頑張って組合がそういう風に動いてくれるようにしなくっちゃな」

「私なんか、だめですよ、やっぱり真下さんなんかがバシッと言ってくれなくっちゃ」

「でもなあ、笠谷君、私はあと半年でリタイアだ。後は、君たちがやってくれないとなあ」

「えっ」

　笠谷が叫び声にも似た声を出した。

「いや、まいったな、そうなんですか、真下さん、研究所から居なくなるんですか」

　笠谷は明らかに気落ちした顔つきになった。

「もっと居たいのは山々なんだが、六十五歳以上は再雇用の契約は更新されないんだ」

「じゃあ、もう真下さんたちと会えなくなるんでしょうか」

「そんなことはない。それは君次第だ。これからもお付き合い願いたいし、何よりも私たちの取り組んできた活動に加わってほしいな」

　そうですか、と言って笠谷は考え込んだ。

「僕は、真下さんのように弾圧に抗して自分の信念を貫けるかどうかわかりません。自分がそんなに強い人間だとは思えないんです。でも、真下さんたちがやってこられたことは、誰かがやらなくてはならない大切な仕事だと思っています」

　そうだ、そうなのだ、笠谷君、偉いぞ。

　私は、もしかしたら笠谷が私たちの隊列に加わってくるのではないか、と思った。

「研究所の中もそうですが、今の社会の状況を見ると、これはほってはおけない、自分も何かしなければならないって、やっぱり考えます。自分のそういう思いを一番確実に実現するには、自分は何をすればよいのか、どういう人たちといっしょに行動すればよいのか、ずっと考えてきました」

「そうか、やっぱり笠谷君だな」

　笠谷は恥ずかしそうな顔をした。

「それに、僕は、真下さんや、片倉さんや源さんのような人たちの間で、生きてみたいものだと思ってきました。そうすれば、きっとすごく幸福な人生が送れるような気がしたんです。もちろん精神的な意味なんですが」

　笠谷の言葉に、私は耳を疑った。これは私たちの仲間になってくれるということではないだろうか。本当に笠谷が、今、そんなことを言ったのだろうか。もう一度その言葉を確認したかったが、聞き返すのがこわかった。

　そう言えば、笠谷は、源さんの見舞いに行った時、

「でも、そっち系の人たちの間には、独特の温かい

付き合いがあるんですね」

と言った。そっち系というのは、共産党の人たちという意味だった。高校の教師をしていた源さんを見舞う教え子の様子や、片倉が源さんに接する態度を見て発した言葉だった。笠谷はそういう人間関係に強く惹かれる男なのかもしれない。

とにかく、今の言葉を確かめておかなければならない。もし、ここで聞いておかなければ、折角の笠谷の思いを見逃すことになるかもしれないのだ。

「じゃあ、私たちと一緒に世の中を変える運動に加わってくれるんだな、そう受け取っていいんだな」

私が弱気になりかかる自分の心を叱咤してそう言うと、笠谷は黙って頷いた。

高揚し、舞い上がろうとする気持ちを抑えるのに私は苦労した。落ち着け、落ち着け、長い間、この時のために笠谷と接してきたのではないか、それが急に実現しそうになったからと言って、何をうろたえているのだ、と私は自分に言い聞かせた。

第十一章　庄司博士の語ったこと

私と大学時代の友人である庄司が、福島の海岸にある温泉施設を再び訪れたのは、春の日差しがようやく温かく感じられるころだった。

遮るものなく太平洋が見渡せる大きな風呂に入ってから、私たちはレストランで食事をとった。

「先生、ようこそいらっしゃいました」

フリルのついた菫《すみれ》色のブラウスを着た若い女性が注文をとりにきた。この女性とも、庄司は顔なじみのようだ。

「今日はお客が多いね」

「ええ、おかげさまで」

「この前はすいてたね」

「ええ、お正月明けでしたから」

庄司は、メニューを私に渡したが、「適当に頼む」と言って私はメニューを返した。庄司はメニューを見ずにビールとつまみと刺身定食を注文した。

ビールが来て乾杯をすると、庄司は声を低めて話しはじめた。

「面白いものが手に入った」

「なんだ」

「イチエフ沖の地層図だ、学会の非公式の研究会で手に入れた」

「ほう、何か役に立つのか」

「イチエフの下を通っている地下水の中でも、その出口が沖にあるものもある。そこに湧き出す地下水がすでに汚染されている可能性だってあるんだ」

イチエフ沖の海水から検出される放射性物質の濃度が下がらない、という研究発表を見たことがある。事故直後に高濃度の汚染水が大量に海に放出された。放射性物質の濃度は、海水の循環と拡散によって減衰のカーブを描くはずだが、それが減衰しきらず、いわば「高止まり」の状態になっている、というのだ。つまり、その後も継続的に福島第一原発から放射性物質を含む汚染水が海に放出されていることを疑う論文であった。

「そうかそれは面白そうだ、今、持っているのか」

「持ってこようと思ったんだが、まあ、あんまり持ち歩いて紛失しても困ると思って、今日は持ってこなかったんだ」

「そうか、ぜひ見せてほしいな」

「じゃあ、コピーを送るよ」

庄司の話を聞いて、私はふと思い当たることがあった。

私は、笠谷が「福島沖の海底の放射性物質の濃度にムラがある」と言っていたのを思い出した。笠谷は同僚である吉川の彼女からそう聞いたのだ。調査船に乗っている彼女の測定データとつきあわせれば、何か解るかもしれない、と私は思った。

食事を終えると私たちは部屋にもどり、窓のそばにある籐《とう》椅子に座って向かい合った。

「ところでな、俺、少し前に面白い体験をしたよ」

「何だ。まだ面白いことがあるのか」

「俺、正月明けにこの宿に来た時にも、この部屋に泊まったんだ」

「偶然なのか」

「いや、この部屋は、海の見える角度がとてもいいんだ。それでまあ、今回も部屋を指定したんだが」

「面白い話ってなんだ」

「ちょうど、こんな具合に、向き合って、俺は見知らぬ老人と話したんだ。少し深刻な話を」

「見知らぬ人をよく部屋にいれたな。大丈夫なのか」

「ああ、まあ人のよさそうな老人だった。見知らぬと言っても、紹介があったんだが、訳あって身分を明かせない人だった」

「どこかの偉いさんなのか」

「おそらく中小企業の創業者なんだろう」

「原発がらみなのか」

「そうなんだ。まあ、こういう話だ。聞いてくれ」

庄司は海に目を投げて話し始めた。


その日、俺はこの宿で見知らぬ男と会うことになっていた。

男と会うことになったのは、和田が頼んできたからだ。和田のことは前に話したな。うちの会社にいた若手の技術者なんだが、出向で福島第一原発の水処理システムで働いている男だ。福島のリンゴ農家の出身だから、原発の収束作業に体を張って頑張っている。

「ぜひとも庄司さんにお会いしたい、という人が居るらしいんです」

その時、和田は深刻な顔つきで懇願するように言った。和田が直接知っている人ではないようだ。

「どういう人だ」

「中小企業の偉いさんだと聞きました」

「ヘッドハンティングってやつだな、きっと」

と俺は茶化した。和田の気持ちを和らげたいと思ったからだ。俺の言葉を聞いて、和田は手で口を覆ってククッと笑った。

「ありえないですよ、絶対。庄司さんを雇うところなんかありませんよ。そんなことしたら、会社も大変なことになります」

和田も笑い顔になって応じた。

「そんなことはない。きっと会社は大もうけする。笑いが止まらないだろうな。私は技術もあるし、それにけっこう人の心を掴むのが上手なんだよ」

「とにかく、そういうことじゃないみたいですよ」

和田は真面目な顔にもどって言った。

「その人は所属なんかを明らかにしたくないような

んです」

そう和田は付け加えた。

「地元の人か」

「たぶん。庄司さんがこちらに見えた時にでもお会いしたい、と言ってたそうですから」

「紹介なんだな、だれかの」

「ええ、高専の教授から頼まれました」

俺は、もちろん、素性のわからぬ人物と会うのは気が進まなかった。昔、組合の役員をしていた時、上司に紹介されて、うっかり見知らぬ人物と会ったことがある。

俺を会社側に寝返らせるための工作だったことが後からわかって、俺は窮地にたたされた。それ以来、見知らぬ男と会うことは極力避けてきた。しかし、今回はそう言った誘いとは違うような気がしていた。

俺が敢えてその男と会うことにしたのは、それが、和田のこれからの仕事に何かよい影響があるかもしれないと思ったからだ。福島県のN市に実家のある和田は、ゆくゆくは地元の企業に就職したいと思っていたのだ。

その老人のことを話す前に、和田について少し詳しく話しておこうな。

和田は、もともと私の勤めている東京の水処理システム会社に居た男だが、今はイチエフの汚染水処理システムの運用に当たる会社に出向している。会社に籍をおいたままの在籍出向なんだ。

和田は、福島の工業高等専門学校の出身だった。

俺がずいぶん遅れて、五十過ぎて本社の開発部に付属する小さな研究所の室長になった時、和田が新入社員の研修で俺のところに回ってきた。俺のところに居たのは半年余りで、その後は開発部にもどったが、研究室の雰囲気が気に入ったのか時々顔を見せた。

俺が室長といったポストに就いたのには事情があった。真下の居るような巨大な企業と違って、俺が就職したのは、中堅の水処理会社だった。もともと俺は学生時代に自治会の役員をやり、就職はあきらめていた。漠然と学者にでもなれればと思って大学院に進んだが、ドクターコースに居る時に、教授から将来のポストが保証できないと言われた。それで俺は親戚の伝手《つて》で今の水処理会社に入った。俺は共産党員であることを隠さなかったので、仕事や昇格での差別はあったが、もちろん真下のところほどひどくない。

関西の大学にいる友人にすすめられて博士号をとったころから会社の俺への対応が変化した。ちょうど裁判所の判決で職場の思想差別が糾弾された時期だったな。俺は主任研究員に昇格し、それから数年して小さな研究室の室長になった。汚染物質を吸着で取り除く研究をするグループだったが、汚染物質の中には放射性物質も含まれていた。俺の得意な分野だった。

さて、その和田が、イチエフに出向して半年くらいたったころ、俺は、和田が籍を置いている開発部の結城部長から呼び出しを受けた。和田の様子がどうもおかしい、と言うのである。結城という男は、俺が博士論文を見てアドバイスしてやったこともあって、若い頃から俺には好意的だった。管理職になってからも俺に対する態度をかえない腹のすわった男だった。

結城部長は、和田の上司だった課長に命じて様子を見に行かせようとした。しかし、和田は課長が来るのを拒否した。和田は課長とはうまくいっていなかったようだ。

結城はそれでも、誰かが見に行かなければならないと思い、再度課長に連絡をとらせたところ、和田の口から、俺の名前が出た、誰か人をよこすなら庄司さんにしてくれと言ったそうだ。部長は和田の被曝量も気にしていた。和田と一緒に出向していた男は線量に限界がきたので会社にもどっていた。和田もおそらく被曝の線量が上限に達しているはずだった。

俺は和田に会い、元気づけてやりたいと思った。しかし、会社から命令されて和田と会うことは避けたかった。そのような状態で会えば、和田からあれこれ聞き出し、それを会社に報告する義務を負うことになるからだった。それで俺は結城部長に「和田君には個人的に会いに行きたいのだ」と言った。結城はそれを承諾し「かかった費用は私に言ってください、何とかしますから」と言ったが俺はそれも断った。

和田が寝泊まりしている宿舎は、原発に働く作業員専用に建てられたものだ。いわき駅から常磐線でいくつか北に行ったところにある。

　俺は、約束の時間に遅れてはいけないと思い、早めに電車を乗り継いだので、その駅についたのが早すぎた。それで、宿舎に行く前に少し駅のあたりを散歩しようと思った。飲み屋の一軒も見つけておくつもりだった。宿舎で込み入ったことが話せないなら、和田を外に連れ出そうと思ったのだ。

　駅前には、飲み屋はおろか店らしいものが一つも見つからない。家はポツン、ポツンとあるのだが、人影がない。どこかに商店街があるのだろう、と考えて俺は駅前の道を右に歩いて踏み切りを渡った。

　道の右手に、風変わりな商店街があらわれた。それは小学校の校庭の一角に作られており、商店街と言っても、狭い土の道を挟んで数軒のバラックのような店が向かい合っているだけだった。

　興味を惹かれて近づくと、商店街の入り口の掲示板に由来を書いた紙が貼られていた。

　津波によって海岸通りにあった商店街が壊滅した。原発事故による屋内退避区域に指定され、この地域は無人地帯になった。指定が解除されたが、戻ってきたのはほとんどが高齢者であった。車を持たない人が多く、買物ができない。そこで仮の店舗を作ってこの地に戻った人が生活できるようにしたのだそうだ。

　この地域は津波と原発の両方の被害を受けたところなのだ、と俺は気づいた。

　通りを挟んで並ぶ小さな店は、魚屋、靴屋、駄菓子屋、酒屋、食堂などであった。食堂の扉に貼られた紙には、営業時間が十時半から六時と書かれていたので、和田をここに連れて来るわけにはいかなかった。ビールでも買って持って行こう、そう考えて俺は酒屋に入った。

　俺はいったん駅前に戻ってタクシーに乗った。幹線道路をそれ、荒れ地の中の一本道をタクシーは進んだ。

　ちょっとした坂の下でタクシーが止まった。坂の上に見張り小屋のようなものがあった。その小屋の窓ガラス越しに、警備会社の青い制服を着た男がタクシーから降りた俺を見ていた。俺が坂を上がって小屋に近寄ると、男はガラス窓をスライドさせた。

「I社の和田さんにお目にかかりたいのですが」

　俺は胸のポケットから取り出した名刺を差し出し

た。ガードマンはそれを受け取り紙面に目を走らせ後ろを向いた。壁には一面に赤と白の名札が並んでいた。おそらく赤が外出で白が在寮ということなのだろう。

「戻っておられますね」

初老の男は、こちらに向き直って言った。男はカウンターの電話の受話器を取り上げ、ボタンを押した。短いやり取りの後、男は受話器をもどし「今、来られます」と言った。

和田が宿舎の建物から小走りに出てきて、俺の前に立った。和田はずいぶん痩せたように見えた。和田の乏しい表情の中に、俺は危ういものを感じた。ひどく追い詰められているのではないだろうか。

「お久しぶりです」

「そうだな、久しぶりだな。元気なのか」

「おかしな経過で室長にいらしていただくことになってしまって。本当に申し訳ありません」

「いや、かまわないんだ。一度こういうところに来てみたかった。それから、私はもう室長じゃない。室長はやめてくれ」

俺は六十歳で定年になったので再雇用を希望し、今はキャリアスタッフとして研究所で実験の指導などを担当しているだけだった。

「ああ、そうでしたね、すみません」

「それでどうする。町にでるか、ここでいいか」

「この町には何にもないんです」

「そのようだな。何ならタクシーで店のあるところまで行ってもいいが」

「この宿舎の夕食はけっこう立派なので、庄司さんの分も頼んでおきました」

「そうか、それは助かる」

「じゃあ、食堂に行きましょう」

和田はそう言って建物に向かって歩き出した。俺は和田の後に従った。

食堂では、胸や腕に社名の入った作業着姿の男たちが数人ずつ固まって食事をとっていた。福島第一原発（イチエフ）で働く作業者なのだろう。

和田は積み上げられたトレーから一枚を取った。私は和田に倣った。調理のカウンターに沿ってトレーを移動させると、白い調理服を着た男たちが次々に皿や丼をトレーに乗せてくれた。最後に給茶機でコップに茶を注ぎ、私たちは窓際の席に向かい合って座った。窓の外には、林と荒れ地の入り交じった寂しい夕暮れの景色が広がっていた。

　俺は買ってきたビールを出そうかと思ったが、回りを見渡しても酒類を飲んでいる人は見あたらなかった。ここでは酒を飲むのが禁止されているのかもしれない。

「ビールを買って来たが、ここは禁酒か」

　俺は足元に置いた白いビニール袋を持ち上げて見せた。

「ええ、食堂では飲まないことになっています。後で部屋の方で」

　和田は恥ずかしそうに言った。俺はビニール袋を床に下ろした。

「どうだ、元気なのか」

「ええ、まあ」

「元気にはみえんぞ、どうしたのだ」

「眠れない日が続いています」

「それは、困ったなあ」

「最近、毎晩のように夢を見て、夜中に目が覚めると朝まで眠れません」

「どんな夢だ」

　俺が尋ねると、和田は周りを気遣う様子を見せた。イチエフで働く人たちがいるところでは話せないのかもしれない。

「じゃあ、後で聞かせてもらおう」

　そう言って、俺は、しばらく食事に専念することにした。六十代の半ばになった俺は、ボリュームのある食事を残さず食べるのに骨が折れた。

　和田の部屋は二階の端だった。隣の部屋は今は空いているのだそうだ。今日俺が泊まるのは、その部屋だということだった。

　俺はカバンの中から上野駅で買った東京土産を取り出して和田に渡した。和田は恐縮して土産を受け取った。窓からは宿舎の屋根の連なりが見えた。何棟あるのだろう。かなりの数だ。

　和田は俺に窓際の机に付いた椅子をすすめ、自分はベッドの上に腰を下ろした。俺はビニール袋からビールのパックを取り出し、一本抜いて残りを和田に手渡した。和田も一本抜いて、パックごと小さな冷蔵庫にしまった。

　乾杯、と声を上げて、二人はロング缶を宙に差し上げた。一口飲んでから俺は尋ねた。

「さっきの話の続きだが、どんな夢を見るのだ。私に話してくれないか」

俺は食堂で訊いたことをもう一度尋ねた。和田は迷っている様子だったが、下を向いて口を開いた。

「ええ、汚染水を保存する容器が次々と壊れて中から水が溢れて海に流れていくんです。その水が真っ赤なんです。何度も同じ夢を見ます。海も真っ赤に染まっていくんです」

「ずいぶん、不気味な夢だな」

和田は頷いた。

「そんな夢を見るってことは、システムが動いてないんだな」

俺は声を潜めた。和田は無言で頷いた。放射性物質のほとんどを除去すると宣伝されているシステムは、去年の秋に稼動するはずだった。それがほぼ丸一年遅れ、稼動予定は今年の秋となっていた。そのため、敷地には高濃度汚染水を蓄えたタンクが増え続け、タンクの置場がなくなりかけていた。

汚染水が増え続けるのは、地下水が流れ込んでいるためと説明されている。しかし、本当は、地面に接しているコンクリートが壊れて建屋に滞留する高濃度汚染水が地面の下に入り込み、その水が地下水と接しているのだろう。

建屋の底部がこわれて地下水と接しているとすれば、そのままの状態では汚染水が地下水に流れ込む。あるいは汚染水と地下水の圧力がつり合っていて流入流出が無い場合にも、放射性物質は地下水の中に拡散していく。

それを防ぐために、汚染水を汲み上げ、地下水と接している部分の水圧を下げて、地下水の方が建屋の底から「湧き出す」ようにする。そうやって辛うじて放射性物質が地下水に入り込むのを防いでいるので、一刻も休みなしに大量の汲み上げが必要なのだ。そう考えないと、汚染水に関して発表されている様々な現象の説明がつかない。

地下水が「流入」しているから汚染水が増えている、という説明を聞けば、なぜ地下水の流入を防ぐ手立てを考えないのだろう、と誰でも不思議に思うだろう。現代の土木技術をもってすれば、地下水の流入を防ぐなど容易なはずである。

しかし、イチエフでは、たとえば山側で該当する地下水脈を遮断すれば、水圧が下がり、直ちに地下水の代わりに大量の高濃度汚染水が複雑な水脈に沿って海側に流れ出すはずである。事情に通じた者の間では知られているその現象を、事故を起こした会社は国民に明らかにしてこなかった。

「どこが悪いんだ。やっぱり腐食か」

東電から出された資料に発表されていたＡＬＰＳの事故は腐食による水漏れだった。

「それもありますが、全体にあちこち動きません」

和田はビールの缶を傾けて飲みきり、小さな冷蔵庫から缶ビールを取り出した。

「放射性物質の濃度が高すぎるんじゃないのか」

俺がそう言うと和田は曖昧な顔つきで笑い、缶ビールを俺に手渡した。

低濃度の放射性物質はうまく除去できるシステムでも、桁違いの高濃度になれば運転が止まることは大いにあり得ることだ。フランス・アレバ社のシステムは、結局、イチエフでは使い物にならなかった。これほどの高濃度の放射性物質を除去するように設計されていなかったのだ。

「スラリーや使用済み吸着剤を保存する容器を強化したそうだな」

スラリーとは、化学的な処理によって生じる放射性の沈殿物をドロ状にしたものだ。スラリーを取り除いた後の汚染水を、化合物や活性炭、キレート樹脂の入った吸着塔に順次通し、セシウム、ストロンチウムなど様々な核種を除去していくのだ。

「物凄い放射線量なので、遠隔操作のクレーンで吊り下げて移動させます。落として中身が出たら大変ですから。規制委員会から指摘されたんです。でもよく御存知ですね」

「ここに来る前に東電の報告資料を読んだ。容器の強化はもう済んだように書かれていた。それなのにあと半年以上稼動しないというのは、やはりシステム全体が動いてないのだと思ったが」

「やっとシステム全体の試運転を開始したばっかりですが、動いたり動かなかったりで」

「試運転の期間は？」

「四ヵ月です」

「簡単には動かないことを関係者は知っているんだろうな。試運転に四ヵ月は長いな」

「ええ、でも四ヵ月たって、それでも動かなかったらどうなるのかと空恐ろしくて。結局、ものすごい高濃度の汚染水をそのまま海に流すことになるんじゃないかと考えてしまうものですから」

「あれだけのシステムだ、問題が起こるに決まっている。それを、一つ一つ解決していくしか手が無いだろうな」

俺はごく一般的なアドバイスしかできなかった。和田は頷いたきり黙ってしまった。東電の資料によれば、人間の背丈の倍ほどの吸着塔が十四塔並んでいる。一つ一つは動いても、それを繋げて全部を動かすことは簡単ではないはずだ。しかもそれが三系統ある。

「トリチウムの分離はやはり難しいんでしょうか」

苦しげな表情で和田が訊いてきた。トリチウムは水素の同位体で原子核は一つの陽子と二つの中性子で出来ている。その振る舞いが水素に似ており、トリチウムが酸素と化合してできる水は通常の水と区別がつかない、と東電は説明していた。

「そんなことはない。トリチウムの水は普通の水と化学的性質も違うし、比重も沸点も違う。分離させようと思えばできないことはないはずだ。しかし、金がかかるんで、これまで日本の原発ではやってこなかった」

カナダの原子力発電所は冷却材に重水を使っており、運転にともない、重水が中性子を吸収してトリチウムの水に変わる。大量のトリチウム水が発生するので、これを分離除去する技術が開発されていた。

「トリチウムを海に流してきたというのは本当でしょうか。会社は、これまでもやってきたから平気だ、といってるんですが」

「ああ、やってきたよ。原子力施設運転管理年報という公的な報告書に載っている。日本の原発全部について年度ごとの排出値が出ている」

「そうですか、やっぱり。私たち、多核種除去設備を動かすのに必死です。秋までに何とかしたいと思ってるんです」

和田の声は擦れていた。

「でも、全力をつくしてあのシステムを動かしても、トリチウムなんかが残ってしまうと思うと何だか憂鬱で。どういうんでしょう、この頃、何か体の中から力が湧いてこないんです」

イチエフばかりでなく、どこの原発でもトリチウムを海に流してきた。イチエフの保安規定では年間海に流すことのできるトリチウムは22兆ベクレルであり、事故が起きる前には、東電は毎年規定値に近いトリチウムを海に放出してきたはずだ。

「東電が早々と多核種除去設備でトリチウムは除去できない、と発表した。それが何故なのかということが私にはわからなくてね。ほかにも除去の対象になっていない放射性物質があるはずだ。少なくとも水に溶けない放射性物質は除去の対象になっていない。トリチウムが除去できない、と発表しておけば、それ以外は全部除去できるような印象を与えることを狙っているのかもしれない。それにしても東電にしては潔すぎる発表なんだ、トリチウムは」

「こんなに反対運動が起きると思わなかったんじゃないですか、トリチウム投棄に」

「そうだろうか。それならば、これまで堂々と大量に海に流してきた物質なので、その実績をアピールして投棄を正当化するかと思ったが、そうでもない。これまでトリチウムを海に流してきたことは隠している。それがなぜなのかねえ」

「トリチウムの投棄実績を公表すれば、原発の存在自体が根本的に問われるからじゃないでしょうか。運転を続けるかぎりトリチウムを投棄しなければならないことが知れ渡ったら、全国の原発の再稼働に対して物凄い反対が起きるんじゃないでしょうか」

「そうか、そうかもしれんな。加圧水型の原発は沸騰水型の原発にくらべて十倍くらいトリチウムを海に流しているからな。再稼働をねらっている原発はどれも加圧水型だ。大飯《おおい》原発も川内《せんだい》原発も。ところで濃度はどれくらいだ、トリチウムは」

「号機によって違いますが、まあリッター当たり500万ベクレルくらいと見ていいと思います。1トンあたりでは、その1000倍ですね」

和田の言葉を聞いて、俺は頭の中で計算した。汚染水は今、40万トンあるとして、全部掛け算するとゼロが15である。

事故前に毎年放出してきた一年間の基準値を20兆ベクレルとすると、2の後のゼロが13である。トリチウムの総量を基準値でわると、ゼロの数の引き算になり、ゼロが二つ余る。つまり100になる。従来並に放出し続けて百年かかるということだ。これは大変なことだ。

事故の「収束」を印象付けるために、政府も東電ももっと大量に放出して決着をつける考えなのだろう。トリチウムは宇宙線の作用によって自然にもつくられるが、原発の周辺では、自然に作られるよりはるかに高い濃度のトリチウムが検出されている。

「大量の海洋投棄を考えているな、間違いなく」

「ええ、そうだと思います。トリチウムってやっぱり人体に害があるんでしたね」

和田は暗い目をして訊いた。

「もちろんある」

トリチウムの出すβ線は微弱であるため、体への影響は軽微だと電力会社は説明している。しかし、水素の放射性同位体であるトリチウムは、酸素と結合し、放射性の「水」となって環境中に放出される。植物や植物性プランクトンはその「水」と二酸化炭素から炭水化物を作り、それを摂取した生体の中でアミノ酸、核酸、脂質などが合成される。

つまり、トリチウムは水として体を通過するだけでなく、体を作っているあらゆる有機物に紛れ込み、生体中のいたる所で内部被曝を起こす。決して影響が軽微だとは言えないのである。トリチウムを含んだ水に晒《さら》したニジマスの胚は、被曝線量が低いにもかかわらず、孵化《ふか》後、明らかに免疫機能の低下が見られるという実験報告もあった。

「明日は日曜だ、イチエフに行かんでもいいんだろう」

「ええ、まあ、行かなくてもいいんですが。でもやっぱり心配なので」

「どうだ、どっか行かないか、というより、私をどっかへ連れてってくれないか。せっかく来たんだ」

俺は、和田をどこかに連れ出したかった。

「このあたり、温泉があるんだろう」

「ええ、たくさんありますよ、山がいいですか、海がいいですか」

「そう言えば、電車でくる途中に海辺に大きな温泉施設がチラッと見えたが」

「勿来《なこそ》でしょうか」

「なこそ、って読むのか、難しい字だった」

「きっと勿来でしょうね、目の前に太平洋が広がって、気持ちがいい温泉みたいですよ」

「そうか、あそこがいいな」

「わかりました、車で行けば近いですから」

和田はそう言って目を瞬《しばた》かせた。疲れているようなので、早く引き上げたほうがよいと思った。

「さあ、そろそろ私は部屋に行くよ。和田君も早く寝た方がいいんじゃないか」

俺がそう言うと、和田は頷いた。和田はポケットから携帯を取り出してメールを打ち始めた。明日、イチエフに行かないことを連絡しているのだろう。

和田から鍵をもらって俺は隣の部屋に入った。部屋の作りは和田のところと同じだった。ベッドに敷かれたシーツは真新しく白々としていた。俺は洗面をすませ、着替えてベッドにはいりこんだ。

月が窓辺を照らしていた。きっとこの部屋にいた原発の作業者は大量に放射線を浴び、不安な日々を送っていたにちがいない。毎晩、どんな思いでこのベッドに身を横たえていたのだろう。どんな思いで窓から差し込む月の光をみていたのだろう、と俺は考え込んだ。酒を飲んで騒ぐ声が遠くからさざ波のように聞こえてきた。

バイキング形式の朝食をすませ、俺と和田は車に乗りこんで宿舎を後にした。

「ありがとうございました。庄司さんにお会いできてなんだかほっとしました」

最初の信号で止まった時、和田は私の方に顔を向けて言った。和田の顔色は昨日よりいくぶんよくなっていた。

「私は、何にもできない。和田君の話を聞いてあげるくらいのことしかできないんだ」

「それで十分です」

「そういうことなら時々来てもいいが」

「ええ、ありがとうございます」

左手に海が見えはじめた。海の手前はコンクリートの土台だけが残る不気味な空間が広がっていた。

「ちょっと止めてくれんか」

「何ですか」

和田は車の速度を落として言った。

「ここ、津波に遭ったところなんじゃないか」

「そうです。この地区だけで六十人以上の人が亡くなりました」

「ちょっと降りてみたいが」

「わかりました」

和田はブレーキを踏んで速度を落とし、ハンドルを切って車を路肩に寄せた。

車から出ると、ひんやりとした朝の空気が身をつつんだ。遠く左手には小さな岬があり、岬の突端は海面すれすれに岩が伸びていた。その岩の上に赤い小さな灯台があった。右手には、ずっと向こうに津波を免れた家が立ち並んでいるのが見えた。左手の岬と、右手の家並みの間には、何もない不思議な空間が広がっていた。

海岸線まで百メートル余りであろうか、私たちは無言で歩き続けた。コンクリートの土台が広がる丁度まんなかあたりに、花がたくさん捧げられていた。切り花でなくプランターに植えられた花だ。黄色や橙色のパンジーや白いマーガレットがところ狭しとばかりに並べられていた。

防潮堤の手前に、コンクリートのブロックに差し込まれて三本の卒塔婆《そとば》が立っていた。卒塔婆の前には、ビールを入れるプラスチックの黄色い箱がひっくり返して置かれ、その上に線香立てや鈴《りん》が載せられていた。

鈴の際《そば》に小さなおもちゃの電車が置かれていた。これで遊んでいた子どもは命をおとしたのだろうか、と俺は胸を突かれた。

高い防潮堤が一部切れていて、そこに階段があり、波打ち際に入れるようになっていた。俺と和田は階段を上り、立ち止まって海を見つめた。

波消しブロックの向こうで、海は朝日を浴びてキラキラと輝いていた。この静かな海が、あの時恐ろしい水の壁となってこの浜に押し寄せたことが信じられなかった。

「こんな海に汚染水を投棄するのは悲しいですね。大勢の方の亡くなった海なのに」

和田が独り言のように言った。

「海に引きずりこまれた人々への鎮魂の捧げ物が、放射能の汚染水とはなあ。これはある種の冒瀆《ぼうとく》かもしれんな」

俺は和田と肩を並べ、そう呟いた。

和田は頷き、身じろぎもせず海を見つめた。

和田のことはそれくらいにして、今度は例の不思議な老人の話をしような。

その夜、夕刻に宿に着いた俺は、食堂で夕食をとってこの部屋にもどった。窓の外はもうすっかり暗くなっていた。海は見えず、ただ光のない広大な空間が海の存在を感じさせるばかりだった。

部屋の灯りを点け、机に向かって学会の雑誌を読みはじめたが、来客のことが気になって、内容が頭に入ってこなかった。客は夜遅くやってくるにちがいない。それは、今日の俺の予定がはっきりせず、宿に着くのが夜になるかもしれなかったので、そのように和田を介して先方に伝えたからだった。

俺は雑誌を読むのを諦めてベッドに横たわった。手元のリモコンをいじってテレビの電源を入れ、俺はチャンネルを地元のテレビ局に合わせた。旅に出るといつもその土地の放送を見るようにしていたのだ。食事の後なので、体を横にすると瞼が急に重くなってきた。

密やかなノックの音が聞こえた。腕をひねって時計を見るともう十時を少し過ぎていた。眠ってしまったようだ。俺は「はい」と返事をしてベッドから降り、テレビを消して部屋の入口に向かった。

ドアの覗き穴から見ると、そこには鳥打ち帽を被った小柄な老人がコートを手に立っていた。人のよさそうな男だった。今日会う約束をしていた人なのだろう。ロックを外し、ドアを顔の幅で開けると、老人はあたりを見回し「庄司先生でいらっしゃいますか」と小さな声で尋ねた。先生が「しぇんしぇ」と聞こえた。俺は頷き、ドアを大きく開いて老人を部屋に招きいれた。

「こげな遅くに申し訳ねえこった」

老人は頭からむしりとった帽子を乱暴に握りしめた。俺は「こちらでそうお願いしたのですから」と言いながら、老人を窓際のこの椅子に案内した。

老人は恐縮して腰をおろした。俺は二つの湯呑みに茶を満たし、両手に持って老人に近づいた。

「それでどういうご用件なのでしょうか」

俺は老人に湯呑みを手渡し、向かいに腰をおろした。

「名刺も上げられねえ。んでも、決して怪しいものではねえんだ」

老人はしゃがれた声で言った。そして自分はＭ工業のＭだと聞き取りにくい声で名乗った。会社の名前と姓が同じなので、会社の創業者なのかもしれない。

歳かっこうから、もう第一線を退いているように見えた。しゃがれた声は、長年、騒音の中で大きな声を出し続けたせいではないだろうか。工場で働いていた父もこういうしゃがれた声をしていたのだ。

「放射性廃棄物の処理でご高名な庄司博士は、土木の工事のこともよう知っとらっしゃる、そう教えてくれた人がいたんだべ。そいで、ちょべっとお訊きしてえことがございましてのう」

老人は一口飲んで茶碗を小さなガラスのテーブルの上に置いてからそう言った。

「私は、土木の方は専門ではありませんが、大学の専攻が土木工学だったので友人にはいろいろな土木技術に長けた者がおります。その程度なのですが」

前に話したことがあったかもしれないが、俺たちのいたような古い大学の土木工学科の中には、衛生工学の講座が必ずあった。もともと日本の土木工学は水利を中心として発展してきたので、水質に関わる講座が必要とされたんだ。

衛生工学の講座はその後、大気汚染や放射性物質による汚染にまで分野を広げ、俺は若いころそこで放射性廃棄物の研究をやっていた。

「どのようなことをお話しすればよろしいのでしょうか、私にわかることならお答えできます。どうぞ遠慮なさらずに」

老人が話しにくそうにしているので、俺はそう言ってみた。

「ありがとがす」

なおも老人はためらっている様子をみせたが、意を決したように目を俺に向けた。

「福島第一原発の凍土遮水壁についでお聞きしでと思いましての」

「凍土遮水壁ですか、そうですか」

凍土遮水壁は、イチエフの建屋に流れ込む地下水を遮断するために一号機から四号機までの建屋全体をぐるりと取り囲む形で土壌を凍らせる計画だった。全長一・四キロの凍土遮水壁の建設は世界にも例がないと言われていた。

「一般的なご質問ですか、それとも具体的な作業に関わることですか」

俺の質問に老人は一瞬視線を宙に漂わせ、「今、困ってるごとがあるんだ」と言った。それから老人は堰《せき》を切ったように話しはじめたんだ。

自分たちの会社は、小さいながら高度な掘削技術をもっている。凍土遮水壁の凍結管の埋設作業にかかわって、人を出向させるという話があるのだが、それを受けるべきかどうか、迷っている。我々の技術をイチエフの汚染水処理に役立てるのは名誉なことだが、そもそもなぜ凍土遮水壁などというとんでもなく金がかかるものを造らなければならないのか、わからない。人づてに請負会社の幹部に尋ねても納得のいく説明は得られなかった、と老人は語った。

「イチエフに人を出すことがあ、その人だちを危険に晒すことになるのはわかっておるのだあ。ほんじぇも義理がありましてな、引き受けざるをえない時もあるべ。何とか、かありばんこで人を出向させて被曝量を少なくしながらと思っておるんだあが、出向先の会社の説明よりずっと危険なことが潜んでいるような気がすんだ。もしそうなら、あじこじ理由さつげて断ることも考えねばのう。大切な社員さ、危険にさらしてぇ、もしあんべぇわるうなったり死んでしまうようなことになれば、何のために会社をおこしたのかわかんねでのう。そげなことになるんなら、会社続ける意味なんかねぇ」

老人は溜息をついた。俺は、この老人にひどく親近感を覚えた。会社の利益優先でなく社員の安全にも重きを置いている経営者なのだろう。何か力になれれば、と俺は思った。

「なぜ、凍土遮水壁という方式を採用するようになったのかについては、正直言って私も推測しかできません。地震で壁が壊れたとき凍土だと自然にくっついて修復がしやすい、と言った理由が挙げられていますが、本当にそうなのかどうか。おそらく、流れ込む地下水の量をコントロールするのに凍土遮水壁は具合がよいのではないでしょうか。もちろん他の方法もあると思います」

「地下水さ建屋に流れ込むの防ぐだけなら、なして地下水さ上流でストップさせせんですか。建屋から少しはなれた上流でストップさせれば、工事するもんの被曝あずっと少なくなるべさ。たとえ凍土方式で工事さするとしても、そうしてもらえればなじょに助がるか。何も建屋さ、ぐるっと、とりかこまんでもえでないかのう。今の計画だば、山側の凍土遮水壁はあ、『被曝通り』と呼ばれる、ばがに線量高い場所で作業しねばなんねのさ」

「被曝通り」という言葉は原発に働く人たちの間で使われているものだ。一号機から四号機までの原子炉建屋の前を真っ直ぐに走る通りのことである。この言葉を知っているということは、イチエフのことはかなり調べているのだろう。

「建屋の底部か、あるいは底部に近い所が破壊されていて、そこから汚染水が漏れて、地下水に接している、と私は考えています。東電は決してそれを認めようとはしないのですがね。それで、今は、建屋に溜まった汚染水を汲み上げ水位を下げてわざわざ地下水を流入させ、汚染物質が地下水に拡散していくのを辛うじて防いでいるのだと思います。地下水の流れ込みだけをいきなり止めれば、水位が下がり、滞留している汚染水が、たちまちコンクリートの割れ目から下に落ち、海にむかって流れ出すと考えられます。それで建屋をそっくり遮水壁で囲むのでしょうな。その作業を行う際、地下水の流れをコントロールして少しずつ減らし、下がった水位に釣りあうように汚染水のくみ出し量を増やす、こういう行ったり来たりの循環的な作業をやるのに、凍土遮水壁は柔軟性があるのだと思います。もちろん、凍土壁がうまく形成されれば、の話ですが」

俺は、できるだけ断定をさけて話した。いろいろな状況から考えて、まず間違いないと思っても、東電からの発表がないかぎり、やはりそれは推測でしかないのだ。

「そうですか、なるほど。うんだらば、わがりやすいですのう」

老人の顔からようやく緊張の色が消えた。

「それで、私どもの一番の関心は、凍土壁つくっための掘削の対象どなる土壌やわぎだす地下水があ、現在、汚染されてねえがどうが、つことなんだべ。基本的には遠隔操作でやっとしても、機械の据え付けや交換、撤去、それに故障もあっがら、きれいごとではすまされねえんだ。結局、掘削作業では水やドロに接することは避けられねえ」

「土壌、地下水ともに汚染されている可能性は高い、と言わざるをえませんな。少なくとも、建屋の底部の裂け目に気づいて地下水を流入させる措置をとるまでは、汚染水は地下水に流れ込んでいたはずですから。それに凍土壁をつくるための凍結管の長さは、浅い地下水のさらに下、二番目の地下水に達するという設計になっています。下の地下水にも汚染が広がっていることを幹部たちは知っているのではないでしょうか」

「やっぱ、そうなんだべ」

　と言って、老人は頷いた。俺の頭には、年末に成立した秘密保護法のことがこびりついていた。汚染水に関する情報が「秘密保護法」の対象になるかどうか、それはわからなかった。何しろ、なにが秘密なのか明らかにしない法律なのだ。原発事故の重篤性を隠したい政府が「秘密」に指定する可能性は十分にあった。しかし、汚染水の状態が曲がりなりにもわかる者は、その危険性を知らせる義務があると俺は思った。社員の安全を真剣に願う老人の顔を見ていると、俺は自分の知っている事を伝えないわけにはいかなかった。

「さすが、庄司しぃんしぃは土木技術にも通じておらっしゃる」

「いや、受け売りですよ」

　真下も知っているだろうが、うちの大学の土木工学の学問レベルは国内最高と言われていた。京都に疎水を作った田邊先生以来の伝統だ。凍土遮水壁建設の提案者もうちの大学の関係者だった。昨年の秋に同窓会が開かれ、そこで土木技術についての意見を交流する機会があった。

「いま一つお聞きしでこと、ありましての」

「何でしょうか」

「Ａ・Ｆという会社ばご存じですかの」

「知ってます、アラスカにある凍土請負会社ですね」

「やっぱ知っておらっしゃったかあ。元請けの幹部の間でその会社のことが話題になっとるんだあ」

「イチエフの凍土遮水壁の計画が発表された時、真っ先に凍土壁の有効性を強調するメッセージを発表しましたな。まるで請負に立候補するような勢いでした」

「特別な会社ですかの」

「ええ、プルトニウムを扱う会社です。テネシー州にある国立のオークリッジ研究所から漏れ出たプルトニウムを凍土遮水壁で封じ込めた実績があります。この研究所は核兵器の研究をやっていたところです」

「プルトニウムだべか、やっぱ。うちの社内で調べた者がおってえ、プルトニウムを扱う会社だと報告を受けたんだ。んだけど、半信半疑でのう」

老人は困惑した顔つきになった。

「汚染水のながあセシウムやストロンチウム、トリチウムあるごとあ、よく聞かされてしってるだべ。だけんど、プルトニウムのことなんか一度も聞いたことねえべ。汚染水の中に、プルトニウム入ってるべか。それとも何か特別なわけあってえ、プルトニウムのこと考えなくてええんだべか」

確かに、テレビのニュースでも新聞でも、そして原発に関わる発言をしている多くの学者も、プルトニウムについては言及していない。それはもちろん東電が、建屋や汚染水の中のプルトニウムの状態についていっさい明らかにしてこなかったことの反映ではあるのだが、特別な箝口令《かんこうれい》が布《し》かれているようにも思えた。

「建屋内に溜まっている汚染水の中にはプルトニウムが含まれているはずです。少し難しい話になりますが、原子炉の燃料には核分裂を起こすウラン235と分裂しないウラン238が含まれています。原発の運転にともなってウラン238は中性子を取り込みウラン239となります。簡単に言うとそれがβ崩壊を二度くりかえしてプルトニウム239ができます。これが核分裂してエネルギーを出しますが、いわば『燃え残り』でプルトニウムのままの状態で残るものもあります。使用中、あるいは使用済み燃料が溶け落ちたのですから、滞留している水はもちろん、今、燃料棒を冷やすために循環させている冷却水の中に、これからもプルトニウムが入りこんでくると思います。3号機はもともとプルトニウムを含む燃料を使っていますから、こちらの建屋の滞留水には他の号機よりずっとたくさんプルトニウムが含まれていると考えられます」

老人は、時々身体を前に傾け顔を右に捻って、耳が俺の顔に近づくようにした。耳が少し遠いのかもしれない。

「例のALPSでえ、そのプルトニウムさ除去できるんだべな、かならず」

ALPS（多核種除去設備）はやはり期待を集めているようだ。和田がここに居たら何と答えただろうか。正直な和田は、ALPSが今も故障続きでまともに動いていないことを告げるかもしれない。

「プルトニウムは、ほとんど水に溶けないですから、もしALPSが稼動してもそこで除去できるのはほんの一部です。滞留水の底に金属の塊《かたまり》あるいは粉末のような形でたまったままのはずです。建屋の底部が壊れているとすれば、小さい塊や粉末状のものはそこから下に落ちていくでしょう」

「初めて聞いただ、そげなことは」

「放射性物質の中でも桁違いに危険で有害なプルトニウムについて一切発表がない、というのは、実にけしからんことだと思います。作業者の被曝を少なくするための現場の放射線測定もγ線が中心で、プルトニウムの出すα線は測定の対象にもなっていないようですからな。α線は透過力は弱いですが、プルトニウムがいったん体の中に取り込まれれば、ものすごい勢いで細胞を傷つけます。特に呼吸によって肺に取り込まれた場合は決定的なダメージを体に与えるはずです」

老人は大きく頷いた。

「できれば英語のできる技術者ば出せっ、と言われたんだ」

「そうですか」

「外国の人と一緒に働くことになるんだべか」

「凍土遮水壁の元請けはスーパーゼネコンと言われるK建設ですが、放射性物質を含む土壌や地下水の扱いには慣れていないですから、実績のあるアメリカの会社に請け負わせる可能性は高いでしょう。A・F社も有力候補ではないでしょうか。あるいは、A・F社に施工させたいために、無理やり凍土遮水壁方式を選んだのかもしれません。まあ、請け負わせるかどうかは別にしても、少なくともそういうところからノウハウをもらう必要はあると思います」

老人は再び大きく頷き、視線を落とし腕時計に目をやった。壁の時計を見ると十一時を過ぎていた。

「庄司しぇんしぇのご意見を聞かせていただいで本当にありがどがす。これからどうするかもういっぺん考えてみるべ。プルトニウムのこと、うっかり人に聞くことできないんだべ。原爆の材料になるということで一級の軍事秘密になると聞いたんだ。これからはプルトニウムのことなんかあるがないが聞いただけで罪に問われることになるべ。しぇんしぇは、そういう法律に反対のお立場を表明され、そのための運動もなさっていると教えてくれたもんがおっただ。ほんでえ失礼を顧みずお訪ねしたのんだあ。ほがに頼るとこながったんだべさ」

人を介してまで俺に接触しようとしたのはそういう理由があったのだ。しかし、俺が「秘密保護法」に反対してきたことをどうして知っているのだろうか。そう言えば、俺は、小さな科学雑誌に原発と秘密保護法のことを書いたことがある。それを読んだのだろうか。

だとすれば、俺についてずいぶん詳しく調べていたことになる。あるいは和田がそういうことを間接的に伝えたのかもしれない。

老人の言った「ほがに頼るとこながったんだべさ」という言葉が俺の頭の中に木霊のように響いていた。たとえ、「秘密保護法」が実施され、プルトニウムなどの存在に秘密の網が被せられても、原発に働く人々が、そして国民が危険にさらされるような状況にはやはり立ち向かっていかなければならないのだ、と俺は強く思った。

「ほんに失礼なこったが」

そう言って老人は背広の内ポケットから分厚い封筒を取り出し、ガラスのテーブルの上に置いた。「謝礼」という文字が黒々と達筆で書かれていた。

「こういうものをいただくわけにはいきません」

俺はそう言って腕を組んだ。

「しぃんしぃには、あぶねえ橋渡ってもらうことになったかもしれんのだあ。そのリスクに対する補償とでもいうだべか、そう考えてもらえばええんだべ。受けとでくんにぃが」

老人は封筒を俺の方に押しやった。

「これは、何としても受け取ることはできません。受け取れば、何かあった時にお互いに困ることにもなりかねませんからな。どうぞお納めください。温泉客としてたまたま知り合った者どうしが雑談をした、ということでいいではありませんか」

「そうだべか、やっぱり。堅いんだべ、しぃんしぃは。だば、そのうちきぎんと挨拶させてもらうべ」

俺の決意が固いと見たのか、そう言って老人はテーブルのうえに置かれた封筒を手に取り懐にもどした。老人は立ち上がり、深々と頭を下げた。部屋の出口に向かう老人の後を追い、俺はドアのところで見送った。

老人の足音が遠ざかるのを聞きながら、俺は崩れ落ちるような疲労感を覚えた。やはり緊張していたのだ。俺は作りつけの机のところに戻り、机の上に置いた携帯を手にした。和田にメールをしようと思ったのだ。和田は心配しているに違いない。

「無事だ。とても感じのよい人だった。やはりヘッドハンティングではなかったよ」

俺はそう書いて送信した。すぐに和田から「安心しました。本当にありがとうございました」と短い返事がきた。

終章　崖の上の家

その日、私が片倉の家を訪れると、片倉は、頭に手ぬぐいを巻き、台所で奮闘していた。片倉はコーヒー店のウェイターのような前掛けをしていた。私も手提げの中から同じような前掛けを取りだしてそれを身につけ片倉を手伝った。

今日は職場の若手研究者の笠谷と吉川がこの家に来るので、二人を迎えるため、片倉と私で少し豪華な昼食を作ることになっていたのだ。

片倉は浮き浮きしていた。笠谷の入党が近いことを知っているのだ。

一週間前に笠谷の部屋を訪れた時、笠谷は「片倉さんはお元気でしょうか」と片倉の消息を尋ねた。夏に片倉の家に行った時の印象がよほどよかったのだろう。

「また、片倉さんのところに行くか」

と私が言うと、ぜひ、と言って笠谷は頭を下げた。

「吉川君、一度真下さんとゆっくり話がしたいって言ってましたよ。それから、吉川君も片倉さんの家に興味があるようでした」

「じゃあ、二人でおいでよ」

「そうですね、吉川君車持ってるから、ちょうどいいですね。誘ってみます。そう言えば、吉川君、福島原発沖の地層図にすごく関心持ってましたよ。彼女の調査の関係でしょうかね」

大学の同級生の庄司が手に入れた地層図のことを、私は笠谷に話したのだが、それが吉川に伝わったようだ。

「じゃあ、ちょうどいい、君たちが片倉さんの家に来る時に用意しとくよ」

「彼、喜ぶと思いますよ」

そう言って、笠谷はスマートフォンでメールを打ち始めた。この頃の若者は行動が早い。すぐに返事が来て、来週の日曜なら空いている、ということだった。私も携帯で片倉に連絡をとり、日程が決まったのだった。

「裕造君、折り入ってお願いがあるのだが」

片倉が、野菜を刻みながら言った。

「何ですか」

「この家、裕造君もらってくれないか」

「もらうって、どういうことですか」

「裕造君もよく知っているように、私には身寄りがない。甥が一人いるが、自衛隊に入ったりした男で、ほとんど付き合いがない」

片倉の甥のことは何度か聞いたことがあった。片倉が共産党員であることから、甥一家は付き合いを意識的に避けているとのことだった。

「それで、私が死んだ後、この家がどうなるか、気になったもんだから」

「でも、家を譲り受けるって、簡単じゃないと思いますよ。一応、甥御さんもいらっしゃるんですから」

私は、小麦粉を水で溶きながら答えた。付き合いがなくても、他に身寄りがなければ、その甥は法的には相続人であろうし、片倉の財産をあてにしていることは十分に考えられるのだ。

「まあ、そうなれば、私もいろいろ考える。いったん甥に相続してもらって、それを裕造君が買い戻す手もある。もちろん、裕造君が買う時の金はこちらで用意する。こんな場所だから、そう高くはないはずだ」

「そうですか、まあ、妻とも相談しないとすぐにはご返事できないですが」

「とにかく、この家にある記録が散逸しないように、と思ってるんだ」

片倉は同志から記録魔、整理魔、保存魔と呼ばれていた。職場の闘いの膨大な記録が、この家の書庫に保存されていた。片倉から記録の保存を持ちかけられたことがあったが、私の狭いマンションにはとうてい入りきらないものだった。

「裕造君、メルツィの話をしてくれたことがあったろう」

片倉が手を止め、私の方を見て言った。例の物語を書くためレオナルド・ダ・ヴィンチに関する調査をしていたとき、私は全遺産を引き継いだメルツィのことを片倉に話した。メルツィはミラノ郊外の領主の長男であったが、ダ・ヴィンチにすっかり惚れ込み、領主の継承者の地位を捨ててダ・ヴィンチに従い、晩年には師の面倒をみた。

ダ・ヴィンチの遺産を引き継いだメルツィは、これを神からの授かり物のように敬ってミラノ郊外の屋敷に保存した。しかし、メルツィの死後、その価値を認めない家族のずさんな扱いによって、ダ・ヴィンチの手稿など貴重な資料がヨーロッパ中に散逸した。

「それに、研究所の若者がこの家を気に入ってくれるのなら、これからいろいろと役にたつのではないかと思うんだ」

「ええ、それはわかります」

確かにこの家から見える荒々しい海は、見る度に心を揺さぶられるものがあった。カナダ人から譲り受けた木造のがっしりした家と相まって、この家を訪れる者に何かを語りかけてくるのだった。

「わかりました。妻と相談してみます。妻も、老後はこのあたりに住みたいと言ってたことがありましたから」

片倉は嬉しそうな顔をしたが、次の瞬間、あっと声をあげた。

「家を譲るから、老後の私の世話をしてくれと言ってるんじゃないんだ。そこは誤解してくれるな」

「ええ、わかってます」

そう答えたが、私の気持ちの中にふと兆すものがあった。

私は、自分が、片倉の世話をしてもいいと思っていることにあらためて気がついた。片倉が独り暮らしできなくなってから世を去るまでの時間はおそらくそう長くはない。その最後の時期を片倉と共に過ごしてみたい、という気持ちは私にはあったのだ。

料理が出来上がったので、私はテーブルの上に置かれた福島第一原発沖の地層図を部屋の隅の小さな机に移した。

私は、揚げたばかりのエビと野菜の天ぷらを皿に盛りつけてテーブルに並べた。片倉が野菜のサラダを盛った大きな鉢をテーブルの真ん中に置いた。

「ビール、どうしましょうか」

「そうだな、一応たくさん用意したんだが、お二人さん、車でくるんだな」

「出さない方がいいでしょうか」

「本人たちに聞いてみよう。景気よく乾杯したいところだな。車置いて、バスかタクシーで駅まで出る手もある。私が明日にでも車を独身寮に届けてやる。あるいはみんなでここに泊まって、明日三人で研究所に出勤してもいい」

「そうですね、とにかく彼らに聞いてみましょう」

そう言い合って、私たちはそれぞれの椅子の前に小皿と箸を並べた。

「そろそろ来てもいい時間だな」

片倉が壁の時計に目をやった。

「来ると思いますがね」

「賭けようか、来る方に夕食の準備一回分」

「私も来る方に賭けますよ」

「それじゃあ賭けにならないなあ」

「そうですね」

「しかし、昔はよく待ちぼうけをくわされたな」

「私も経験があります」

約束しても来ない場合がある。携帯電話がなかった時代には待ち合わせ場所で待ちぼうけということになった。

約束してくれるときにはその気になっても、後でいろいろ考えて約束を違《たが》えることがある。あるいは直前になって迷いが生じることがあるのだ。

会社からの弾圧が極度に強まった時期には、私たちと会うことを約束してくれるだけでも大変な勇気が必要だったのだ。

　チャイムがなった。私たちは顔を見合わせた。

「そうれ、来た」

　片倉が大きな声を出した。

　居間のインターホンの画面に笠谷の顔が映し出された。その後ろに吉川ともう一人髪の長い小柄な人影が見えた。

「はーい、今、行きます」

　私はそう答えて片倉の方を見た。

「後ろに女性がいたような気がしたが、私の目の錯覚だろうか」

「いいえ、私も見ましたよ、確かに」

「例の笠谷君が心配していた佐々木さんかな」

　そう言って片倉は、部屋を出ようとした。

「片倉さん、いいですよ、私が出ますから」

　私は片倉の後を追った。

「一応家の主が出迎えないと、失礼ではないか」

　私は片倉と肩を並べて廊下を玄関へと急いだ。

「女性は、おそらく吉川君の方の彼女だと思います。福島沖の調査船に乗ってるって言ってたから。あの地層図に関心があるんじゃないでしょうか。秘密保護法との関係も気になっているかもしれませんよ」

「そうか、秘密保護法については、ビクビクしないよう励ましてやらなくちゃな。怖がったら相手の思うつぼだ」

　玄関の扉の前に来ると、片倉はドアに向かって腕を伸ばし手を広げた。

「やっぱりこれは裕造君の役目だな。ほれ、頼む」

　そう言って、片倉は開いた手を動かして私を促した。

　私は頷き、ドアのノブに手をかけた。

風見　梢太郎（かざみ　しょうたろう）

1948 年　福井県敦賀市生まれ
1971 年　京都大学工学部電気工学科卒業
　　　　日本民主主義文学会会員、日本科学者会議会員

著書
『海岸隧道』（日本民主主義文学同盟発行・東銀座出版社発売）
『けぶる対岸』『浜風受くる日々に』（新日本出版社）
『海蝕台地』『神の与え給ひし時間』（ケイ・アイ・メディア）
『風見梢太郎 原発小説集』（光陽出版社）など

再《ふたた》びの朝《あした》

2015年 5 月15日　初　版

著　者　風　見　梢太郎
発行者　田　所　　稔

郵便番号　151-0051　東京都渋谷区千駄ヶ谷 4-25-6
発行所　株式会社　新日本出版社
電話 03（3423）8402（営業）
03（3423）9323（編集）
info@shinnihon-net.co.jp
www.shinnihon-net.co.jp
振替番号　00130-0-13681
印刷　亨有堂印刷所　　製本　小泉製本

落丁・乱丁がありましたらおとりかえいたします。

ISBN978-4-406-05904-6　C0093　Printed in Japan